新潮文庫

わるいやつら

上巻

松本清張著

新潮社版

1722

わるいやつら 上巻

第一章

1

二時を過ぎていた。窓から射《さ》す光線が昏《く》れかけたように暗い。

病院は閑散としている。多少、忙しいのは午前中の二時間であった。此処《ここ》にいちばん近い内科の診察室に笑い声が起こっているが、医員たちが看護婦とふざけているのであろう。

近ごろ、また余計に寂《さび》れた、と戸谷《とや》信一《しんいち》は思った。三年前は、この病院も隆盛であった。父親の弟子だった優秀な内科の医長が辞めてから急に悪くなったのだ。一年前に、やはり腕のいい外科医長がやめてから、さらに患者が減った。そのままジリ貧で来ている。赤字が、月々ふえてゆく。

病院が閑散でも、経営が赤字でも、院長の戸谷信一はあまり苦にならなかった。赤字の方は、彼には補塡《ほてん》の才覚がある。病院は繁昌《はんじょう》しなくてもいいと思っている。他の病院に対する競争意識は少しもない。

　この病院は、亡父の信寛《のぶひろ》が創《つく》った。信一は、それを受けついだだけだが、彼は医者としての情熱をとうに失っていた。院長といっても、熱心に患者を診療するわけではない。経営に専心するかといえば、そうでもない。

　院長はちょっといい商売だった。損はするが、その何割に見合うだけの得がある。肚《はら》ではどう思っているか分からないが、表面では一応他人が尊敬してくれる。少なくとも土建屋よりは尊敬してくれると彼は信じていた。三十二歳の戸谷信一には、ことにその利益の実感があった。

　戸谷信一は、院長室で骨董屋《こっとうや》の古竜軒《こりゅうけん》が置いて行った目録を見ていた。近く旧華族から出る品が売り立てられる。そのなかで欲しいのが、古九谷《こくたに》の大皿《おおざら》であった。古竜軒に訊《き》くと百五十万円以下では無理だろうという。

　実物はまだ見てないが、なかなかのものらしい。旧華族というのは大名で、先代が貴族院議員で有名な古美術品の蒐集家《しゅうしゅうか》であった。

　それを骨董屋仲間で狙《ねら》っている。みんな得意先に忠義立てをしようとして、早くも獲得の前哨戦《ぜんしょうせん》をはじめているが、あたしは先生のところへぜひ納めたい、やはり、こういう珍品は、納まるところへ納まらねば道具が泣きますからな、と古竜軒は反歯《そっぱ》をむき出して、まくし立てて帰った。

半分は、骨董屋の商売口上とは思いながらも、戸谷信一は心がしきりと動いた。古九谷の皿も、もう一枚、変わったのが欲しいところであった。

戸谷信一は、学生のころから骨董品に趣味があった。これだけは性格に似合わないと人からも云われ、自分も考えて奇妙なことだと思った。一つは、父親の信寛が骨董屋にすすめられて蒐《あつ》めているのを見ていたからでもある。父の信寛は、大正と昭和初期にT大を根拠に戸谷医学で鳴らした人である。

戸谷信一は、二階の十二畳の間に、ガラス張りの陳列棚を四列に置き、蒐集品をならべている。壺《つぼ》や皿が主力であった。ここに置いてあるだけでも千に近い数だが、そのほか何倍かの数は倉庫に丁寧に納まっている。

黒塗りの陳列棚をならべた畳は、鶯色《うぐいすいろ》の縁《ふち》のついた薄べりがしいてある。その一隅《いちぐう》には緋《ひ》毛氈《もうせん》を布《し》いて、風炉《ふろ》を置き、霰釜《あられがま》がかかっている。竹の柱で仕切った壁の一隅には水墨で山水の一軸が懸かっている。とんと、美術館の一室か、高級な骨董店の特別室にいるような錯覚を起こす。参観者には、戸谷信一のお点前《てまえ》で茶が出される。この茶碗《ちゃわん》が一級品の値打のあるように見えるのだ。

病院の経営が赤字になっても、戸谷信一は、この蒐集品だけは手放さない。一つは愛着もあるが、一つは、彼の資本である。

資本と云っても、金に替えるわけではない。彼は、人には時価一億円の蒐集と吹聴《ふいちょう》しているが、病院経営が困難でもこれを売り立てたことがない。

この蒐集品が「資本」というのは別の意味であった。呼び入れた女がこの高級な雰《ふん》囲《い》気《き》に惹《ひ》かれるからだ。

小さなノックが聞こえた。黙っていると、すうと白衣がうしろから近づいて来た。ノックの仕方で分かる。婦長の寺島《てらじま》トヨであった。この女は、いつも足音を立てないで入ってくる。

「風見《かざみ》商会から請求書が来ました」

寺島トヨは骨ばった指で、四、五枚重ねた紙を戸谷信一の眼《め》の前に置いた。

「今月が七万二千四百円、チェックしましたが間違いはありません。薬剤の黒崎《くろさき》先生の判も捺《お》してあります」

寺島トヨは嗄《しゃが》れた声で云《い》った。

「前からの残りが二十一万五千円、しめて二十八万七千円ばかりになりますが、風見商会は、半分だけでも入れて頂きたいが、いつ伺ったらいいかと訊いています」

戸谷信一は請求書を指先で摘《つま》み、一瞥《いちべつ》もしないで書類籠《かご》の中に抛《ほう》り込んだ。

「いつ来たらいいか、あとで電話で報《し》らせると云ってくれ」

彼は婦長の顔を見ないで云った。見ないでも分かっている。寺島トヨは瘠《や》せた四十歳の女だ。眼窩《がんか》がくぼみ、皺《しわ》が深い。女の感じはとうに失《う》せている。

「この前もそうでした。はっきりした約束の日を云ってください」

トヨは少しも臆《おく》しない。婦長の威厳からではなかった。この女は、父の信寛が六十一のときに妾《めかけ》にした。看護婦だったのを、信寛が自分の専用にし、手をつけてしまった。今から十年前の話だ。父が四年前に死んでからでも、ずっとこの病院に置いてやっている。

「だから、あとで支払日を知らせるよ」

戸谷信一はむっつりと云った。眼は、古竜軒の目録を見ているが、瞳《ひとみ》の端に彼女の白衣がちらちらと動く。

寺島トヨは、黙って突っ立っている。院長だが、戸谷信一はいつもの圧迫を感じた。早くこの女を此処から出さねばならない。しかし、彼にはすぐにその言葉が出ない。

寺島トヨは、彼が眺《なが》めている骨董品の目録をじろりと見た。

「風見商会は、これ以上、支払いを遅らせると、納入をとめるかも分かりません」

寺島トヨは抑揚のない声で云うと、はじめて彼の机の傍《そば》から離れた。やはり、足音を消したままである。

戸谷信一は憎い眼つきで振り返った。肩の落ちた白衣がドアから消える瞬間であった。

寺島トヨも、前には、彼の女でもあった。彼は、この女によって、はじめて果実のうま味を教えられたといえる。父親の信寛が生きているときから、彼は寺島トヨと関係をもった。六年前のことだ。彼は父の女を偸《ぬす》み、毎晩、母屋《おもや》の空部屋に通った。その交渉は、父親が死んでからも二年はつづいた。今は何もない。寺島トヨも知らぬ顔をしている。しかし、父の死後、瘠せた身体《からだ》に蒼《あお》い情念を持ちつづけている寺島トヨの実態を戸谷は知っている。この女が、女関係の多い自分にどのような感情をもっているかも、彼には分かっている。

危ない女である。

しかし、戸谷信一は、彼女をこの家から追い出すことができないでいる。年上の女によって情事を教えられた彼は、爾来《じらい》、なんとなく彼女に威圧感をうけている。たとえば、感情のソリが合わぬ出戻《でもど》りの姉といったら、いくぶんはそれに近いであろうか。——

薬屋の支払いなど、どっちでもいい、と戸谷信一は思った。目下の屈託は古九谷の皿を手に入れるための百五十万の金であった。

一番に、藤島《ふじしま》チセが頭に泛《うか》んだが、彼女からは一週間前に百万円を出させたばかりであった。いま、また百五十万とはきり出しにくいし、一ヵ月後には五百万円ばかり出させるつもりでいる。いまの百五十万円のために、あとの五百万円がフイになってはなんにもならない。

横武《よこたけ》たつ子はどうだろうか。あの女も、近ごろ金がだんだん詰まってきたようだ。亭主《ていしゅ》が死ねばともかく、彼女だけの操作では、窮屈になったらしい。いま、すぐに百五十万出せというのは、むつかしいであろう。五十万円ぐらいが、せいぜいのところか。

戸谷信一は、槙村隆子《まきむらたかこ》を思い出した。あの女なら金がある。一流の洋装店だし、流《は》行《や》っているから、金はふんだんに持っているはずだ。紹介した下見沢作雄《しもみざわさくお》の話では、一億円くらいの財産は確実にあるという。しかし、残念ながら、今すぐには間に合わない。

それにしても、下見沢作雄は妙な男だと戸谷信一は思っている。弁護士の肩書を名刺に刷り込んでいるが、一向にはやらない。そのくせ、奇妙に金のある女を見つけては、ワタリをつけ、戸谷信一に紹介する才能がある。

下見沢には、自分で女を料理する腕がないのである。

戸谷信一は、槙村隆子に電話を掛けてみることにした。彼女とは、まだ三回きり逢っていない。一度は彼女の繁昌している店で会い、二度はレストランで食事をしただけだった。

槙村隆子は、二十七歳で、夫と離婚したばかりであった。夫に女ができ、彼女の方から訴訟を起こして夫を離別したのである。それだけの生活力と美貌《びぼう》を彼女は持っている。洋装店がそこまで発展したのも、彼女の経営的才能にあった。洋裁学院を設立するのが彼女の念願である。

戸谷信一は、金のない女にはその場かぎりの魅力しか感じない。どのように美しくても、経済力のない女は虫のように無価値だった。

今、彼が最も興味を持っているのは、槙村隆子である。一億円以上の財産だというから、これを落とせば、当分金に不自由しない。彼は、今まで、女を得ると同時に、彼女たちの持っている金を引き出させては病院の赤字の何割ずつかを埋めさせてきた。

槙村隆子は美しい。それに、勝気がその顔に溢《あふ》れていた。三度目に食事を共にした時、戸谷信一は小当たりに当たってみたが、にべもなく断わられた。しかし、見込みがないのではない。今までの例から云って、彼は、彼女に対して、じっくり落ち着いてかかる心算《つもり》だった。実際、槙村隆子の整った顔は、その背景の資産と共に手軽には扱えそうになかった。それだけに、彼は、意欲をそそられるのである。

戸谷信一は、卓上の電話から、病院の交換手を通さないで直通のダイヤルを廻《まわ》した。

「チロル洋裁店でございます」

女店員が出た。

「槙村さんは、居ますか？　こちらは、戸谷信一だと云ってください」

暫《しば》くお待ちくださいませ、と云って、女店員の声が消えたが、それに代わって、

「もし、もし、槙村でございます」

とはなやかな声が聞こえた。

「戸谷です」

「あら先生」

隆子は、少し甘えたような声を出した。

「この間は、失礼いたしました」

「お元気そうですね」

戸谷信一は、窓を眺めて云った。

「ええ、おかげさまで。ただ忙しくて……」

隆子は答えた。

「どうです。少し、外へ出ませんか？　あんまり忙しがっていても、体に毒ですよ。ゴルフにでもいらっしゃいませんか」

「伺いましたわ、この間」

槙村隆子は、笑いを含んだ声で云った。

「でも、当分、そんなこと、できそうにもありませんわ。お店の仕事で、毎日くたくたなんです」

「だから、ゴルフを奨《すす》めるんですよ。まあ、一日、ぼくと外に出てやって見ることですな。教えますすよ」

「ありがとう」

と隆子は礼を云っただけだった。

「いや、本当ですよ。そんなに働いてばかりいては、参りますよ。やっぱり、人間、体が資本ですからな。ゴルフは健康のためになります。どうです、明日、自動車《くるま》でお迎えに行きますから、箱根へいらっしゃいませんか、日帰りで。一日ドライブして来れば、気分も晴れるし、コースに立った時の気分は格別ですよ」

戸谷信一は、ゴルフをほとんど知らない。しかし、ゴルフ場に行けば、どこかに友人の顔があった。ゴルフを教えるというのは口実だから、その友人に手ほどきだけを頼めばいい。いや、友人が居なくてもかまわない。ゴルフなどよりも、とにかく、女を外に連れ出すことだった。それが、彼の術策である。

「ありがたいけど、とても、行けそうにありませんわ」

槙村隆子は断わった。

「ぼくは、あなたのためを思って奨めるんです。変な行動はしませんよ、ぼくも紳士ですから、それは信じてください。日帰りで、箱根に行きましょう。明日、自動車でお店まで迎えに行きますからね」

「困りますわ」

隆子は強く云った。

「お迎えを頂いても、とても行けませんわ。そんなことをなさらないでください」

「都合が悪かったら、お乗りにならなくてもいいんですよ。とにかく、自動車は、ぼくが運転して行きます。明日の午前十一時」

戸谷信一は、自分の云いたいことだけ云って電話を切った。煙草《たばこ》を喫《す》い、蒼《あお》い煙を眺めながら、明日の賭《か》けを思った。

槙村隆子は、多分、明日は自動車に乗らないであろう。いや、乗るかも知れない。乗ったら儲《もう》けものだが、乗らなくてもよかった。要するに、そういうやり方を何度も繰り返すことである。急には、成功は望めそうにもなかった。それだけに、辛抱強く、彼女に攻撃をかけることである。これまでも、その手で失敗したことはなかった。

その電話が切れると、待っていたようにベルが鳴った。

「横武さまからです」

交換手が口早に云った。戸谷信一は、そうだ、今夜は横武たつ子に会う日だと思い出した。

「先生ですか、わたしです」

横武たつ子は急いで云った。

「やあ、今日は」

戸谷信一は挨拶《あいさつ》した。交換手がこの会話を盗聴しているのを意識していた。

「ご先方に八時に参りたいと存じます。よろしいでしょうか？」

横武たつ子は訊いた。交換手に聴かれても構わない暗号であった。

「いいでしょう」

「はい。それでは、そういうことに」

電話はそれだけで切れた。それだけで充分であった。

時計を見た。まだ、時間がある。しかし、恰度《ちょうど》よかった。ほかに廻る用事があった。

「米田君《よねだ》」

戸谷信一はインターホーンで看護婦を呼んだ。

「はい」

若い声が返ってきた。

「フェナセチンを持って来てくれ」

「分かりました」

フェナセチンは風邪薬である。

米田という薬局付きの若い看護婦が、小さな紙包みを五つ重ね合わせて持って来た。

一日分〇・五グラムずつの白い粉が入っている。

「フェナセチンだね?」

院長は念を押した。

「はい、フェナセチンです」

看護婦は答えた。薬の名前を記憶に残させるためである。今まで、この薬の授受のたびにこう繰り返す習慣であった。これは、あとで問題になったときの防禦《ぼうぎょ》からである。

看護婦のうしろから、人かげが射した。婦長の寺島トヨであった。この女は、いつも足音をぬすんで入ってくる。

戸谷信一は、なんとなく、ぎょっとした。薬の袋をポケットに入れるのが間に合わなかった。寺島トヨは、彼の机の上に載っている薬包みをじろりと見た。

「お出かけですか?」

寺島トヨは戸谷信一に眼を移し、乾いた声で訊いた。この女は、彼が出かけようとするとき、女房《にょうぼう》のように、いつもそれを予見している。

「うむ、何か用事かい?」

「風見商会が、いつ払って頂けるかと、また電話で訊いて来ました」

嘘《うそ》だ、と戸谷信一は思った。寺島トヨは口実を云って様子を見に来たのだ。彼は呶《ど》鳴《な》りたいのを我慢した。

「あとで電話すると云え」

戸谷信一は、寺島トヨの前を横切って部屋を出た。

車庫から自動車を出して、街に出た。ポケットには白い薬がある。風邪薬だが、横武たつ子は、毒薬と信じている。彼女は、いつも蒼い顔をして、この薬を受け取る。

横武たつ子は大きな家具店の妻女である。戸谷信一から手渡される白い薬で四十歳の夫を毒殺できると信じているのだ。毎日、少しずつ、その薬を夫に与えることで、中毒の徴候無しに殺せると思い込んでいるのだ。

いつものことだが、この薬を貰《もら》ったときの横武たつ子の異常な興奮が、戸谷信一には愉《たの》しみであった。彼は、そのときに立ち向かってくる女のすさまじい形相を眼に泛《うか》べながら、ハンドルを動かしていた。街は、ひどい風が吹いているのと、自動車が混み合っているだけであった。


「ごめんください」

女中が離れの奥に声をかけて、先に格子戸《こうしど》を開けた。

戸谷信一はあとから入った。沓脱《くつぬぎ》には、スリッパが一足揃《そろ》えてある。戸谷が靴《くつ》を脱いだときに、女中が外から格子戸を閉めた。

襖《ふすま》を開けると、地味な着物と帯をした横武たつ子が後ろ向きに坐っていた。戸谷は約束より一時間遅れた。テーブルの上には、湯呑《ゆのみ》があった。茶は底の方に溜《た》まっていて、冷えた色をしている。戸谷は、それで横武たつ子が時間通りに来ていたことを知った。

「遅れてすまない」

戸谷は、上衣《うわぎ》を脱ぎかかった。

横武たつ子は、そのまま動かないでいた。この女はいつもそうである。男が来てもすぐに立たない。冷淡からでなく、かえって感情を抑えているのだ。

女にはいろいろな型がある。入って来た男の顔を見るなり、ぱっと表情を輝かせて起《た》ち上がる感情の若々しいのもいれば、横武たつ子のように沈重な女もいる。もっとも、横武たつ子は人妻であり、若くもなかった。

戸谷が上衣を脱いだときに、初めて彼女は膝《ひざ》を座蒲団《ざぶとん》の端からずり出して、立ってきた。野暮《やぼ》ったいくらい地味な着物だ。

「どうなさったの？」

横武たつ子は、戸谷を見上げてやさしく笑ったが、その表情には待ち疲れた痕跡《こんせき》がある。

「自動車《くるま》が混んでね」

戸谷は上衣を女に渡しながら説明した。

「そうだと思いましたわ。でも、一時間近くお待ちしてましたわ」

「すまない」

「お忙しかったんでしょ？」

「まあね」

女は部屋に造りつけの洋服ダンスの戸を開けて、男の上衣を掛けた。

横武たつ子は、戸谷に逢《あ》うときいつも地味な着物を着ている。ふだんは派手な方だったが、こういう出逢いの場所では、意識してこんな身なりで来る。似た色の帯をしめているのも、野暮ったかった。

この女は、大きな家具店の妻である。使用人は五十人くらい居た。

「シャツをすぐにお脱《と》りになったら？」

と女は戸谷の後ろから声をかけた。部屋では扇風機が静かに風を送っている。

「まだいいだろう」

戸谷は、シャツの胸ポケットに片手をやった。姿勢を変えて、女の肩を寄せた。横武たつ子は片手を壁に支え、眼をつむって仰向いた。唇《くちびる》が冷たかった。

「これ」

戸谷は、女を放してポケットに入れた手を出した。拡《ひろ》げた掌《て》の中には、白い薬包みが載っていた。

横武たつ子は、ちらりとそれに眼をくれたが、すぐに顔を背《そむ》けた。

「あとでいいわ」

低いが抑えた声だった。

この女はいつもこうである。薬包みを毒物と信じ込んでいるから、すぐに受けとらないのだ。つまり、彼女は「悪いことはあとに延ばせ」式である。結局は受け取る運命だと分かりながら、少しでもそれを遅延させようとする。そのことで、彼女は、自分の罪悪感を薄めようとしているのだ。三十分でも一時間でも、延ばすことで、自分の良心めいたものを見せようとしている。

あさはかな女である。彼女は、絶えず夫の毒殺を図る連続行為の意識から解放されることはない。彼女の夫は衰えている。彼女は、毎日、眼前に夫の衰弱の増すのを見て暮らしている。その原因が、この薬包みの中の白い粉だ、と彼女は思い込んでいる。毒の現物を受けとるたびに、彼女は新しい昂《たか》ぶりを覚えるのである。その刺激が絶えず彼女に働いている。今の場合、「白い毒薬」を一時間後に受けとらねばならぬ心理的拘束が、それを手にしたとき以上に興奮させているのである。

この女の気持は、戸谷にとって悪くはない。彼女の行為の中にそれがすぐに現われて来るのである。あとでいいわ、と云ったとき、彼女は眼をそむけた。戸谷は、その眼の表情に早くも女の興奮が出ているのを見逃さなかった。

「そうかい」

戸谷は、白い薬をポケットに納めた。

横武たつ子は、絶えずこの薬を意識する。彼女はその邪悪な品を手にするまで、絶えず不安と愉悦とをつづける。薬の入手を一寸延ばししている気持の中には、その興奮の持続を望んでいるのだ。

二人は風呂《ふろ》に入った。

横武たつ子の体は、艶々《つやつや》としている。三十二歳とは思えない若さが充実していた。彼女の顔と身体は、頸《くび》を境にして別物《べつもの》のようだった。身体の方がずっと若い。浴室の湿った光線の中で、皮膚は薄い紗《しゃ》を掛けたようにぼんやりと光っていた。

彼女の夫は病者だった。戸谷は、いつぞやその夫を診《み》たことがある。むろん、彼女との関係のできない前だった。放《ほう》っておいても恢復《かいふく》する見込みのない患者であった。わざわざ毒物を飲ませる必要はなかった。白い薬を用いて神経に効果があるのは、むしろ妻のたつ子の方だった。

夫婦関係は、病者の夫の方がとっくに不能に陥っている。

横武たつ子は唇を歪《ゆが》めていた。眼の色まで変わっている。枕元《まくらもと》の薄暗い照明の中で、その顔が隈取《くまど》りを作った。

この女は、薬を手渡すとき、いつもこうである。五服の薬包みを渡すのは、一カ月に一度である。この一度が彼女を狂奔させるのだ。悪の意識が変形して彼女を戸谷に向かって疾駆させ、その狂暴の中に彼女は陶酔する。

「水」

戸谷は疲労のあとで云《い》った。

「はい」

横武たつ子は腹這《はらば》いになって、枕もとの水差しに手を伸ばし、口に水を含んで戸谷の唇の上に押し付けた。下で戸谷は喉《のど》を鳴らした。

「もうよろしいの?」

「ああ」

戸谷は、手で口を拭《ぬぐ》った。

煙草の火を女につけさせた。煙が天井に向かって這《は》い上がった。

「商売の方はうまく行ってるのか？」

彼は、自分の腕に女の頭を載せて訊《き》いた。

「ええ、どうにか」

女は、小さく答える。

戸谷は、それからも黙っている。煙草の火が暗い所で赤く息づいた。

「ねえ」

女は声を出した。

「何を考えてらっしゃるの？」

戸谷はそれを待っている。しかし、すぐには返事をしなかった。女は柔らかい指を揃えて戸谷の胸を擦《さす》った。

「君……」

戸谷が返事をしたのは、すこし経《た》ってからだった。頑固《がんこ》に沈黙したあとである。

「百万円ばかり都合できないだろうかね？」

今度は横武たつ子が黙った。

戸谷は知っている。その沈黙は、横武たつ子に思案させているのだ。多分、彼女は、店の売上げの金のことを考えているにちがいない。戸谷が、彼女に八十万円を出させたのは、つい三カ月前だった。その金がどこに消えたか戸谷は覚えていない。

横武たつ子の夫は、病床でも金庫を枕元に置くような男である。銀行の預金通帳も株券も、不動産の証書も、寝ながら見張っている。永い間商売をしている彼は、店の売上げがどのぐらいあるかも分かっている。その中から横武たつ子が八十万円を掠《かす》め去るには、相当な決心が要ったであろう。これまで戸谷は、五百万円近い金を彼女から引き出している。

彼女のいまの思案は、これまで戸谷に与えた金額の計算ではあるまい。百万円、と彼に切り出されて、どのようにしてそれを調達するか、苦しい工夫に耽《ふけ》っているのだ。

横武たつ子は、戸谷の腕に頭を載せ、仄暗《ほのぐら》い中で、その知恵と闘っているにちがいなかった。それはすでに戸谷の罠《わな》にかかっていることだった。横武たつ子は、これまで戸谷に頼まれると、拒絶できなかった女である。

「何になさるの」

女は訊いた。弱いが、すでにその声は戸谷の要求を肯定した口吻《くちぶり》だった。

「病院が赤字でね、相変らず火の車だ」

彼は溜息《ためいき》をついた。

彼は、病院を出るときに、風見商会から二十八万七千円の請求書をつきつけられたことを思い出した。婦長の寺島トヨは、これを払わなかったら薬屋が納品を止めるであろうと嗄《しゃが》れた声で云った。

戸谷は、その二十八万七千円を、横武たつ子には百万円にふくらませて申し込んでいる。風見商会には全額を払う気持は毛頭なかった。三分の一ぐらい入れてやればいいと思っている。あとの八、九十万円は、古竜軒の見せた古九谷の資金に当てようと思っている。

「病院がそんなにいけませんの?」

横武たつ子は、心配そうにたずねた。

「悪い。ぼくの腕がないのかも知れないが、やっぱり親父《おやじ》のあとを継いだのがいけなかった」

父親はあまりにも有名な医者だった。戸谷の言い方は、その跡を継いだ二世の嘆きにみえる。

「運が悪かったのね」

彼女はそのことに同情した。

「でも、病院がまずくなっては困りますわ。わたくし、あなたがどんどん盛大におやりになるようにいつも祈ってますのよ」

「それにしても成績が良くない」

戸谷は、もう一度、暗い中で吐息を聴かせた。

「わたくしがこうしてお逢いするからでしょうか。あなたのお仕事の時間を邪魔するようで悪いわ」

横武たつ子は、責任を感じたように云った。

「そうじゃない、ぼくの腕が悪いからだ」

「いいえ、いけませんわ、そんな気持を起こしては。やっぱり病院の方をちゃんとなさらなくては」

戸谷は、横武たつ子がいくら出すかを待ちかまえている。百万円と云ったが、今すぐには無理だろう。やはり八十万円というところか。

「百万円なんて、すぐには都合つきませんわ」

果して、彼女は云った。が、その次の言葉は、彼の予想を遥《はる》かに下廻っていた。

「半分にして頂けません？　だって五十万円でも、今のわたくしには家から引き出すのは辛《つら》いんです」

戸谷はそれを拒絶しなかった。タダだから五十万円に負けたところで損はない。

「すまないね」

と男らしく云った。

「いいえ、わたくしこそすみませんわ。だって主人がまだしっかり金庫を握ってるんですもの」

彼女の夫は、一億円の財産を持っている。夫が死亡すれば彼女はその金を自由にできるわけであった。

しかし、戸谷信一は、彼女の夫に本ものの毒薬を与えるような愚かな行為はしない。彼は犯罪の暴《ば》れた場合を常に考慮している。その点は臆病《おくびょう》であった。

しかし、ニセの毒薬を女に与えるには、それだけの理由がある。この一億円の財産を持っている商人の妻を苦しめ、懊悩《おうのう》させ、いくばくかの金を出させることに、彼は愉しみを覚えているのだ。それは、この女に夫殺しの意識を培養させることと並行している。女の苦しむのを彼は喜び、女がもがくのをみて彼は満足していた。

たとえば、それにはほかに藤島チセがいる。彼女は三億円近い財産を持っている。夫は老人だったし、その家業を発展させたのは藤島チセであった。彼女なら五十万円でも百万円でも、横武たつ子ほど苦しまずに出せるのである。ただ、彼女にそれを鈍らせているのは、彼女自身の吝嗇《りんしょく》であった。

これは夫の金を掠めて取っている横武たつ子とは本質的に違っていた。一方は夫からの盗みであり、一方は己れの自由な金であった。戸谷信一は、藤島チセからこれまで一千万円に近い金を出させている。潰《つぶ》れかかった病院をこれまで持たせたのは藤島チセのお蔭《かげ》だ。しかし、これは横武たつ子の場合のように彼に刺激を与えない。

極端に云うと、戸谷は藤島チセには甘えればよかった。甘えさえすれば藤島チセは顔をしかめながらも金をくれるのである。が、その金には、横武たつ子から貰《もら》うほどの隠微な歓《よろこ》びはなかった。賭《か》けも危険も無い。——

「君」

戸谷は、黙っている横武たつ子に云った。

「五十万円が無理だったら、どっちでもいいよ。今まで君から相当借りているからな」

戸谷は、五十万円の才覚と闘争している彼女に詫《わ》びた。

「多分、大丈夫よ」

彼女は返事すると、顔を戸谷の腕の上で転がした。

「ほかのことじゃありませんわ。あなたが遊ぶ費用ならともかく、大事な病院のことですもの、わたくし、何とかしますわ」

この時、多分、横武たつ子の眼《め》には、戸谷から受領する白い粉が泛《うか》んでいたにちがいなかった。彼女の息が乱れて戸谷の鼻にかかり、彼女の微《かす》かな口臭がにおった。横武たつ子は、もしかすると、快楽《けらく》の最中《さなか》でも、夫の死後の財産処分を考えているのかもしれない。彼女は、あの白い薬の毒の効き目を信じている。正体が風邪薬だとは、夢にも知らない。

「だんなさんはどうだね？」

戸谷はふいに訊いた。彼女の顔がぴくりと動いた。

「ええ、だんだん痩《や》せてゆくようだわ」

低い声だった。その小さな声の中に、彼女の殺人の意識と成就《じょうじゅ》の歓びとが含まれている。それが戸谷に立ち向かう肉体の中に奔《はし》っている。


翌日は土曜日だった。

戸谷信一《とやしんいち》は、十時半に、白衣を背広に着替えて車庫に降りた。土曜日でも日曜日でも、彼の仕事にはさして関係が無い。

車を引き出して病院の門を出るときに、母屋《おもや》の方に立っている寺島トヨの姿を見た。寺島の顔がこちらを向いている。遠くて見えないが、強《きつ》い視線だった。

戸谷信一は車を走らせた。途中でガソリンを補給した。行先はあるいは箱根になるかも知れない。その時の用意だった。

昨日の電話で、彼は槙村隆子《まきむらたかこ》を箱根に誘っている。この二十七歳の有名な洋装店のマダムは、顔は若やいで美しかった。職業上、いつも洗練された洋装を身に着けている。

洋装店の女店主に洋装の似合う女はあんまりいない。しかし、槙村隆子は別だった。均整のとれた体は、自分でモデルになってもいいくらいだった。それに彼女は金を持っている。夫と別れたばかりというのも、戸谷には魅力があった。果実は孤独のままに熟《う》れている。

戸谷は、ほとんど一日おきに彼女に電話をかけている。声を聴かすことによって、彼の存在を女の意識に灼《や》きつけるいつもの術策だった。絶えず彼の影響から逃れられないことを対手《あいて》に覚《さと》らせるのだ。昨日の電話がそうである。対手の承諾の有無を聞かずに、十一時には車を持って店の前に行きますよ、といった一方的な宣言だ。対手が受諾しようが断わろうが、とにかく、その主張を押し付けるのだ。

戸谷は、駐車して、洋装店の前に歩いた。槙村隆子の店は、表にはさほど美しい装飾が無い。彼女の場合、こけ威《おど》しのウインドーは必要でなかった。その代り、得意は金持階級の人達が多くを占めていた。この店に働いている弟子だけでも二十人くらい居た。槙村隆子は、金をふんだんに持っている。

戸谷信一は、その店のしゃれたドアを押した。ぱったり遭ったのが、いつも取り次ぐ役をしている女弟子だった。

「先生は?」と彼は訊いた。

「戸谷が来た、と言ってくれたまえ」

その女弟子は、動かずに、彼の顔の前でお辞儀をした。

「申訳ありませんが、先生は都合があって、今日はお供できないそうでございます」

「居ないの?」

戸谷は早くも眼の前にぴしゃりと閉《た》てられた戸を見た。

「ええ、ご外出でございます。戸谷先生が見えたら、そうお伝えしてくれ、と云ってお出かけになりました」

戸谷は彼女のやり方に闘志を燃やした。

2

彼は、空しく帰りの自動車《くるま》を運転した。

槙村隆子には振られたが、少しも気に病まなかった。どうせあの女はこちらの手に落ちて来る、と思っている。ただ、このまま自動車の向けようがなかった。藤島チセのことが頭に泛んだが、陽《ひ》の高い今ごろから行く気になれなかった。銀座から抜けて、自動車をなんとなく走らせていると、ふと下見沢作雄《しもみざわさくお》に会ってみたくなった。ただ、彼が今ごろ家に居るかどうかは分からない。

電話ボックスを見つけたので、戸谷は自動車を停《と》めた。

電話に出て来たのは、婆《ばあ》やだった。

「先生はお留守でございます」

下見沢の家には、この婆やしか置いていない。初めから女房《にょうぼう》を持たぬ男だった。

「戸谷だがね。何処《どこ》に行ったのかい？」

いつも彼の家に遊びに行っているので、戸谷も婆やにはぞんざいな口をきいた。

「さあ、どこともおっしゃいません。お帰りもいつになるか分かりません。お戻《もど》りになったら、戸谷先生から電話があったと、申し伝えておきましょうか？」

「いや、いいよ。また、こちらから電話する」

「さようでございますか」

婆やの声の後ろから寒々とした空気が伝わるようだ。下見沢は婆やとたった二人で、古い家に住んでいる。

下見沢作雄は、三十五歳になる。結婚をしない彼は、今でも飄々《ひょうひょう》とどこかに出て行く。二週間も続けて帰らぬこともある。行先を決して教えない男だった。

といって、下見沢作雄は悪い遊びをするでもなく、好きな女が居るわけでもなかった。むしろ何一つ道楽の無い男である。強《し》いて云《い》えば、奇妙に世間のいろいろなことを知っているのが趣味と云えた。

戸谷はいよいよ行先の当《あて》が無くなった。仕方がないので、また一度病院に帰ることにした。

自動車を走らせながら、戸谷はまだ槙村隆子のことを考えていた。昨日、箱根にドライブに行こうと誘って、こちらから強引に、その日と時間とを指定したのだが、それは失敗だった。今までの例で、前もって断わられても、車をこちらから持って行くと、結局、渋りながらも、女は乗り込んできたものだ。槙村隆子はまだその手に乗らないでいる。

戸谷は、槙村隆子に目を着けてから三ヵ月になる。この槙村隆子を紹介したのも下見沢だが、

「此処《ここ》にこういう女がいるがね」

と彼は戸谷に話したのだ。一方から見ると、戸谷に嗾《けしか》けているようなところもある。

が、下見沢は、たいていの場合、それ以後の女と戸谷との交渉がどう進展しようが、全然、見向きもしなかった。あとは任せた、といった態度だった。戸谷が調子に乗って、女とのその後の情事を話してやっても、薄笑いをして聴いているだけである。

戸谷は、槙村隆子のことも下見沢に話した。その時は紹介されたすぐあとで、多少、彼女に脈がありそうだったから、話も少し大袈裟《おおげさ》だった。

というのは、戸谷は、槙村隆子を食事に二度ばかり誘ったことがある。先方では、戸谷がちゃんとした病院の院長だというので、安心してついて来たのである。食事は銀座の一流の店だった。帰りに、ナイト・クラブに誘ったが、これはあっさり彼女に断わられた。

帰りの自動車の中で、いきなり槙村隆子の手を握ったが、強い拒絶に遭ったのだ。戸谷は、そのような場面には馴《な》れている。彼は決して臆《おく》せぬ男だった。普通なら狼狽《うろた》えるところだが、前からの話の続きを平然と彼女に向かって続けた。呼吸《いき》も乱さないのである。

二度目の時も、やはり自動車の中だった。これは、彼が強い力で機を見て彼女の手を握ったので、女の方で引っ込めようがなかった。運転手の背中が近いので、女は声を立てなかった。いつの場合も、まずこれで彼は成功するのである。女の羞恥心《しゅうちしん》がかえって男の術策に陥って行く結果になるのだ。

この時、戸谷は槙村隆子の手を摑《つか》み、手の甲に接吻《くちづけ》をした。それだけで離すのでなく、抵抗している女の指を摑んで自分の口の中にさし入れた。そして女の指一本一本をべろべろと舐《な》めた。指は、彼の唾《つば》でぬるぬるした。

さすがにこの時は、槙村隆子は俯向《うつむ》いてしまった。気の強い女だが、暗い自動車の中で顔を隠したのである。万事が馴れた戸谷の手早い行動で処理された。

それ以後、槙村隆子は、戸谷の前に姿を閉じてしまった。電話を掛けたが、いつも弟子が出て来て、

「先生は留守です」

という答えばかりだった。彼女の命令に違いない。

それでも、全く彼女が電話口に出ないわけでもない。十回に一度ぐらいは彼女の声が聴こえた。

「お誘いになっても駄目《だめ》ですわ」

彼女は、強く云った。

「もうお電話も掛けないでください。お目にかかりたくないんです」

「どうしてです？」

戸谷は図々《ずうずう》しく反問した。

「なぜ、ぼくをそう警戒するんです？」

「あなたが怕《こわ》いからですわ」

「ぼくが怕い？　どうしてですか？」

「おつきあいしていると、わたくしが困ることになりそうなんです」

槇村隆子は小さい声を出した。

「怕いところがあったら、ぼくが何とでも改めますよ。云ってください、どこが怕いのですか？」

「いいえ、申し上げる必要はありませんわ。とにかく、おつきあいはお断わり申し上げたいんです」

「あなたにそんな印象を与えたのは、ぼくの気づかない悪い態度があったのかもしれません。改めます。この次、ご一緒に何処かに行って、お話をよく聴きます。そして、反省して改めますよ」

「いいえ、何処にもお伴《とも》できませんわ。とても忙しくて」

「忙しいのは結構です。しかし、それでは健康によくありません。外に出なさいよ。丈夫になります。ぼくが誘いますよ」

「結構ですわ。もう、そんなことで電話を掛けないでくださいまし」

「ですから、あなたが、ぼくを怕くて警戒しているなら、改めると云っています。槙村さん、ぼくは、あなたに逢って、ゆっくり話したいことがあります。せめて話だけでも聞いてください」

「……」

「もしもし。聞こえますか！」

「もう電話を掛けないでください。失礼します」

電話は先方から切った。

槙村隆子は、彼に恐怖している。

戸谷は、電話の切れた音を聞いて笑った。彼女が彼に恐怖しているのは、彼に興味をもっている証拠であると彼は知っていた。

戸谷は、藤島《ふじしま》チセの家に行った。

藤島チセは、銀座で大きな洋品店を経営している。「パウゼ」という名で高級な店として知られていた。

しかし、戸谷が自動車《くるま》を乗り着けたのは、店の方ではなく、藤島チセの自宅だった。

付近は閑静な住宅街である。チセの家は、数年前、戦前の著名な実業家の邸宅を買い取ったものだ。長い塀《へい》をまわし、茂った植込の中に大きな母屋《おもや》が沈んでいる。

戸谷が自動車を停《と》めたのは、その家の正門ではなかった。といって、商人の出入りする通用口でもない。出入口が別に設けられてあった。この門だけが新しい。これは、主人の藤島チセが戸谷の出入りのためにわざわざ造ったのである。

藤島チセによると、戸谷が正面の門から入って来るのは少し迷惑だし、といって通用口から入らせることもできない。そのため特別に彼の専用門を造ったのだ。このことは、藤島チセにおける戸谷信一の立場を表わしている。

戸谷は、わが家のようにその門を潜《くぐ》り、庭石を伝った。植込の茂みの中から内玄関の灯《ひ》が見える。

勝手に格子戸《こうしど》を開けて、内に入った。靴《くつ》を脱いでいると、女中の安子《やすこ》が覗《のぞ》きに来た。

戸谷の姿を見て、膝《ひざ》をついた。

「お帰りなさいまし」

戸谷はこの家に来ると、この挨拶《あいさつ》を女中たちから受けている。彼はうなずいて上にあがった。安子がその後を追った。

「あの、ママはお留守なんですが」

安子は、藤島チセ付きの女中だった。

この家には、三人の女中がいる。安子は、その中の古顔で、もう四十二、三になる。チセの留守を聴かされたが、戸谷は、勝手に彼女の部屋に入った。八畳の間が日本間で次が十畳の洋室になっていた。どちらも贅沢《ぜいたく》な調度を置いてある。戸谷は、洋間の方に入って、上衣《うわぎ》に手を突っ込んだまま、ソファに腰を掛けた。

「何処《どこ》へ行ったの?」

彼は安子に、自分の女房《にょうぼう》の行方を尋ねるように訊《き》いた。

「なんですか、美容院に行ってから、お店にお廻《まわ》りになるとのことでした。先生がいらっしゃるのを、ママはご存じだったんでしょうか?」

「いや、知らないだろう」

「さようでございますか」

戸谷は、安子が茶を持って来る間、ソファから起《た》って、その辺を見廻した。ふと、化粧棚《けしょうだな》の上に四角い風呂敷包《ふろしきづつ》みが乗っているのに気づいた。彼は、それを降ろした。かなり重い。

風呂敷を解くと、中から桐《きり》の古い木箱が出てきた。重さで知ったのだが、中は茶碗《ちゃわん》のようだった。木綿の細紐《ほそひも》で括《くく》ってある。彼は、それを解いた。

木目の出た古い蓋《ふた》を開けてみると、中は鬱金《うこん》の布で包まれていた。戸谷がそれを取り出して開くと、果して茶碗だった。鼠色《ねずみいろ》がかった乳白の地肌《じはだ》に、粗《あら》いタッチで草花の模様がある。

「ふん」

戸谷は、鼻を鳴らして、それを眺《なが》めた。志野《しの》だった。藤島チセも近ごろは、戸谷の影響を受けて、こういう物に興味を持ってきた。どうせ骨董屋《こっとうや》が押しつけて帰ったにちがいないが、かなりいい物だった。もちろん、相当な値段を吹っかけられたのであろう。

戸谷は、手に取り、裏をひっくり返してためつすがめつして見た。志野特有の白濁の釉《うわぐすり》が絵着けの色を沈潜させている。地肌の鉄気《かなけ》が部分的に赤く色づいていた。

安子が茶を持って来た。

「これ、いつ持って来たの？」

安子は、茶を置きながら腰を屈《かが》めて、眼をそれにやった。

「なんですか、昨日、骨董屋さんが見えたようでございます」

「これ、買ったのかい？」

「さあ、どうでございましょうか」

安子がお辞儀をして去ってから、戸谷は、茶碗をそのまま包んで元どおりにした。それから、煙草《たばこ》をふかして、部屋の中を歩いた。床には赤い絨毯《じゆうたん》が敷いてある。彼は遠慮なくその上に灰を落として廻った。

一本を喫《す》い終わると、灰皿《はいざら》に投げた。その灰皿の中に口紅のついた外国煙草の吸殻《すいがら》が二本落ちている。

戸谷は、部屋を出るとき、茶碗の包みを提《さ》げた。自分の蒐集品《しゆうしゆうひん》に貰《もら》ってもいいし、売ってもよかった。やはり女の留守の部屋には来てみるものだった。

戸谷信一が藤島チセを知ったのは、三年前である。それも下見沢作雄の紹介だった。

藤島チセは、戸谷を若い病院長として信用した。それも高名な医者の息子なのである。彼が藤島チセに近づいたのは、ほかの女と違って、物質的な方面からだった。この点は、戸谷は、まさに藤島チセの性格を知って彼女を射《い》たと云える。

戸谷は、藤島チセと暫《しばら》く交際したのち、二百万円ほど借りた。理由は、島根県の石見《いわみ》銀山付近にある鉱区を買ったので、それを開発したいから出資してくれ、というのだった。もっとも、それは根も葉も無いことではない。戸谷は、面白半分《おもしろはんぶん》に、或《あ》る山師から、二町歩《ちようぶ》ばかりの銅山の鉱区を買ったのである。むろん、鉱脈などは有りはしない。まやかし物は承知で、ただ鉱区を持っているということの愉《たの》しさで、値を叩《たた》いて権利を取ったのである。

戸谷は、それを理由に、藤島チセから金を出させた。彼女はそれにまんまと乗ってしまった。病院長戸谷信一の地位を信じたからである。

その二百万円は、彼はほかの女に瞬《また》く間《ま》に使ってしまった。期限が来て、藤島チセは返済を迫った。これは計算に入れていたことである。彼は云った。

「鉱区開発のために、現地で人を頼んで仕事をしてもらったが、実績がどうも上がらない。それで、新しく鉱区を別の男に売って金を返すから、待って欲しい」

その期限が来てふたたび、藤島チセは彼に返済を迫った。これに、彼は極力説いて、

「とにかく、鉱区を一度見て欲しい。見込みのないものなら仕方がないが、まだ見込みがあるなら、一緒に共同経営しようではないか」

と持ちかけた。

藤島チセは、それを承知した。彼女も鉱区を持つことに心が動いたらしい。二人は、東京からはるばると島根県にくだった。

米子《よなご》に着いたのが夕方だった。これも彼が計算して、その時刻に着くような汽車を選んだのである。

「これから現地に行けば、夜になってしまいます。永い汽車に乗ってお疲れでしょうから、どうです？　今夜は、この近くの温泉でお休みになりませんか？」

藤島チセは、自分より十五も齢下《としした》の男を眺めた。色白で、下ぶくれのした彼女の顔にも、疲労の色があった。初め、ためらっていたが、齢の違いすぎる男に安心したのであろう、それを承諾した。

米子の駅に降りて、ハイヤーで、近くの皆生《かいけ》温泉に行った。土地で一流の旅館である。宿は夜どおし、波の音が聞こえていた。

戸谷信一と藤島チセとの新しい関係は、その一夜から始まった。

そのとき、戸谷はチセから借りた二百万円の金が、タダになったと思い込んだ。

戸谷が石見に鉱区を持っているというのは嘘《うそ》ではないが言訳にすぎない。ほんの猫《ねこ》の額ほどのものだった。彼は、最初、それを藤島チセから二百万円借りる口実にし、多少のハッタリを利《き》かせるために利用したにすぎなかった。だから、次の朝、戸谷は藤島チセにこう言った。

「奥さん、昨夜《ゆうべ》、ぼくは、先方に電報を打ちましたよ。その返電が今朝早くありましたがね。先方は、今、旅行していると言うのです。三、四日かかるらしいですね」

もちろん、そんな電報を打ったこともなければ、返電があったのでもない。戸谷は、藤島チセに初めから、広大な鉱区を任せたという架空の人物を作っていたのである。

「先方の居ないところに、わざわざ乗り込んでも無駄《むだ》ですよ。三、四日ぐらいこの辺をぶらついて、先方の帰るまで待ちますか？」

藤島チセは、迷ったような眼《め》つきになった。

「待つといっても、こんなところに居《お》りますの？」

「いや、せっかく、この辺まで足を延ばした序《つい》でです。見物して廻《まわ》ろうじゃありませんか。見たいところは、いくらでもありますよ。この先に行くと、美保《みほ》ノ関《せき》だってありますし、松江《まつえ》や、宍道《しんじ》湖や、見物するところは多いですよ」

藤島チセは、黙って俯向いていた。その顔には、あきらかに迷いが出ている。

戸谷は、じろりとその顔を視《み》た。この女は昨夜を限りとして違ってきている。これまで戸谷が、ある距離を置いて向かっていた女ではなくなった。

——藤島チセは、自分だけの力で今の企業をなしとげた女だ。彼女には、夫はいるが、影はうすい。ここまで商売を仕上げたのは、終戦直後から、五、六年にわたって彼女がふるった怪腕による。

当時の藤島チセの働きは、目ざましいものがあった。以前に、或《あ》るホテルのメイドをしていた履歴が生きて、彼女は、多少、英語が喋《しゃべ》れた。それで進駐軍の客を相手に、僅《わず》かな宝石を商ってきたのである。それが次第に大きくなり、ついに、今の大きな洋品店となった。

彼女の夫は、この事業の育成に少しも役立たなかった。元来が性格の弱い男である。いつも彼女のうしろに廻って控えているような人物だった。彼女の手腕の十分の一にも及ばなかったのである。

現在の営業に仕上げるまでの彼女の働きは大そうなもので、今でも一口話になっている挿話《そうわ》が多い。多くは、伝説化しているが、それは彼女の苦闘の歴史であった。たとえば、彼女が進駐軍の将校の間を、渡り歩いて、その身体《からだ》を提供して商売のルートを求めたというが如《ごと》きである。

その真偽は、ともかくとして、彼女の顔はいかにもそれを肯定したいほど豊満であった。当時、三十過ぎの女盛りである。体も大きいし背も高かった。

その点になると、彼女の夫の春彦《はるひこ》は瘦《や》せていて、顔つきも温和《おとな》しかった。チセと並べると分かるのだが、彼の顔は、いかにも貧弱で覇気《はき》が無いのである。以前から若年寄という感じであった。

それで陰では、春彦は肥えた妻のために、肉体的に早く枯れていくのだ、と称していた。

実際、その悪口を聞いて、不自然とは思われないくらいチセの夫は貧弱だった。だから終戦後の混乱期とはいえ、わずかな間に、現在の一流の洋品店を築き上げた藤島チセの手腕は人を愕《おどろ》かすと同時に、その蔭《かげ》に萎縮《いしゅく》している夫は他人から興味ありげに見られた。藤島チセは現在でも四十を越して、なお、女盛りの精気と光沢《こうたく》を持っているのに、夫は六十にも見紛《みまが》うような風丰《ふうぼう》になっている。その肉体的な相違は、夫婦の生理の開きを現わしている。

戸谷信一が藤島チセと最初に知り合いになって、観察したのもその感想だった。夫の春彦は、名前だけは社長だが、ほとんど表に立つことはない。あたかも、料理屋のおかみと亭主《ていしゅ》の関係に似ていた。実際、藤島チセは一人で経営を切り廻していた。したがって独裁である。が、やはり女で、ひどく勘定高い。戸谷が誘って、遠い石見国の鉱区に出資する気になったのは、その金銭欲からである。

ところで、戸谷は、皆生温泉の宿で、藤島チセを強引に捻《ね》じ伏せてから、彼女の本体を知った。

彼女は噂《うわさ》に違《たが》わず、いや、彼の観察に違わず、「大変な女」だった。つまり、チセ夫婦の肉体的な不均衡が蔭口《かげぐち》の通りで、夫は早くも精力的な妻に消耗し、老廃していることが分かった。だから彼女は夫に絶望して以来、長い間、ほとんど独身と同じ忍耐をつづけていたのである。

最初こそ戸谷がチセを捻じ伏せたのだが、そのあと、チセの方で積極的であった。一度、そんなことになってから女は覚悟したらしい。それからは、急に女の身体に火がついた。戸谷が、夜明けにわが部屋に帰る前などは、彼自身が虚《むな》しくなるほどに彼女は攻撃的であった。

結局、戸谷の計画どおり二百万円の借金は長い時日の果に、ついにうやむやとなってしまった。

戸谷が趣味として蒐《あつ》めている壺《つぼ》や皿《さら》が彼の家に所蔵されている。彼がこれまで女を口説《くど》く時の台詞《せりふ》は決まっていた。

「ぼくは古い皿や壺を趣味で蒐めているが、これは昨日今日に始めたんじゃありません。中学生の時からやっているんですよ。どんなにぼくが一つの事に情熱を打ち込んでいるか、分かるでしょう。ぼくがあなたを愛している気持も、決して浮気《うわき》ごころではありません」

たいていの女が、戸谷のその言葉で、まず感動するのである。事実、一人の女ができるごとに、戸谷は自分の家に女を案内し、自慢げに蒐集品を見せるのであった。この時の戸谷の演出は見事である。茶を立て、ゆっくりと陳列棚に並んでいる蒐集品を、あたかも博物館員のような博識で説明するのであった。誰《だれ》でもが戸谷の趣味と深い知識に眩惑《げんわく》された。陳列棚の壺や皿には、わざわざ英語の名前で説明札が付いている。

藤島チセの場合も例外ではない。

彼女は、次第に戸谷の影響をその趣味に受けるようになった。彼女はそれまで全く関心が無かった古い茶碗や壺などを買っては、友達などに見せるようになった。が、それもほんの一カ月ぐらいなものである。いつの間にか、彼女の買った品は、戸谷の陳列棚の中に流れているのである。だから、戸谷が人にその蒐集品の数々を誇っても、藤島チセから取り上げたものも多い。

戸谷が彼女から奪ったのは、骨董《こつとう》類だけではない。彼女が大事にしている貴金属にしてもこれまでどれだけ掠《かす》め取ったか分からなかった。すぐ返す、と云《い》いながら、或《あ》る時は金に換え、或る時は藤島チセに隠してつくった女に与えた。

藤島チセは、戸谷にかかってはほとんど痴呆《ちほう》に近かった。世間から女丈夫と云われたのだが、戸谷を知ってからは人が変わった。夫はあったが、彼女には罪の意識は無かった。もとより、これだけの商売を彼女の腕一つで仕上げたのである。夫の価値はなかった。

しかし、藤島チセと戸谷の三年の交際の間には、幾多の闘争があった。その一つは、戸谷が彼女から金銭を引き出すことであった。この時の戸谷の台詞は、いつも決まっている。

「近ごろは医者も儲《もう》からなくなってね、親父《おやじ》の代とはだいぶ違うんだ。ほら、君も知ってるだろう。健康保険というものが出来て、いちいち点数制度になったんだ。税金だってガラス張りの仕組みになった。いいとこはちっともないよ。薬九層倍と云ったのは昔の話さ。どこの病院だって苦しい」

彼は溜息《ためいき》を吐《つ》いて説明するのだった。

「医者が儲かるのは自由診察料だが、現在では総収入の一割程度だからね。それに健康保険の対象にならないごく高価な薬なども保険患者が要求する。近ごろは患者も眼が肥えて、いや、医学知識が発達したというのかな、新薬新薬といって要求するのだ。こいつもサービスしないと、自然とこっちの人気が悪くなる。商売の競争だって、どんどん新しい医院が出来て、そりゃ激しいものだ。古い看板に頼る時代ではなくなってきたよ」

彼は話しながら嘆いた。

「この自由診察料というのが、前には脱税のための絶好のものだったがね。ところが、今はそれが一割もないからウマ味は無いと云っていい。それに税金が純所得の二八パーセントも掛かってきてはたまらないよ。親父の時代とは天地の開きさ」

戸谷は、藤島チセから金を引き出したり、返金を催促されないために、事細かに説明するのであった。

「人件費だってバカにならないからね。うちの場合は、四五パーセント人件費に掛かっている。ぼくの給料だって、手取り四万から五万円だよ。これで院長としてどんな体面が保てるかね？　まあ、君から云えば、ほんの小遣銭程度のことであくせく働いているのさ」

戸谷は毎日、患者をほとんど診《み》ないで、半分は遊んでいる。診療はすべて親父の代から居残っている医員に任せきりだった。

藤島チセは、戸谷のこの説明で、いつの間にかまるめこまれてしまう。営業の盛大な彼女はつい、戸谷の貧乏話に同情してしまうのだ。それで、今まで戸谷にこうした順序で絞り上げられた金は、夥《おびただ》しい金額に達している。チセと戸谷の口争いの一つは、戸谷の浮気である。もっとも、戸谷がわざと彼女に分かるようにしてその嫉妬心《しっとしん》を煽《あお》ることもあったが、なかには秘密にしていて思わぬボロが出ることもあった。

もちろん、戸谷は、藤島チセだけで満足する男ではなかった。十五歳も年上だし、その大柄《おおがら》な顔に寄っている小皺《こじわ》は気分を削《そ》ぐことおびただしい。まるで、叔母か、乳母かに抱かれているみたいだった。戸谷が、ほかに若い女を求めるのは、チセとのあとの口直しの意味もある。

浮気が、チセの耳に入ると、彼女は逆上する。このときのチセは、使用人の手前もはばからず狂乱して、戸谷に爪《つめ》を立てて摑《つか》みかかってくる。

こういう場合の戸谷は、神妙なものである。彼はチセに抵抗しなかった。彼の力をもってすれば、チセを封じるくらいは何でもなかったが、ひたすら逃げ廻って宥《ゆる》しを乞《こ》うのである。

チセからみると、年下の男が、自分の折檻《せっかん》を狼狽《ろうばい》して受けているのが、やはり可愛《かわい》らしい。彼女は、憐《あわ》れみを乞いながら、何かと懸命に陳弁する戸谷の言葉に、いつの間にか引っ懸り、まるめられてしまうのであった。

これまで戸谷が彼女の要求で書いた、「今後一切女遊びはしない」旨《むね》の念書は、彼女の手提《てさげ》金庫の中に束となっている。

藤島チセは戸谷が自由に自宅に出入りするために、特別に出入口を作っていた。彼女は、そのために理由を設けて、夫を銀座の店の二階に住まわせてしまった。

それで戸谷は、のうのうとして、彼女の自宅の自分専用口から、居間や寝室に大手を振って入るのである。女中たちも彼が来ると、いらっしゃい、とは言わずに、お帰んなさい、と挨拶《あいさつ》する習慣《ならわし》になっていた。戸谷は藤島チセと、すでに三年越しの関係になっている。これまで、彼は、しばしばチセに訊《き》いた。

「ぼくたちの間を、旦那《だんな》は知っているかい？」

藤島チセは、鼻に皺を寄せて答える。

「知っているかもしれないわ。でも、大丈夫よ」

何が大丈夫なのか分からない。しかし、チセのその言葉で、戸谷は、安心した。亭主をその家から追い出して、銀座の店の二階に置かせたほどの女だ。いわば、彼女の保障で戸谷は大手を振ってチセの家に出入りしている。

しかし、チセも無限に金を戸谷に出し続けたのではなかった。近頃《ちかごろ》、些少《さしょう》の金は出すが、大口の金は渋るようになった。

そこで、戸谷はいろいろと計画をめぐらして、最近、大口の金を二回出させている。一つは別居した女房《にょうぼう》への手切金という名目であった。

「ぼくも、いつまでも、こんな生活を続けていても仕方がないから、思いきって君と結婚しようと思っている。それで今の女房と別れたいが手切金をやりたいんでね。承知の通り、病院の方は火の車だ。まとまった金なんか、手元に無い、すまないが、それを都合してくれないか？」

藤島チセは、このときは、簡単に引っかかった。何といっても彼女にとっては、戸谷と一緒になることが最大の希望であった。彼女は、眼を輝かし、一も二もなく三百万円を都合した。

「ほんとうに、結婚してくださるの？」

彼女は彼の傍《そば》に擦《す》り寄った。

「だったら、わたしも今の亭主と別れるわ。三百万円で、奥さん、承知してくれるかしら？」

「大丈夫だよ。別居してるんだからね。ありがとう、さっそく、十日ぐらいのうちには、カタをつけてしまうよ」

しかし、十日が二十日になっても、一向、戸谷は、妻と別れたという結果を知らせなかった。彼は、藤島チセに詰《なじ》られて弁解した。

「例の、三百万円だがね、女房にやるつもりだったが、その半分を病院の方に流用したんだ。いや、悪いとは分かってはいるが、経営者となると、そりゃ、苦しい。いつも病院の苦しさは説明してるだろ。そこで、例の金も半分になってしまったし、半端《はんぱ》な金を女房にやるわけにはいかないので、ボソボソしていると、事務長が薬屋の払いを盛んに催促するのでね、またそれに手をつけたんだ。そんな工合であの金は何となく使ってしまったよ」

このときの戸谷の言い方は、まるで、道楽息子が、母親にテレ臭そうに告白するのに似ていた。

「なあに、女房なんか、大した金をやらなくてもいつでも別れられるよ」

戸谷は強調する。

そして、今まで、藤島チセをひきずって来ている。

戸谷は、藤島チセとの関係を続けながら、別な女に始終手出しししていた。

藤島チセは、戸谷より十五も年上だが、その肉体はまだ若やいでいた。脂肪も厚く、石鹼《せっけん》を撫《な》でるように四肢《しし》がすべすべしている。顔こそ小皺が寄っているが、首から上と下は、年齢差が断層になっている。

それが分かるのは、彼女と風呂《ふろ》に入っている時である。円《まろ》やかな肩などはまるで三十女だった。彼女が向うむきに坐《すわ》って身体を洗っているのを眺めると、背中から腰、臀《しり》にかけての線が弾みをもって充実していた。色が白いので、戸谷は、ときどき、白豚を眺めるような感じがする。

欲望にしても、戸谷のほうがときどき敗衄《はいじく》するのである。女は、それをこう説明した。

「わたしは、もう長いこと主人とは何でもないのよ。だから、あなたにこうして燃えてゆくんだわ」

事実、その通りかも分からなかった。藤島チセは、亭主を銀座の店の二階に追いやって接触を断っている。

亭主は、商売の上でも、生活の上でも、女房と対等の地位を抛棄《ほうき》しているようだった。両人の身体つきの対比を見ると、それが納得できるのである。

戸谷は、いつの間にか、藤島チセの愛人のような恰好《かっこう》になったが、亭主の方からは、一向に抗議が来なかった。藤島チセと戸谷との間は、使用人の間に噂になっているから、当然、亭主の耳にも入っているはずである。が、

「何か云って来たら、別れてやるわ。その方が、さばさばしていいじゃないの。横浜の支店を一軒くれてやるだけで上等だわ」

戸谷がそのことに触れると、藤島チセはそう答える。

しかし、戸谷はチセだけでは満足できなかった。むろんのことだ。彼女の身体が若やいでいるといっても、それは年齢に比べてであり、やはり実際の若さは他の女に求めねばならなかった。

戸谷は、女に対して二つの考え方を持っている。一つは、金銭的な背景を持っている女であり、一つは、タダの遊び相手の女であった。不都合なことに、金銭的な背景と、女自体の魅力とは必ずしも一致しない。当然、しばしば彼を魅力だけの若い女に走らせることになる。

この場合、戸谷は、当然、商売女を対象とした。素人《しろうと》はとかく面倒が起きやすい。もっとも、金のある女は別だ。

彼は、バーやキャバレーの女にこれまで何人となく関係を付けてきた。

一度きりの浮気のこともあれば、数カ月にわたることもあった。

この出費は全部、藤島チセからいろいろな口実で引き出した。

彼女から掠め取る金だから、少しも惜しげはなかった。なんと云っても、バーやキャバレーの女は勝負が早い。くどくどと口説《くぜつ》する遠廻りはなかった。

若い女から藤島チセに無いものがふんだんに供給される。チセとの惰性的な、糜爛《びらん》した交渉に飽《あ》いた彼は、ときどき、若い女に立ち向かう必要があるのだ。チセに対する生理状態の更新からも入用なのである。このことは、普通の家庭の夫が女房に対する倦怠《けんたい》と似ていた。

しかし、藤島チセの眼は、必ずしも戸谷に騙《だま》されてばかりはいなかった。戸谷が行きずりに対手《あいて》にする女はそれほどでもないが、やや長期にわたると、すぐにチセが嗅《か》ぎつけるのである。

そんなときのチセは、露骨に嫉妬を募らせ、時としては、対手の女に電話をして、痛烈に罵倒《ばとう》するのである。

むろん、電話では対手にされないことだってある。そんなときのチセは、その対手のところに乗り込むのであった。

彼女は、戸谷がその女と手が切れるのを見きわめるまで、眼を放さなかった。が、これまでの例からいって、彼女が直接乗り込んで、対手の女を面罵《めんば》することは、大そう効果的である。大抵の女は、それだけで恐れをなして、戸谷から遠ざかるのであった。

戸谷は、当分は彼女から折檻《せっかん》されなければならない。少しでもそれを煩《うる》さがって、チセの所に顔を出さないと、電話が、毎日、ジャンジャンかかって来る。夜中の一時でも二時でもお構いなしであった。

戸谷としても、今ここで藤島チセを突き放す決断には至らない。チセという金蔓《かねづる》を失うことになるからだ。

目先の欲の深いチセは、一どきに大金を出すことはなかった。が、それでも、戸谷がこれまで彼女を誤魔化して出させたのは、九百万円ぐらいにもなろう。

これからも金を引き出さねばならぬ対手だし、とうから退屈していたが、その理由でチセから離れるわけにはいかなかった。それに、ただ女を歓《よろこ》ばすことだけで済む話だから、有利な投資だと彼は考えている。

戸谷が外でほかの女とつきあっていると分かると、藤島チセの振舞いは気狂《きちが》いじみてくる。彼女は苛虐《かぎやく》と寵愛《ちょうあい》とを綯《な》い混《ま》ぜて彼に攻めかかって来る。彼女の白豚のような肉塊は、戸谷の瘦《や》せた身体に容赦ない攻撃を加えるのであった。

その期間のチセは、なにごとにも仮借がなかった。

「あんた、身体を見せなさいよ」

と戸谷の衣服に摑《つか》みかかるのだ。

「どうするんだ？」

「あんた、今夜、女に逢って来たでしょ。だから、わたしが検査してあげる」

「バカなことを云うんじゃない。ぼくは何処《どこ》にも寄らずに、真直《まっす》ぐ此処《ここ》に来たんだ」

「いいえ、あんたはまだ、あの女と続いているわ。いくら誤魔化そうと思っても駄目《だめ》よ。さあ、証拠を見せなさい。わたしが見てあげる」

「おい、止《よ》せよ。バカな真似《まね》はするな」

「そんなことを云うのが怪しい」

結局、戸谷は、彼女から逃げられなくなり、あとは、彼も観念して、チセの思いどおりになる。

無罪だと判《わか》ると、彼女は、急に晴々とした笑顔で相好《そうごう》を崩すのだった。

「ごめんなさいね、こんなに疑って」

と舐《な》めそうな声を出す。

そして、二、三日すると、彼女の方できまって洋服生地《きじ》の見本を見せるのだった。

「わたしがちゃんと見立てたのよ。どう、これなんか？」

それが、彼女のいつもの謝罪だった。生地も、この女らしく、一流の店から取り寄せた舶来ものだ。

こういう場合、もしも戸谷が、洋服の代りに現金の方がいい、と云い出そうものなら、急に、チセの機嫌《きげん》が変わってくる。

「あんた、わたしの誠意がちっとも分かんないのね。女というものは、好きな人のために物を作ってやるのが楽しみなのよ。それなのに、なによ、すぐお金って。また、わたしから逃げ出して、その金をあの女にやるんでしょ？」

この苦い経験を、戸谷はしばしば味わっている。だから、洋服になったりオーバーになったりするのを、素直に受け取らねばならなかった。もっとも、このことだけでも、決して損ではない。

「あんた、わたしから逃げようたって、逃げられないのよ」

と、女は戸谷を抱いてささやくのであった。

「別れようたって別れるもんですか。一生あんたから別れないわ」

十五も年上の女がまるで小娘のように縋《すが》りつく。

「あんたのためなら、うちの財産を全部ゴミ箱に捨てても構わないわ。わたし、その覚悟なのよ」

女は、その時、眼を細め、鼻汁《はな》をすすって男の耳朶《みみたぶ》に熱い息を吹きかけるのであった。

しかし、藤島チセは、それを恍惚《こうこつ》状態の中で口走るだけで、現実には、決してそのような無計算なことはしなかった。その点はあくまでも目先に吝嗇《りんしょく》な商店主である。

戸谷は、病院経営の苦しさを、ずいぶん彼女に救われている。が、病院のほうに注ぎ込んだのは彼女から引き出した金の何割かにすぎなかった。あとは、彼が物色する女への投資だ。

藤島チセの夫が死ねば、彼女の経営する店もその財産も、ほとんど彼女のものとなる。戸谷は、彼女と結婚することで、その財宝がわが掌《て》に一手に転げ込むかと思った一時期もあったが、今は、それを半分諦《あきら》めている。つまり、藤島チセはそれほど甘くないことが分かりかけてきたのであった。

彼女は、戸谷に小遣い程度は与えるが、彼女の財産を根こそぎ戸谷に渡す肚《はら》は無いのである。

しかし、戸谷は、いずれは彼女の企図の裏をかいて財産を取り上げるつもりでいた。皺の多い藤島チセからわざと離れないで、観念の体《てい》でいるのもその下心からだ。

戸谷は今、別に一人の女と関係をつづけ、一人の女を狙《ねら》っている。

一人は横武たつ子であり、一人は槙村隆子である。これは、さすがの藤島チセもまだ知らないでいる。

一つは、彼女たちが商売女でないからでもあるが、戸谷が本気になってこの秘密を防衛しているためでもある。

横武たつ子は、戸谷に、全身で凭《よ》りかかってきている。そこには、藤島チセのように功利的なものは全く無く、逆に自己破壊的でさえあった。彼女の財産は、チセの足もとにも及ばない。しかし、本気にそれを投げ出すつもりでいるのである。

彼女の身体《からだ》は、戸谷が訓練してきたものだ。それまで性には無知だった彼女を、戸谷がここまで育成したともいえる。それには、年上の女の藤島チセから獲得した知識がだいぶん役立っている。

だが、それは、一応別としても、戸谷は、横武たつ子には、どの女からも供給されないものを享受《きょうじゅ》していた。彼女は、戸谷との愛情を遂げるために病人の夫を殺そうとしている。戸谷と逢うとき、彼から手渡す「白い粉」を、彼女は恐れ、愛している。この女は、その白い薬を受け取る度に、罪の意識で全身を顫《ふる》わせ、男に血を沸《たぎ》らすのであった。

女が密《ひそ》かな罪人《つみびと》になった瞬間の昂《たか》ぶりは、常人には決してない稀有《けう》のものである。

戸谷は、彼女に与える白い薬に二重の愉悦を感じている。一つは彼女に犯罪感という媚剤《びざい》を与えることであり、一つは彼女を欺《だま》している欣《よろこ》びであった。

槙村隆子の場合は、まだ彼の目標にすぎないから、チセに分かる道理はなかった。

ところで、戸谷は、今まで金銭的な背景を持った女と、女自体の魅力との不一致に、一種の諦めを持っていた。しかし、槙村隆子を知ってからその諦観《ていかん》を変えた。彼女の場合、かなりな財産も有り、彼女自身も美しいのである。もし彼女が手に入れば、少々面倒になった藤島チセなどは捨ててもいいのだ。それだけの価値を槙村隆子はもっている。

彼は、三日にあげず、槙村隆子に電話している。その都度、留守だと云って断わられることが多いのだが、それで退《ひ》きさがるつもりは毛頭なかった。

これまでの経験で、戸谷は、遮二無二《しゃにむに》進むことが女を観念させる唯一《ゆいいつ》の方法だと信じている。槙村隆子が容易に戸谷の誘いに応じないだけに、この方法を仕遂げるまでの成行きが愉《たの》しみでもある。ときには、戸谷は、第三者的な眼で、自分と槙村隆子との未来の経過を面白げに空想する瞬間があった。

3

戸谷は、自動車《くるま》を運転して、下見沢作雄《しもみざわさくお》の所に行った。彼の事務所は、都心には違いないが、中心街からはずれたひどく不景気な場所にある。近所は、倉庫や三流の貸ビルの多い所だった。

それも、家と家との間の狭い路地を歩いて入る。勿論《もちろん》、車は表通りの埃《ほこり》っぽい道に停《と》めなければならなかった。

看板だけは「下見沢政治経済研究所」と出ているが、古びた二階建の小さな家だった。

この看板の代りに「仕立物《したてもの》いたします」と出ていても、一向におかしくない。いや、その方がよほど似合いそうな家であった。

下見沢は、恰度《ちょうど》、家に居た。

八畳の畳敷の上に古い大きな机を置き、バネのゆるんだ椅子《いす》を客用にならべている。今にも落ちそうなヒビの入った壁際《かべぎわ》には、古道具店に晒《さら》されているような戸棚《とだな》があり、法律書など入れて一応の格好をつけていた。

畳は、椅子の脚でささくれ立っている。戸谷が歩くと蹠《あしうら》にぶよぶよと畳が粘りついてくる。

「よう」

戸谷は、座敷に入るなり、来客用の椅子に腰を降ろした。これも、スプリングの利《き》かない、ぼろぼろの肘掛《ひじかけ》椅子だった。

「やあ」

下見沢作雄は、椅子に長い足を投げ出して低い声で応《こた》えた。机の上には、半開きの書類綴りがあるが、それを本気で見ていたのかどうか分からない。

下見沢作雄の正体は、戸谷が五年つきあってきた今でも分からなかった。不思議な男で、何をやっているのか、外からはよく分からない。

一応、弁護士だから、それで食って行ってるのだろうが、いつ来ても、事件の依頼者などには会ったことがなかった。

看板に、研究所の名前を出しているが、所員が一人も居るでなし、助手を置いているのでもなかった。事務所を訪ねると、こうして陰気臭い顔をし、自堕落に椅子に長くなっているが、べつに金に困っている風でもなかった。ばあやを一人置いているだけで、これまで女房《にょうぼう》を貰《もら》ったことのない男である。

しかし、この男ほど女にもてないのも珍しかった。戸谷は、下見沢が何か表向きで無いことで食っている、と睨《にら》んでいるが、女のことでは、ついぞ噂《うわさ》にも聞いたことがない。

「どうだい」

戸谷は、提《さ》げてきた風呂敷包《ふろしきづつ》みを、取り散らした机の上に置いた。

「何だい？」

下見沢は、椅子に凭《よ》りかかったまま、退屈そうに、四角い風呂敷包みを一瞥《いちべつ》した。

「まあ、開けて見ろ」

戸谷は、煙草《たばこ》を一本喫《す》いつけて云《い》う。

風呂敷のなかみは、藤島《ふじしま》チセの留守宅から奪ってきたばかりの志野であった。

「何だ茶碗《ちゃわん》か？」

風呂敷包みを戸谷が解くと、下見沢作雄は興味のない眼《め》になった。古びた黒い桐箱《きりばこ》が現われた途端に、下見沢には中身が判《わか》ったのだ。

「茶碗か、じゃないよ。よく見ろ」

戸谷は云った。

「見ても仕方がないよ」

「まあ、見ろ」

下見沢が仕方なさそうに椅子から立って、箱の紐《ひも》を解き、蓋《ふた》を開けた。それから、両手で中の茶碗を引っ張り出そうとしたので、戸谷があわてた。

「素人《しろうと》はこれだから怕《こわ》い」

戸谷は、下見沢の手を払い除《の》けた。

「これで四、五百万円がとこ、おじゃんになるところだった」

戸谷は、丁寧に茶碗を箱から出して、机の上に置いた。

薄暗い光線だが、茶碗の輪郭がくっきりと白く浮かんだ。

「どうだ、いいかたちだろう?」

戸谷は、元の椅子に掛けて距離をおいた眼で眺《なが》めた。

「志野でも、こういうやつはめったに無いぞ。この釉《うわぐすり》の具合といい、鉄分の変化で赤味の付いたところといい、見れば見るほど味が出てくる」

「呆《あき》れた奴《やつ》だ」

下見沢は呟《つぶや》いた。

「君のような女蕩《おんなたら》しが、こんな渋いものに凝っているのが分からん」

「同じことだな」

戸谷はうそぶいた。

「女の身体をみろ。一つ一つ微細な所が違っているだろ。神様が創《つく》って、鋳型に嵌《は》めたような人間の手足でも、それぞれに狂いができて面白《おもしろ》いんだ。茶碗だってそうだ。みんな昔の職人が窯《かま》の具合や、土の加減、釉の調子で千変万化させる。見ろ。この焼色だって決して同じものは無い。そこは女と少しも変わらん」

「そんな講釈を聞いても仕方がない。しかし、よく飽きもしないで、こんなうす汚い茶碗だの皿《さら》だの、蒐《あつ》めるもんだね。どれを並べたって同じだろう」

「蒐めだしたら際限《きり》がない。みんな風情《ふぜい》が違っているからな。それぞれの皿や茶碗に理想が分散しているんだな。或《あ》る皿に無い良さが別の皿にある。それが何千、何万と蒐めてもまだ満足できないところなんかも、女とおんなじだよ」

「どう同じなんだ？」

　下見沢作雄は、椅子に自堕落に凭り掛かって退屈な顔をしていた。

「男が数多くの女を求めているのは、自分の理想が分散しているからだ。Aの女に無いものがBにある。Bに無いものがCにある。少しずつ自分の欲しい欠片《かけら》が一人一人に存在してるわけだな。男は、それらの理想を完成しようと思って、その欠片を拾い集めているのさ。まあ、世間で女蕩しと云われている人間の気持も、必ずしも浮気《うわき》だけでとはきめられない。おれなんかは、いつもその理想の欠片を蒐めて廻《まわ》ってるやつさ」

下見沢はやはり懶惰《らんだ》な表情で、戸谷の屁理屈《へりくつ》を聴いていた。

「ところで、この茶碗は何処《どこ》から持って来たんだね？」

彼は机の上の茶碗をじろりと見た。

「骨董屋《こっとうや》が無理に持って行けって云うんでね」

戸谷は答えた。

「嘘《うそ》つけ。藤島チセから取り上げて来たんだろう？」

「まあね」

戸谷は否定しなかった。取り上げて来たと云うよりも、もっと悪質かも知れない。チセの留守に、黙って盗《と》って来たのである。

「なに、どっちだっておんなじさ。どうせどこかの骨董屋がチセに預けて行ったのだろう。あんな女の所に置くよりも、眼の利《き》くおれの手許《てもと》にあった方が、よっぽどこいつは仕合せさ。道具ってやつは、納まる所にちゃんと納まらないと泣くって云うからな」

「茶碗が泣くのはいいがね、あまり藤島チセを泣かせると、とんだことになるよ」

「何の話だな？」

戸谷は、横着な格好で椅子に坐《すわ》って居たが、少し身体を起こした。

「パウゼの経営が、近ごろ、苦しくなってきたらしいぞ」

「本当かい？」

下見沢作雄の云うことだから、戸谷は思わず真顔になった。下見沢は、実にいろいろな方面の内情に通じている。彼は、何を実際の商売にしているのか見当がつかないが、大きな会社の内幕から小さな商店の台所まで、実に詳しい。

その下見沢が、藤島チセの洋品店が苦しくなった、と云ったので、戸谷にも聴き逃せなかった。

「おれの云うことだ、嘘はない。パウゼが苦しくなったのは、どうやら君に原因があるという声があるよ」

「冗談云うな」

と戸谷は云ったが、下見沢の云うことだから気味が悪かった。

「冗談かどうか、今に判《わか》るよ」

「どう判るんだ？」

「そうだな」

下見沢は肘掛に腕を載せて、爪《つめ》を嚙《か》んでいた。

「今に、藤島チセは専務をはずされて、悪くすると、準禁治産ぐらいになるかも分からない。そして、各新聞に、今後、戸谷信一と当店とは関係無之《これなく》、というようなパウゼの広告が載りかねないよ」

「そんなばかな」

戸谷は云った。

「藤島チセは、パウゼの大黒柱だ。あの店を築いたのは、あの女の力だ。そのチセを引っ込める理由《わけ》がないよ」

「断わっておくがね、パウゼは株式会社だ。体裁だけでもね。藤島チセが君に貢《みつ》いでいることは明らかに背任だ。あの女は、店の金も自分個人の金も区別がつかん。現におれの云ったような動きがあるんだ」

「誰《だれ》だ？」

戸谷は、椅子から尻《しり》を浮かせた。

「気をつけた方がいいよ。あそこの仕入部長は何とかいったな？」

「村上《むらかみ》だ」

「そうだ、村上だ。あれは社長組だからな、警戒した方がいいだろう」

「社長は問題でない。あのおやじはチセに頭が上がらん」

「社長は無能でも、策士がついていれば、また別だ」

戸谷は、下見沢の話を聴いているうちに、少しずつ不安になった。なるほど、村上という仕入部長の顔は、日ごろから気に食わない。パウゼの店に行っても、戸谷は村上と顔を合わせても碌《ろく》に挨拶《あいさつ》をしないが、向こうでは、戸谷にいやに丁寧なのである。仕入の腕は凄《すご》い、と藤島チセから聞いていたが、そういう辣腕家《らつわんか》なら、下見沢が云うような策動をしかねないと思った。

戸谷は、下見沢の家を出て、自動車《くるま》に乗った。例の茶碗は大切に助手席に乗せている。震動を考慮して、日ごろのように速い速力を出さなかった。

下見沢が云うことだから、そのままに聞き逃せなかった。実際、彼の云うことは、たいてい今まで当たってきている。彼は不思議な男で、何をやっているのか、戸谷はまだ正体を掴めないでいる。どうせまともなことで飯を食っているとは思えない。

下見沢は、まだ、三十五歳だが、ちょっと見ると四十すぎにとれる。頭の毛が薄く、しかも白髪《しらが》が混じっている。禿《は》げ上がって額が広く、大きな鼻柱が真中に坐り、唇《くちびる》が厚く、頬《ほお》がこけている。皺《しわ》も深い。この男が、あの薄暗い家の中で乏しい光線に白髪を光らせ、大儀そうに身じろぎしているところなんぞ見ると、とんと人間放れしている。あれでは女にもてるはずがない。

その下見沢が、今、玄関を出る時に送って来て、

「槙村隆子《まきむらたかこ》はどうだね？」

と、珍しくにやりとして訊《き》いた。

戸谷が、口の中で生返事をすると、彼は鼻の先に嗤《わら》いを泛《うか》べた。彼は、戸谷がまだ槙村隆子を陥落させていないのを見抜いているようだ。

ところで、戸谷は自動車を運転しながら、パウゼの一件が気になってならなかった。うかうかすると大事な金蔓《かねづる》を失うことになりかねない。これは藤島チセに警告してやらねばなるまい、と思った。

自動車を停《と》めて、恰度、眼に入った公衆電話に近づいた。

パウゼに電話したが、藤島チセは店に居なかった。本宅にも電話したが、其処《そこ》にも帰っていない。戸谷は舌打ちして、受話器を置いたが、ふと思い出したのは、槙村隆子のことである。

これまで彼は、槙村隆子に何度か電話している。毎日のように掛けることもあれば、二日、三日、間をおいて掛けることもある。いつも留守だと聞かされることが多いのだが、昨日は、機嫌《きげん》のよい声だった。

さっきはわざわざ訪ねて留守だと云われたわけだが、また電話してみる気になった。本当は毎日女に電話するのは愚である。連日のように電話を掛けておいては、ぱったり音沙汰《おとさた》無しにし、思い出した頃《ころ》にまた掛ける。女の心理として、毎日のように掛かってくる電話がぷっつりと途絶えると、かえって気になるものだ。戸谷は、そういう電話の波状攻撃を、これまで繰り返してきた。これは効果があった。

いま、槙村隆子の店に電話を掛けると、例によって、留守だということだった。戸谷は、その声がいつもの女の子でないことに気付いた。この女は戸谷の声を知っていない。

「わたしは吉村《よしむら》という者だが、この間、頼んだデザインのことで、至急に直して貰いたいことがあるんでね。マダムに連絡が付くなら、すぐに話したいが、何処《どこ》に行ってるの？」

対手《あいて》は答えた。

「美容院に行く、と云ってお出かけになりました」

今日は居留守ではない。

「そう、何時ごろに帰るの？」

「あと二時間もしたら、お帰りになると存じます」

「ありがとう」

戸谷は時計を見た。四時である。

六時には、槙村隆子が店に戻《もど》って来る。戸谷は、その時刻を記憶した。

家に帰ると、戸谷は、例の志野の茶碗を自分の陳列室に飾った。

改めて眺《なが》めると、思いがけないい品だった。今まで蒐めた中でも逸品であろう。

戸谷は満足した。

戸谷は、その志野を眺めているうち、槙村隆子のことが心に泛んだから妙だった。

二時間後と云ったが、なにも二時間を待つことはないのである。

戸谷が気づいたのは、槙村隆子がいつも美容院を決めていることだった。前にも彼女から、ちらと聞いたことがあるが、それは銀座の或《あ》る高名な美容院である。戸谷に計画が泛んだ。

院長室に戻《もど》って、電話帳を調べ、その美容院の番号にダイヤルを廻《まわ》した。

夕陽《ゆうひ》が窓に当たっている。風があるのか、枝だけ差し出たヒマラヤ杉《すぎ》の葉が揺れていた。

「そちらに槙村隆子さんが行っていませんか?」

戸谷が云うと、先方では女の声で、どちらさまですか? と訊《き》いた。戸谷は、彼女の洋裁店の名前を云い、店員だ、と告げた。

「もしもし」

やがて代わった女の声が出た。槙村隆子である。

「戸谷です」

彼はいきなり云った。

「あら」

先方では愕《おどろ》いていた。

「そちらにいらしたと伺ったものですから、つい電話を掛けたくなったんです。今晩、ぜひ晩飯をご一緒したいんですが」

戸谷は、なるべく事務的な声で云った。

「駄目《だめ》ですわ」

女は断わった。が、その声は怒ってはいなかった。もっとも、たいていの女は、好意を見せた上での欺瞞《ぎまん》にはそれほど腹を立てないものである。

「これからそちらに自動車《くるま》でお迎えに参ります」

「困りますわ。そんなことをなさらないで。ほんとに困るんです」

「お済みになるまで、美容院の表でいつまでも待っております。飯をご一緒しても変なことは決してしません。ぼくも男ですから、自分の云ったことを裏切るようなことはありませんから、ご安心ください」

「でも、困るんです。そんなことをなさらないで。お願いですから」

「では」

戸谷はそこで電話を切った。巧《うま》い手段が見つかったものである。

安心して煙草を出して喫《す》っていると、背中に異《ちが》った空気を感じた。振り返ると、寺島トヨが入口に突っ立って居た。やせて背が高い女なので、暗い標本室にある骸骨《がいこつ》の感じがした。戸谷は、ぎょっとした。

「なんだ?」

思わず強い声になった。

「横武《よこたけ》たつ子さんから、お留守中に、二度も電話がありました」

寺島トヨは、乾いた声で云った。この女はいつも嗄《しゃが》れた声を出す。

「ふん。なんと云ったのだ?」

「とても急《せ》きこんだ声の調子でした。院長先生がお帰りになるころ、もう一度電話すると、云ってました」

「何の用事か云わなかったのか?」

「あの方は、わたしにはいつも用事をおっしゃいません」

戸谷は黙った。

ドアがいつ開いたのか、気がつかない。この女は、平生《へいぜい》からノック無しに此処《ここ》に入って来る。その度に一喝《いっかつ》したい気持が山々だが、いつも声にならずに済む。その憤懣《ふんまん》がふて腐れた態度に戸谷をさせる。今も、煙草の烟《けむり》を荒々しく吐いて椅子を蹴《け》った。

寺島トヨは、まだ其処《そこ》に立って居る。

「まだほかに何か用かい？」

「いいえ」

寺島トヨは、ドアの外に出た。出る時に必ず上眼使《うわめづか》いに戸谷を凝視する。

戸谷は苛々《いらいら》した。

病院の中は声が無い。医員連はとうに帰ったらしい。

病室は、現在、八人しか入院患者が無かった。この病院は、ベッドが三十床ある。十五床埋まらないと経営が成り立たないのである。父の時代は、いつも入院患者を断わったものであった。戸谷は、藤島チセから金の出なくなった時をふと考えた。下見沢から聞いた話が、まだ彼の心の中に大きな穴を開けていた。

こうなると、槙村隆子に、早急に接近する必要がある。忙しいことだったが、戸谷は、また外に出て自動車に乗った。

病院に戻ったのは、志野を陳列棚《ちんれつだな》に置くためだけだった。

戸谷は、三十分後には銀座の美容院の前に自動車を停《と》めていた。二階建のモダンな建築である。

彼はお迎えの自動車のように、しゃれた入口の前に横づけにして待った。こういう待ち伏せだと槙村隆子も遁《のが》れようはあるまい。

四十分の間に、入口のドアが二度開いた。二人とも異《ちが》った女だった。戸谷は、ちょっと不安になった。電話したので、来るまでに逃げられたかもしれぬと思ったのだ。が、それは思いすごしだった。

三度目にドアを煽《あお》って洋装の女が出てきたが、横着けの自動車の運転席で煙草を喫っている戸谷を見ると、脚をすくませて立った。

槙村隆子が眼を見開いている。

戸谷は彼女に手を振った。

槙村隆子は、戸谷を見て、足を一瞬に凍らせていた。顔には当惑が拡《ひろ》がっていた。

「槙村さん」

戸谷は助手席のドアをボーイのように開けて待った。

「どうぞ、お乗りください。お待ちしていました」

槙村隆子は、まだ其処から動かなかった。表情は混乱していたが、それでも戸谷を頭から拒絶する決断もなさそうだった。

「ほんとに此処までいらしったんですのね」

彼女はやっと云った。

「もちろんです。ぼくは冗談などでは電話しませんよ」

戸谷は、ドアを握ったまま薄く笑った。

「困りますわ」

彼女は、立った位置から云った。

「これから真直《まつす》ぐにお店に帰りませんと。いろいろ用事がございますの」

「用事があるのは、ぼくもおんなじです」

戸谷は平気で応《こた》えた。

「食事ですから、すぐ済みますよ。長いことお電話して、やっとあなたに逢えたんです。ぼくの気持も察してくださいよ」

「自動車を置いてありますし……」

彼女は、顔を横に向けた。

「どれです？」

戸谷、すかさず彼女の自動車を眼で探した。美容院の曲り角に、彼女のクラウンの一部が見えた。

「あれですね、ぼくがドライバーに断わってあげましょう」

「でも」

戸谷は、一切お構いなしだった。大股《おおまた》でその方に進むと、彼女の運転手は腕組みして眠って居た。戸谷は、ドアを外から指で叩《たた》いた。

「槙村さんは、よそを廻るそうだから、君は帰っていいよ」

戸谷が戻ったとき、槙村隆子は、少し彼の自動車に近づいていた。顔には、もう諦《あきら》めが出ていた。

「運転手には云っておきましたよ。さあ、どうぞ」

槙村隆子は、仕方なさそうに助手席に乗った。戸谷は、逸早《いちはや》く外からドアを閉め、大急ぎで前を廻って運転席に乗り込んだ。ぐずぐずすると逃げられる惧《おそ》れがある。

「強引な方ね」

自動車が走り出すと、彼女が云った。風が彼女の高価な香水を戸谷の鼻に運んだ。

「何処《どこ》へ参りますの？」

彼女は、なるべく戸谷から離れるようにして、身体《からだ》を硬くしている。美容師の手にかかったばかりの彼女の髪が、戸谷の眼に爽《さわや》かだった。洗練された槙村隆子を見ると、藤島チセの皺《しわ》の寄った顔や、横武たつ子の疲れたような顔が厭《いや》になる。女ざかりの人工的な美しさを、横に坐っている槙村隆子は充分に発揮していた。

「ぼくの知った家《うち》です。気軽な所ですから遠慮がありません」

「どんなお家ですの？」

隆子は不安を感じたように訊いた。待合とでも思っているらしかった。

「普通の料理屋です。わりと旨《うま》い物を食わせますよ」

「すぐ済むんでしょうね？」

彼女は、不安を続けていた。

「もちろんです。お互い、忙しい身体ですからね。なにもそうぼくを警戒なさることはありませんよ。ぼくだって紳士です。信用してください」

戸谷は、車を日本橋の方に向けた。

「杉亭《すぎてい》」というのが戸谷の行きつけである。小さな料亭だが、彼は何かと此処を利用していた。

「此処です」

戸谷は自動車を停め、隆子の方を向いた。

「どうぞ」

槙村隆子は、観念したように車を降りた。

戸谷が、美容院と聞いてその前に自動車を持って行ったのが作戦勝ちだった。すべての女性はいざという時になると、警戒心が強くなる代り多少の冒険を好むものらしい。槙村隆子も、戸谷の強引さに引きずられた底には、その刺激への未練がある。

「いらっしゃいませ」

顔馴染《なじ》みの女中が、自動車の音を聞いて、玄関まで迎えに出た。灯籠《とうろう》の灯《ひ》が庭石の水溜《みずたま》りに映っていた。

「めしだけ食べに来た」

彼は大声で女中に云った。これは、後ろから控え目に歩いて来る槙村隆子に聴かせた言葉でもある。とにかく、女を座敷に上げさえすれば、あとは成行き次第というのが戸谷の計算だった。

座敷は、彼がいつも使う所で、奥まった茶室好みの部屋だった。八畳ばかりで廊下を渡って突き当たりにある。

「いい座敷だわ」

槇村隆子は、其処に入って賞めた。

わざと云ったのは、彼女の虚勢でもある。おどおどするよりも平気で振舞う方が無難だ、と考えたのかもしれない。戸谷はその浅知恵を嗤《わら》っていた。

床の間には、さる高貴な門跡《もんぜき》が書いた「無」の一字が掛軸となっている。その下には、香炉が細い煙を立てていた。部屋は此処に着く前から香が焚《た》き籠《こ》められていた。

「どうぞ」

戸谷は、槇村隆子を上座《かみざ》に据《す》えようとした。

「いいえ、わたくしは此処で結構です」

彼女は、入口に坐《すわ》ろうとした。

「いや、今日はあなたがお客です。上座に坐って頂かないと困ります」

戸谷は、床の前を指した。

「困りますわ。此処でほんとに結構なんです」

この小さな争いを利用して、戸谷は槇村隆子の身体に手を当てた。

隆子の眼が瞬間に神経質になったので、戸谷もそれ以上に押さなかった。まだ機会は幾らでもあるのである。今、早まってはならなかった。

槙村隆子は、今度は争わずに上座に着いた。

酒が来た。

銚子《ちょうし》を運んで来た女中が、戸谷に眼をつぶったが、彼は知らぬ顔をしていた。女は下を向いて笑いながら、次の料理を運ぶために退《さが》った。

「さあ、それでは」

戸谷は、盃《さかずき》を片手で上げた。槙村隆子も、かたちだけそれに合わせた。

「あなたのご隆盛を祈りますよ」

戸谷は祝福した。

「ありがとう」

戸谷は、その酒を勢いよく咽喉《のど》に流し込んだ。

「わたくし、これだけで結構ですわ」

と盃を伏せようとした。折よく入って来た女中が、

「ジュースでも、お持ちしましょうか？」と訊いた。

「バカなことを云うな」

戸谷は叱《しか》った。

「もう少しは大丈夫だ。第一、一ぱいきりということはない」

「あら、ほんとに困るんです。ジュースにして頂きますわ」

「とんでもない。まあ、ぼくのために、もう二、三ばいあけて下さい」

戸谷は、半分も飲まない彼女の盃に、手を伸ばして銚子を傾けた。

「あら」

槙村隆子は、困った眼をした。

「ほんとにおきれいな方ですのね」

女中は、お愛想《あいそ》だけでなく、実際、惚《ほ》れ惚《ぼ》れとしたように槙村隆子を眺めた。

「君たちにもそう映るだろう。まして男性が惹《ひ》かれるのは無理がない」

「ご冗談おっしゃっては困りますわ」

彼女は俯向《うつむ》いた。

「この方はね」

戸谷は女中に説明した。

「銀座で有名な洋装店の経営主で、同時に一流のデザイナーだ。日本でいちばん斬新なデザインをする方だよ」

「あら、そうですか」

女中は、改めて女客をまじまじと見ていた。

槙村隆子は、やはり下を向いたままだった。

女中は、料理を運ぶためか、気を利《き》かせたのか、その場から退った。

「槙村さん」

戸谷は呼び掛けた。

「あなたとこんな場所に来るなんて、夢のようですな」

彼は感慨深げに云った。

「そうですか」

槙村隆子は、やはり小さな声で無感動に云った。

「そうですよ。ぼくは何度あなたの店に電話したか分かりません。その都度、お留守、と断わられるんです」

「忙しいものですから」

彼女は一応、言訳のように呟《つぶや》いた。

「そりゃ忙しいかも分かりません。けれど、ぼくはここ一カ月の間に、何回電話したか分かりませんよ」

「すみません」

「いや、あなたにそう云われると困るんですが、そんな訳で、今日、此処に来てもらったのは、大げさに云うと、天にも昇る心地《ここち》がするんです」

「お上手ですわ」

彼女は、努めて平気な声を出した。

「いや、本当です」

戸谷は力を入れた。

「ぼくは若い人のように、あなたを愛します、などとキザなことは云えません。その代り、あなたのためなら、どんな犠牲を払っても悔いがないと思っています。それなのに、どうしてあなたはぼくを敬遠するんですか？」

槙村隆子は、眼を伏せて卓の端を眺めていた。床の間の香がしきりと匂《にお》った。

「この間も申し上げましたわ」

彼女はやっと云った。

「わたくし、戸谷さんが、なんだか怕《こわ》いのです」

戸谷は、また始まったこの言葉を予期していた。彼は少し膝《ひざ》を進めた。

「それは、何度も聞きました。ぼくは、なぜあなたにそう恐れられるか、分からないんです。もし、あなたを怕がらせるようなところがあったら、改めます。どうかおっしゃって下さい」

槙村隆子は沈黙した。箸《はし》を黒檀《こくたん》の食卓の上に措《お》き、膝の上に両手を組んでいた。伏せた彼女の眼蓋《まぶた》に色気があって、戸谷の心を唆《そそ》る。

これからが戸谷の徐《おもむろ》な攻撃だった。

女中は気を利かせて、料理を運んで並べたきり寄りつかなかった。

「槙村さん、ぼくは、あなたが誤解なさっているような男ではありません」

彼ははじめた。

「それは、ぼくだってこの年齢《とし》ですから、過去に全く女関係がなかったとは云いません。しかし、過去の女の誰《だれ》もがぼくにはぴったりしない者ばかりです。女房《にょうぼう》とも性格が合わずに別れました。どの女もぼくを理解しないし、ぼくも相手に心を傾けることができなかったのです。そういう点では、ぼくは不幸な男です」

戸谷信一は、槙村隆子のそばに少しずつ近づいて行った。

先ほどの言葉の手前、さすがに彼は彼女に手出しはしなかった。盃も置いたままである。

槙村隆子は、戸谷の云うことを黙って聴いている。返事は無かった。相変らず伏せた眼蓋が美しい。行儀よく膝を揃《そろ》えて、絶えず短いスカートを気にしていた。

「そこに、ぼくはあなたと出遭ったんです。少しキザな云い方をすれば、あなたに遭ったのが遅かったと思います。ぼくは心からあなたに惹《ひ》かれているのです。それなのに、あなたは全然ぼくのことを考えていない。いや、誤解なさっています」

戸谷は言葉の効果を確かめるために、槙村隆子の様子をときどき窺《うかが》っていた。彼女は身じろぎもしない。俯向いた顔や落ちた肩は悄気《しょげ》ているみたいだった。戸谷は、自分の言葉に自信を持っていた。

「あなたは、まだ、ぼくが怕いのですか？」

やはり槙村隆子は返事をしなかった。

「ね、どうですか？　悪いところがあったら改めます。ぼくのどこが怕いのですか？」

戸谷は、自分の言葉の熱情に動かされたように、身体を彼女の方に、またずらせた。意識的にか気がつかずにか、彼女は、それをよけるようにして坐り直した。

「正直に云いますわ。わたくしは、ほんとにあなたが怕いんです」

彼女は、細い声でやっと云った。これまで彼女が繰り返したことと同じ言葉である。

「ですから、その怕いところを改めますよ。云ってください。今すぐにでも反省します。反省して改めます」

「どこと云って申し上げられませんわ」

と隆子は云った。

「戸谷さんだけではありませんが、男の方って、なんだか、おつきあいするのが怕いんです」

「あなたの気持はよく分かります。お独りだし、相当な資産もあり、事業も繁栄しているのですから、その恐怖心や警戒心は、ぼくにも分からないことはありません。しかし、ぼくは、あなたの背景にあるものは何も欲しくないのです。ただ、あなただけが、ぼくの心の支えになって頂きたいのです」

戸谷は、思わず吐いた自分の言葉に力点を見出した。

「ほんとに、ぼくほど不運な男はありません。どの女性にも失望してきたのです。あなたに遭って、初めてぼくは充実感が湧《わ》いてきました。ぼくが、現在、経営している病院の仕事にもあんまり情熱を湧かしていないのは、今云ったような心境からです。しかし、ここであなたがぼくの心の支柱になってもらえたら、どんなに勇気が湧くかしれません。病院の方に一生懸命身を入れます。まだ取っていない博士論文だって、懸命に書きたいと思います。研究したいことはまだまだ、いっぱいあるのです。それにも必死に取り組みます。そういう原動力になって下さるのは、あなただけです。ここであなたに突き放されたら、ぼくはまた絶望し、ぼくという人間は駄目《だめ》になってしまいそうです」

戸谷は、自分の言葉に次第に溺《おぼ》れはじめた。

彼は感情がこみ上げてきて、その場に手を突いた。

「槙村さん、お願いです。ぼくを助けてください。あなただけがぼくを救って下さるただ一人の女性です」

戸谷は、自分で涙声になった。

槙村隆子は、まだ凝然と坐っていた。

しかし、今までどこかとり澄ましていた彼女の表情は、その辺から次第に動揺を始めていた。

さし俯向いているので定かには分からないが、彼女の眉《まゆ》の辺りは、険悪に似た表情が出ていた。それは、自分の感情を耐えているためのようだった。

「槙村さん、この間から、ぼくは何度も電話しました。実際、電話を受ける女店員が、どんなにぼくを嗤《わら》っているか分かりません。それも承知の上です。そんなことを知っていても、あなたに電話しなければならない気持を抑えることができなかったのです。そういう意味ではほんとに、今日、此処に来て頂いたのを、どんなに感謝しているかしれません」

女中は依然として寄りつかない。遠くの方で客の騒いでいる声がしていた。が、部屋の外の廊下には、人の足音もしなかった。

戸谷は、自分の言葉が成功しつつあるのを知った。膝の上に揃えている彼女の手を今すぐ取っても、拒絶されないだけの確信を持っていた。が、彼は耐えた。

槙村隆子は、今夜は無事に帰すことにしよう。焦《あせ》ってはならない。しかし、その前に、充分、言葉で彼女を柔らかくほぐしておく必要があった。彼女には美貌《びぼう》があり、資産があった。うっかりここで手出しをして失敗したら、ホゾをかむことになる。

戸谷は、いま自分が吐いている言葉を、何度も何度も積み重ねてゆく計画だった。稀薄《きはく》なものは、それを堆積《たいせき》することによって重量感が出る。その重量が、遂には彼女を圧倒するにちがいない。

「槙村さん、ぼくの気持は分かってくださるでしょう。ぼくだって医者です。ご承知のように、おやじがあまり世間に有名になりすぎたので、ぼく自身の存在が失われそうです。そういうコンプレックスは、小さい時から持ちつづけてきました。そのことでも、ぼくは不幸です。しかし、おやじの背景ということを世間に忘れさせるだけの業績を、ぼくは遂げたいのです。ぼくは医者ですが、同時に医学徒として、その誇りを一生の研究に尽したいのです。それには、どうしても心の勇気の源泉が必要です。それが、槙村さんです」

「わたくし」

と、やっと槙村隆子が細い声で云《い》った。

「とても、そんな女ではありませんわ。そんなに期待されるほどの値打ちはありません」

「槙村さん自身は、そうお考えになるでしょう。しかし、そう思うのはぼくの主観なんです。ぼく自身がそう考えているんです。あなたの言葉は謙遜《けんそん》ではなく、あるいは実際にそうお考えになっているのかもしれません。しかし、ぼくが槙村さんという存在を心の支えとしていることは、疑いない事実です。このぼくの気持を誰も否定することはできません」

戸谷は、少しずつ隆子の方にいざり寄った。

四角い食卓だったが、その角を彼の姿勢が曲がりかけていた。これは、彼が昂《たかぶ》らせている感情にマッチして自然な行動に見えた。それで、槙村隆子は、それ以上身をすさらせることはなかった。

戸谷は、もう一息だ、と思った。

この時、電話が鳴った。静かな感情を湛《たた》えた雰囲気《ふんいき》の中での金属性のけたたましい音だったので、戸谷自身が、ぎょっとしたくらいだった。

彼は、今ごろ帳場が何の用事を訊《き》くのか、と腹を立てて受話器をとった。

「先生でいらっしゃいますか？」

帳場の女の声は訊いた。戸谷が、そうだ、と云うと、

「外線からお電話でございます」

「誰から？」

「横武さま、とおっしゃいます」

戸谷はびっくりした。どうして横武たつ子は此処に自分が来ているのを知っているのだろう？

が、戸谷の頭に閃《ひらめ》いたものがあった。婦長の寺島トヨだ。あの女がこの家を教えたのだ。寺島は、横武から電話が二度掛かった、と云っていたが、戸谷の出先を推察して、三度目の電話を此処に廻させたにちがいない。

あの女のしそうなことである。寺島トヨは戸谷の行先を日ごろから大体知っている。それに、槙村隆子と一緒に居ることも想像したのであろう。根性の曲がった、邪推深い女だ。

「もしもし、先生ですか?」

戸谷が考えている間に、いきなり横武たつ子の声が繋《つな》がれた。

「そうです」

戸谷は、仕方なしに返事をすると、

「先生、大変です。主人が今、死にそうですわ」

と抑えた声だが、慄《ふる》えて叫んだ。

4

戸谷は咄嗟《とっさ》に声が出なかった。まず、この家に彼女が電話を掛けて来たことからして、彼の意表を衝《つ》いたが、主人が死にかけている、といきなり叫んだのには肝を奪われた。

それに、部屋には槙村隆子が坐《すわ》っている。彼女のすんなりとした格好のいい姿勢はつつましやかだが、戸谷の電話を注意深く聴いているにちがいなかった。彼女の少し俯向いた姿勢は、耳を澄ましているようにもとれた。

とんでもないときに電話をかけて来たものだと、戸谷は横武たつ子を呪《のろ》った。

「おっしゃる意味がよくわかりませんね」

戸谷は、隆子に気兼ねしながら云った。

「主人が」

受話器を通して横武たつ子が躍起《やつき》になって云っていた。

「死にそうなんです。分かりますか。先生。主人が……」

戸谷は、受話器と自分の間に隙間《すきま》をつくらぬように耳に密着させた。彼女の大声が受話器から洩《も》れて、槙村隆子に聞こえるのを、極度に恐れた。

「お話は大体分かりました」

戸谷は、他所《よそ》行きの言葉で、其処《そこ》に他人が居ることをたつ子に知らそうとし、且《か》つ槙村隆子への手前を繕った。

「ほんとに死にそうなんです。先生、どうしたらいいでしょう?」

横武たつ子は、戸谷の配慮に気づかないで云いつづけた。彼女は、夫の容体の急変に度を失い、錯乱しているようだった。

戸谷は、はらはらした。

「分かりました。承知しました」

さすがの戸谷も意味のないことを答えて、とにかく、槙村隆子に聞かれるのを懸命に防禦《ぼうぎょ》した。

彼は、そっと眼を隆子に走らせた。彼女は相変らず黒檀《こくたん》の卓の前に凝然と坐っている。

ここで万一、横武たつ子の興奮した声が彼女の耳に入ろうものなら、九仞《きゅうじん》の功を一《いっ》簣《き》に欠く惧《おそ》れがある。なんとか早く横武たつ子の電話を打ち切る必要があった。

だが、電話を途中で切るわけにもいかない。横武たつ子の性格として、途中で電話を切れば、必ずもう一度掛け直してくることは必定であった。今までその例がないことではない。

「先生、すぐお目にかかりたいんです」

横武たつ子は、戸谷の見当はずれの返事に焦っていた。

「すぐに来て頂けますか?」

「参ります」

戸谷は仕方なしに返事した。とにかく、早くこの電話を切らせねばならぬ。行くと約束しても、即刻に出かけることはない。

「そう、うれしいわ。では、いつもの喫茶店でお待ちしてます。すぐ来て頂けるでしょうね。こんな場合です。遅れないようにして頂きたいわ」

彼女は念を押した。

「分かっています。とにかくお伺いしますよ」

戸谷は、少し大きな声で応《こた》えた。

「すみません。お出先に電話なんぞしたりしちゃって」

横武たつ子は、それで安心したのか、多少まともな云い方をした。

「じゃ、失礼」

戸谷は、ほっとして電話を切った。

席に戻《もど》ると、槙村隆子が遠慮そうに訊いた。

「御用がおありでしたら、わたくし、これで失礼いたしますわ」

彼女は電話を聴いている。深い事情は知らないが、戸谷が、参ります、と云ったものだから、そう云い出したのである。電話の内容までは分かるまい。

「いいえ、別に急ぐ用ではありませんよ」

戸谷は、ケースを取り出し、落ち着くために煙草《たばこ》を喫《す》った。

気持のどこかでは、横武たつ子の声が残っていた。亭主《ていしゅ》が死にそうだと興奮して愬《うった》えている。彼女は、戸谷が与える例の白い薬のため亭主が死ぬのだ、と思っているらしい。

白い風邪薬を、戸谷は、毒薬と彼女に信じ込ませていた。毎日、少量ずつほかの薬に混ぜて与えると、連続効果で次第に衰弱し、ついに死に至る、と戸谷は教えている。横武たつ子は、それを盲信している。彼女がこの白い薬を受け取る度に昂《たかぶ》りを見せるのは、殺人の恐怖と、不思議な愉楽のせいであった。もし、あとで問題になっても、差支《さしつか》えないように、薬局の方には、持ち出す都度、係りの看護婦に、フェナセチン、と記録させている。彼女の知らないことだ。

戸谷は、一人の女を欺瞞《ぎまん》し、その欺瞞によって彼女の感情を測定し、操作するのを愉《たの》しんでいたのだ。

だが、その亭主がいま、死にかけるとは、思いもよらなかった。不意だった。

「まあ、もう少しはいいでしょう」

戸谷は、せっかくのチャンスを崩した横武たつ子を肚《はら》で罵《ののし》るとともに、美しい槙村隆子を座に落ち着かせようとした。が、彼自身も、横武たつ子の声に攪拌《こうはん》されて心が静まらなかった。

槙村隆子をひき止める言葉は、前ほどには粘着力がなかった。

「失礼します。どうもご馳走《ちそう》さま」

槙村隆子は、敷いた座蒲団《ざぶとん》を外し、戸谷に丁寧にお辞儀をし、ハンドバッグを手にとった。

戸谷は、ついに牝鹿《めじか》が叢《くさむら》の中を走って行くのを見た。

戸谷が、横武たつ子と落ち合うときにいつも使っている喫茶店に行ったのは、それから一時間後だった。

ドアを押すと横武たつ子は、いつもの場所に坐って待っていた。前のテーブルの上には、ジュースが空《から》になっている。グラスには、薄いオレンジの泡《あわ》が汚れて残っていた。彼女は興奮で咽喉《のど》が乾いたのか、それとも時間を早く来過ぎたのか、空になったグラスの前に、硬い姿勢で腰掛けていた。

戸谷が彼女の前に立ったとき、天井から射《さ》す明りが、彼女の顔を蒼白《あおじろ》く映し出していた。いつも戸谷に逢うときの化粧も、今夜はなかった。髪も乱れたままだった。戸谷が来ても、いつものように笑って起《た》ち上がりもせず眼を据《す》えて斜め下の方を見ていた。

戸谷は黙って坐った。横武たつ子の顔が蒼いことも、激動を抑えて坐っていることも、彼には分かっていた。が、彼はわざと不機嫌に坐って、暫《しばら》く煙草を喫った。

「ずいぶん待ったわ」

横武たつ子は乾いた声で云った。

「こうしてお待ちする間が、居ても立ってもいられないくらいでしたわ」

女は、戸谷の来方の遅かったのを難じている。落ち着かないのは、亭主の容体を気づかっているからであろう。眉の間には深い皺《しわ》を寄せていた。

戸谷は、「杉亭」から槙村隆子を車に乗せ、彼女の銀座の店に送って来たのである。なるべく機嫌を損じないように鄭重《ていちょう》に扱ったから、此処《ここ》に来る時間がそれだけ延びたわけだった。それほどまでに気を使ったのだが、槙村隆子はどこかよそよそしい態度で、彼女のしゃれた店の中に一直線に入った。敏感な彼女が電話の女の声に何かを悟ったことは、その態度で分かった。それだけに、今、横武たつ子と向かい合っている戸谷は、すぐには普通の声が出せなかった。

彼は、自然と不快な顔になった。

横武たつ子は、戸谷の不機嫌な様子に気づいて表情が変わった。今まで眼を据えていたのが、今度は戸谷の顔色を窺うように、はらはらしはじめた。

戸谷は知らぬ顔をして注文のコーヒーを飲んでいた。

「ぼくの居るところがよく分かったね?」

戸谷は直接の話題に触れなかった。

「ええ、病院にお掛けしたら、看護婦さんが教えてくれたのです。婦長さんの声でしたわ」

やっぱりそうだった。寺島トヨが親切に横武たつ子に教えている声まで戸谷の耳に聞こえそうである。

「横武さんの様子が変わったというのかい？」

戸谷はやっとそのことに触れた。それも他人のことを訊く調子だった。

「そうなんです。今朝から急に苦しみ始めたのです。私は恐ろしくて看病もロクにできませんでしたわ。すぐに、先生にお知らせしようかと思ったのですが、様子を見て、今まで辛抱していましたの」

彼女はやはり戸谷の眼つきを窺うように話した。

「少しぐらい悪くなったからといって、そうやたらに電話を掛けてくれては困るな」

戸谷は仏頂面《ぶっちょうづら》をして云った。

「でも一時間ばかり前から、様子がひどく悪くなったのです。顔色は真蒼《まっさお》になり、息も乱れてとても苦しそうなんです。それで、わたし、普通のお医者さんを呼んだのでは、怖いような気がして家《うち》を抜け出してお電話したのですわ」

そういう事情だから、行先に電話したのは宥《ゆる》して欲しい、と云っているようだった。

「先生」

彼女自身が蒼《あお》い顔になって呼んだ。眼もひき吊《つ》ったようになっていた。

「あの薬が効《き》いたのでしょうか?」

顔を寄せて低い声だった。他人に聞かれてはならない話なのである。語尾が震えていた。

「そう簡単に効果は現われないよ」

戸谷は冷淡に答えた。

「でも、普通の症状とは違うようです。近ごろとても衰弱がひどいのです。今も声が出せないくらいですわ。先生とここでお遇《あ》いするため、家を抜け出し、わざとタクシーで来たのですが、こうしている間にも、もしかすると息を引きとるかも知れませんわ」

横武たつ子は、少しでも、じっとしていることが辛《つら》そうだった。

この女は、まだニセ毒薬の効果を信じている。戸谷は以前に横武たつ子の亭主《ていしゅ》を診《み》た経験から、いま、彼女が云うその症状が死期に近いと判断したが、それは彼女には云わなかった。この女には「毒薬」の効果を飽くまでも信じ込ませておかなければならない。罪悪を彼女の一生に押しつけておくのだ。

そのことで、横武たつ子を自由に操縦する立場に彼は立つことになるのだ。横武たつ子は意識の上で、生涯《しょうがい》、戸谷の奴隷《どれい》になるのである。

横武たつ子の夫が死亡すれば、町の医者が死亡診断書を書く。それは誰が見ても、普通の病死の症状であるが、たつ子はそれを信じないであろう。巧妙に隠された殺人だと信じ込んで、自分の計画の完成を知ると同時に、罪の意識から戸谷への忠誠を固めるに違いなかった。

しかし、戸谷は彼女の口から症状を聞いて、彼女の夫は死期にはまだ間があると推測した。戸谷は、横武たつ子が動顛《どうてん》している姿を見ているうちに、心に意地悪いものが擡《もた》げてきた。

「まだ大丈夫だよ」

彼は事もなげに云った。

「え？」

彼女は、その眼にちらりと安堵《あんど》の色を走らせた。しかし、まだ疑惑を解いてなかった。

「ほんとにまだ大丈夫でしょうか？」

「大丈夫だ」

戸谷は、烟《けむり》を吐いて請け合った。

「それとも、君はご亭主がそれほど大事かね？」
たつ子の顔に狼狽《ろうばい》が走った。
「いいえ、そんな訳ではないんですけど。でも、やっぱり死ぬって大変だわ」
「ぼくは、君がそんなにうろたえてるのを見ると、妙な気がするよ」
「あら、決してそんな意味じゃないのよ。わたしは主人には何も愛情を感じていませ
ん。今は先生だけです。でも、誤解なさらないで下さい。何度も云う通り、わたしの
気持を信じてください。でも、いざ、今死ぬかと思うと、そんな気持ではなく、やっ
ぱり心が動揺しますわ」
たつ子は弁解した。
「大丈夫だよ。ぼくも医者だからね。横武さんの身体は前にも診ているし、君が今云
ったことで、容体の大体の見当はつく」
「そうでしょうか？」
彼女はまだ不安そうだった。
「せっかく此処で君に逢ったのだ。一時間だけでいい、これからぼくとつきあってく
れないか？」
戸谷は、わざと横を向き、何の感情も込めないで淡々と云った。

横武たつ子は、はっとしたように呼吸《いき》を呑《の》んだ顔になった。

「とても今日は無理ですわ。こんな時に、わたし……」

「だからさ、君のご亭主の容体は、ぼくが請け合うと云ってる。ぼくも君には逢いたかった矢先だ」

「でも、いけませんわ」

彼女は首を振った。しかし、眼を伏せていた。

彼女の気持は、戸谷に手に取るように分かった。女は戸谷から気持を疑われるのを恐れている。病人が彼女の夫であるだけに、戸谷への気兼ねがその弱い首の振り方でも察しられた。

こういう場合の戸谷は、対手《あいて》の困惑に、もっと意地悪く黒いものを叩《たた》きつける気持になるのだった。

「ぼくの気持は分かっているだろう。君がそれほどまでにご亭主のことが気に懸かるんだったら、何も云えないがね」

「あら、そういう意味じゃありませんわ。でも、今死ぬかも分からない病人を放《ほう》っておいて、ちょっとの間だけ脱《ぬ》け出して来たんです」

「その心配はないと、ぼくはさっきから何度も云っている」

戸谷は、横武たつ子の顔にじっと視線を当てた。

彼女の眼が逸《そ》れた。

「ほんとに大丈夫でしょうか？ わたしが出ている間に万一のことがあると、大変ですわ。いいえ、主人のことではなく、ほかの人に都合が悪くなります。親類だってみんな集まってますから」

「大丈夫だ。そりゃ、大丈夫だよ」

戸谷は断言した。

「それに、君は店の実権を握っている。誰にも気兼ねすることはないはずだ」

彼女は黙った。

「でも、ほんとに脱け出して来たんですから、こんな格好では……」

諦《あきら》めたように、顔をあげて、髪に手を当てた。

それが彼女の回答だった。

横武たつ子を自動車《くるま》に乗せて、戸谷はまた夜の街を走っていた。

「すぐ帰してくださるでしょうね？」

彼女は心配そうに何度も訊いた。

「大丈夫だ。ただ、君に逢いさえすればよかったのだがね。しかし、顔を見ると、喫茶店だけでは、ぼくは満足できなくなったのだ」

風に向かってしゃべっているようなものだった。

が、実は彼にもかすかな危惧《きぐ》がないでもなかった。

彼女の夫はまだ死なぬだろう、とタカを括《くく》ってはいるが、こうしている間にも息を引き取るかも知れないな、というおそれはやはりどこかにあった。

だが、戸谷は、彼女をこのまま帰す気にはなれなかった。

いや、その冒険があるからこそ、彼女を拉致《らち》したのである。

助手席に腰掛けている横武たつ子の横顔は、街に動く灯に映し出されて、いつもよりはきれいに見えた。

女は、感情が激動しているときが一番うつくしい、と聞いたが、なるほど、と思った。

その上、彼女は絶えず戦慄《せんりつ》している。

戸谷が横武たつ子を送って旅館を出たのは十二時近くだった。

さすがに、たつ子は蒼ざめていた。

旅館に行く時もそうだったが、絶えず亭主の病状を心配していた。それも、あからさまには戸谷に云えない。口に出すと戸谷から嫌味《いやみ》を云われそうなので、気兼ねしていた。その様子が、戸谷にはよく分かるのである。

ここまでくると、戸谷はさらに意地のようなものが出た。もともと対手《あいて》が困れば困るほど、それにのしかかっていじめたいのが彼の性質だった。

一時間という約束だったのに、旅館ではついに三時間あまりを過ごしたのである。

女は、途中で何度も帰りたがっていた。

戸谷はそれを横目で見ながら寝ころび、煙草《たばこ》を天井に吹きつけていた。

「今夜は特別ですから、帰らしていただきたいわ」

女は何度もそう嘆願した。

そのつど、戸谷は、せっかく、身支度をしかけた女を、また自分の横に引きずり戻《もど》した。

「大丈夫だよ。ぼくの気持も考えてくれ」

彼は倒れかかった女を腕の中に締めつけて云った。

「それは、ご亭主が大事なのは分かるさ。でも、ぼくが大丈夫だと請け合ったことだよ。何度も云う通り、ぼくだって医者だからね」

有無を云わせなかった。

女は、整えた支度のままで戸谷にとらわれた。妙なことだが、これは戸谷にいっそうの楽しさを与えた。征服欲のようなものが起こるのだ。結局こうして長い時間がかかった。

「困ったわ」

最後に解放された時、横武たつ子は泣き声になった。

「今ごろ、きっと、うちでは大騒動していますわ。わたしが何処《どこ》に行ったのだろうと、血眼《ちまなこ》になって探しているに違いありません。もし、留守の間に主人が息を引きとっていたら、どうしましょう」

女の唇《くちびる》の色は無かった。

「教えてあげよう」

戸谷はくわえ煙草で云った。

「最後の頼みに、どこかのお寺か神様にお詣《まい》りしていた、と云えばいいさ。それとも、よく効く祈禱師《きとうし》のところにでも行っていたと云うかな」

「ひどい方」

女はさすがに戸谷を睨《にら》んだ。

「なに、どうせ君も覚悟していることだろう。いつかはこういう時が来るのをね」

戸谷は、自分なりに、その言葉に意味を利《き》かせた。

果して女は、眼を据《す》えた顔をした。

「ね、先生、本当にあの薬が効いたんでしょうか？」

女は、強い視線を戸谷の顔に当てた。犯罪の意識と、男と二人だけの秘密めいた複雑な内容が、その瞳《め》の光の中に包まれていた。

「それは何とも云えないね」

戸谷は、曖昧《あいまい》に答えた。ニセ毒薬の効果をうっかり強調して、あとでのっ引きならぬことに陥ってはならなかった。

「もしお医者さんに見破られたら、どうしましょう？」

女は発覚を怖《おそ》れている。

「大丈夫さ。だって、その医者は今まで何にも云わなかったんだろう？」

「ええ、それは」

「それご覧。もし変なことに気づいたら、これまでに医者がいろんなことを訊くよ。それが無かったのは、全然疑いを持ってないからさ」

「そうでしょうか。でも、いよいよ亡《な》くなったとなると、軀《からだ》に何か反応のようなものが現われないでしょうか？」

「そんなことは絶対ないよ。それは安心していい。そういう薬ではない」

そういう薬でないというのは、戸谷は二重の意味を利かせたのであった。与えたものは風邪薬である。女は毒薬と思い込んでいる。その毒薬は、毎日少量ずつ病人に与えて、漸進的《ぜんしん》な毒の効果をあらわすのだという戸谷の最初の言葉を信じている。ところで、いま、そんな薬ではないと云ったのは、彼女の心配するような徴候が死体に現われる薬ではない、と取らせているのである。

実際のウラは、毒薬でないと云った意味を含ませている。

あとで問題になれば、戸谷は、そのことを強調するつもりだった。——

その旅館から、横武たつ子の家までは、自動車《くるま》で三十分はたっぷりとかかった。

夜の街道は、人の歩きがなく、ほとんどが自動車ばかりだった。戸谷は、何台もタクシーに追い抜かれながら、ゆっくりと運転して行った。

助手席に坐っているたつ子が、それをもどかしく思っているのを承知の上である。いつもの戸谷だったら、タクシーを追い越しても追い越されることは絶対になかった。

戸谷は、女の片手を自分の膝《ひざ》の上に置いていた。ときどき、それを上から摑《つか》む。女は、何をされても、じっと竦《すく》んだようになっていた。彼女は、自分の降りる場所が近づくのを半分は惧《おそ》れている。

いつもの地点に彼女を降ろした。彼女の店の建物が、暗い空に黝々《くろぐろ》と見えた。この辺に並んでいる家よりは、ずっと高いのである。

「着いたよ」

戸谷は女に云った。自動車の灯を消したまま、女の肩を抱いた。

「先生」

女は、低いが圧《おさ》えた声で云った。

「怕《こわ》いわ。うちに帰って、もし死んでいたらどうしましょう。家に入るのがおそろしい」

「心配することはないよ」

戸谷は慰めるように云った。

「だって、これから君が名実ともに店の主人なんだろう。誰《だれ》も文句を云う者はないよ」

「だって、親戚《しんせき》の人が来ているんですもの」

「だからさ、ぼくが教えてやった言訳を云えばいい」

彼女は急に身を起こすと、自分で車のドアを開け、猫《ねこ》のように飛び降りて行った。

彼女が一散に駆け出して行く姿を、戸谷は煙草を喫《す》いながら見ていた。彼女の後ろ姿が、暗い風に捲《ま》かれているようだった。

玄関を入ると、女中が彼の靴音《くつおと》を聞いて、眠そうな顔で出て来た。

「お帰りなさい。お風呂《ふろ》はどうしましょうか?」

「済んだ」

靴を脱いで、酔ったように二階へ上がりかけた。

「戸を閉めて、寝ろよ」

自分の居間に入った。さて、と考えた。この部屋の続きが、例の骨董《こっとう》を並べた陳列室《ちんれつしつ》になっている。

戸谷は疲れていた。直《す》ぐに寝間着に着換えて寝るつもりだったが、ふと、藤島《ふじしま》チセのところから持って来た志野が気にかかって、隣の部屋に行った。

スイッチをつけると、骨董屋の二階のようなガラスのケースが、灯に光った。その中に、列をつくって茶碗《ちゃわん》や壺《つぼ》が沈んでいる。

こうしてケースに納まった志野を見ると、なかなか気に入った。ほかに並んでいるものと比較できるせいか、思ったよりずっとよかった。

戸谷は、しばらく其処《そこ》に立って眺《なが》めていた。

どうせ骨董屋が持って来た品だろうが、藤島チセが預かったものか、買ったのか、戸谷には分からない。が、どっちにしても、このケースの中に入った以上、彼のものである。

あの女のことだから、当分はぐずぐず云うが、結局は彼のものになってしまう。この陳列棚《だな》の中にならんでいる壺にしても、皿《さら》にしても、その何割かは、そんな方法でチセから捲《ま》き上げて来たのだ。

戸谷が茶碗を眺めているうちに、ふっと後ろにかすかな物音を聞いた。振り返って見ると、赤いものが見えた。それが寺島トヨだったのである。

勤務の時の白い服と違って、年齢《とし》とはひどくかけ離れた派手な着物だ。深夜の、陶器ばかり並んでいる部屋に、彼女が足音を消して入って来ると、戸谷は腹を立てる前にぞっとした。

「何だ?」

彼は眼を三角にした。

「お帰りなさい。お茶を淹《い》れて来ました」

なるほど、寺島トヨは盆を両手に持っていた。その上にコーヒー茶碗が載っている。

戸谷は黙った。思いきり大きな声でどなりたかったが、いつものことながら、この女に向かうと妙にそれが出来ない。精一杯不機嫌《ふきげん》な顔をしているのが、彼の抵抗だった。寺島トヨの顔に化粧がある。勤務の時はほとんど素顔だが、どういうものか、仕事が終わって自分の着物に着替えると、入念な化粧をする。

その化粧も、少しもセンスのないやり方で、ただ白いものを厚く塗るだけだった。だからこんな赤いものを着て、厚化粧の顔を見ていると、眉毛《まゆげ》が無いだけに、まるで胡粉《ごふん》を塗った面《めん》のようだった。髪が縮れて薄く、背が高いから深夜だけに妖怪《ようかい》じみている。

戸谷は知らぬ顔をして、志野を眺めていた。

「また新しいのがふえましたね」

寺島トヨは、抑揚のない声で云った。

戸谷は、また、どきりとした。彼女は、この品を彼がチセから奪ってきたことを、見抜いているようだった。

戸谷は返事をしなかった。何か云えば、この女に負けそうになる。

つづいて、茶碗のことを云うかと思っていると、寺島トヨはそれきり黙った。そして、赤い絨毯《じゅうたん》の上に置いてある椅子《いす》の上に勝手に坐った。

この女が、何の用事で今ここに来ているのか、戸谷にはおよその察しがついた。彼は負けてなるものかと思った。

寺島トヨの方では、戸谷の心を見抜いたように、薄笑いを顔に泛《うか》べているみたいだった。もっとも、この女は、笑っていてもほとんど顔に変化がない。

「お留守中に、藤島さんから三度電話がありました」

トヨはぼそりと云った。

戸谷は、ふん、と鼻で云った。それで、戸谷に志野のことを云った下心が分かる。なるべく対手にしない素振りをとったが、寺島トヨの方では、戸谷の態度には一向お構いなく、椅子に横着に坐ったままである。別に口をきくでもない。戸谷の横顔に黙って視線を当てているのが、いやでも戸谷に分かった。戸谷は顔の片側に、窮屈を感じながら、できるだけ無関心な様子で茶碗を見ていた。

留守に、藤島チセから三度電話が掛かったのは、この茶碗のことを云いたいのだ、と思った。

チセは、帰宅して茶碗が無いので、早速、文句を云いに電話をかけたのだろう。ところで、そのときは、戸谷は槙村隆子と逢っていた。はてな、と思ったのは、それを考えたからである。

寺島トヨは、なぜ横武たつ子の電話だけを杉亭《すぎてい》に廻《まわ》したのであろうか。もし藤島チセにでも告げると、大変な騒動になるところだった。

戸谷は、ここで初めて寺島トヨの方を向いた。

「君だろう、横武さんに電話で、ぼくの居場所を教えたのは?」

「そうです」

寺島トヨは、乾いた声で返事をした。表情は一向に変化がない。

「ぼくの行先を勝手に教えては困るよ」

戸谷は、憤《おこ》った声で云った。

寺島トヨは返事をしない。返事の代りに戸谷の顔をまだ見つめていた。彼女の派手な柄《がら》の着物は、いよいよ戸谷に嫌悪《けんお》を起こさせた。

しばらく沈黙のままでつづいた。

寺島トヨが、いま、此処に来て坐っている意図が分からなかった。いや、内心では、薄々と察しがつかぬでもない。

「もう帰ってくれよ」

戸谷は云った。

いま、電話のことで憤ったが、今度の声はそれほど強くはなかった。寺島トヨに文句を云うとき、いつも終りが弱くなる。戸谷はあとでそれを歯痒《はがゆ》く思うが、さて、次のときも同じになる。

寺島トヨは、腰をかけたままやはり黙っていた。帰るとも此処に居るとも云わない。

それなら、こちらで勝手に部屋に帰ることだ、と戸谷は肚《はら》を決めた。

寺島トヨが父親の二号だったときの気持が未《いま》だに戸谷から離れない。つまり、彼女に向かっていると、どうも他《ほか》の女と同じようになれないのである。一種の肉親的な圧迫感といったものが、どこかに感じられてならなかった。

それに、この女は陰気で、何を考えているのか分からない。

しかし、実は、彼女はまだ戸谷に未練を持っているようだ。しかし、さすがに自分のことを考えているのか、積極的にはどうという行動には出ないのである。その代り、戸谷がいろいろな女に交渉を持つのを眼を光らせて窺《うかが》うようにしながら、今晩の電話のような根性の悪いことをする。

戸谷が寺島トヨを残して、勝手に部屋に帰ろうとしたときだった。

電話が鳴った。静まった夜中に急にベルが響いたので、戸谷ははっとした。

この陳列室にも、特に彼は電話を置いていた。

戸谷が早速電話機の方に行こうとすると、寺島トヨが立ち上がりそうになった。彼はあわてて受話器を取った。予感はあったが、やはり横武たつ子からである。

「先生ですか?」

彼女はうろたえた声で云った。

「そうです」

此処でも杉亭のときと同じように、電話を横で寺島トヨが聴いている。しかも、槙村隆子の場合と違って、トヨは露骨に聴き耳を立てているのだ。

「先生、とうとう亡《な》くなりましたわ」

横武たつ子の泣くような声に、戸谷は、さすがに一瞬声を呑《の》んだ。

「いつ亡くなったの?」

問い返す声が、自分でも調子が変わったように聞こえた。

「一時間ばかり前です。ちょうどわたしが帰ったときが、臨終のすぐあとでした。ですから、とうとう間に合いませんでしたわ」

横武たつ子は告げた。

「帰ったとき、親類じゅうが、わたしを変な眼つきで見ました。だって、何時間も居なかったんですもの。そして、帰ったときは死に水も間に合わなかったんです」

声がおろおろしていた。

「言訳はできなかったのですか?」

戸谷は、其処《そこ》に坐っている寺島トヨの手前、思うように自由な言葉が吐けなかった。

「言訳するも何もありません。帰ったら下駄《げた》を脱ぐ間もなく、みんなでわたしを、死んだ主人の所に引っぱって行くんです」

ここまで云って横武たつ子は、こちらに誰《だれ》かが居るのに気づいたらしい。

「其処《そこ》に、どなたかいらっしゃるんですか?」

と声を潜《ひそ》めた。

「ええ」

かえって幸いだった。ここでいろんなことを喋《しゃべ》られては都合が悪い。

「そう。じゃ、また明日でも掛けます。とりあえず亡くなったことだけお報《し》らせしますわ」

「そりゃどうも、お気の毒でした」

「先生」と、この声は低かった。

「医者は死亡診断書を書いてくれましたわ。さよなら」

受話器に、切れた音が鳴った。

「どなたが亡くなったんですか?」

寺島トヨが坐ったまま訊いた。

「うん、患者だ」

戸谷は答えてから、しまった、と思った。病院のことは、この女が彼以上に知っている。

「患者さんですか？　そんな危ない方があったかしら？」

「君の知らない患者《クランケ》だ」

戸谷は言葉を投げて部屋を出た。

トヨは薄ら嗤《わら》いを泛《うか》べて、彼が荒々しく出て行くのを見送った。

戸谷は、自分の部屋に帰った。

どうも寺島トヨは苦手である。腹が立つたびに、追い出そうと思うが、面と対《むか》い合うと、その決心が崩れてくる。寺島トヨは憎いが、いざというとき、思いきり呶鳴《どな》ることができない。ちょうど、気の弱い者が怒りを鬱積《うっせき》させて、その復讐《ふくしゅう》をひとりであとで考えるようなものだった。

何とか寺島トヨを始末できないものか、と彼はベッドにはいってからも考えていた。あの縮れ毛と皺《しわ》の深い瘠《や》せた顔を、思いきり苦しめたら、どんなに爽快《そうかい》なことか。あの女がこの病院から居なくなるだけでも、気が晴れる。もし露顕《ばれ》る心配なしに殺す方法があったら、あの女をすぐにでもやってしまいたいところだ。

ふと、横武たつ子の薬のことを考えた。彼女は毒薬と信じて、亭主を殺したと思っている。そうだ、本当にそういう薬があったら寺島トヨに、分からないように飲ませてやるのだが。

戸谷は、劇薬の名前を次から次に考えたが、対手が寺島トヨでは役に立たない。彼女は、薬剤師みたいに薬には詳しい。看護婦生活は永いし、親父《おやじ》が生きているときは、薬局係だった。

戸谷はそんなことを考えているうちに、眠りに落ちた。灯を消した彼の部屋に、空気のように入って来た者がいる。

5

部屋は、電灯が消してある。

戸谷は、眠りから覚めた。

夢の中で音を聞いたと思ったが、それが覚めてからも耳に残った。夢のつづきがまだ現実の音になっている。

それは、音と云うほどではない。気配と云うのが近いであろう。戸谷は眼を開けた。

入口の方に薄ぼんやりと形が見える。辺りが暗いのに、その形の持つ色が、妙に、その暗さの中に溶け込まないのである。赤い色が僅《わず》かに見えた。

戸谷は、どきりとした。

その色を憶《おぼ》えている。すぐに、その正体の何かが判《わか》った。寺島トヨが来ている。

戸谷が起きそうになったときだった。寺島トヨがベッドの横に辷《すべ》るように来た。

戸谷は、すぐに声が出なかった。

寺島トヨも黙って戸谷を見下ろしている。白い顔が頸筋《くびすじ》にかけて薄ぼんやりと見えた。

戸谷も物を云わない。二人は、しばらく黙って、暗い中で睨《にら》み合っていた。

「何の用で来たのだ?」

戸谷は、低い声を出した。

「帰れ」

しかし、寺島トヨは、その場から動かなかった。

「信一《しんいち》さん」

彼女が初めて云った。かすれた乾いた声である。戸谷は、何を、と思った。平常《ふだん》から、こんな呼び方を彼女はしない。永い間、聞かなかった言葉である。それはまだ、父親が生きている時分に聞いた言葉だった。もう四年も以前である。

戸谷は、今夜、寺島トヨが厚化粧をして、壺《つぼ》や皿《さら》の列《なら》んでいる陳列室に入って来た下心が判った。そのとき、予想せぬではなかったが、やはり彼女は此処《ここ》まで来たのだ。

「さっきの電話は何ですか?」

彼女は訊《き》いた。

戸谷の寝ているベッドと女の立っている間とは距離がない。つまり、彼女はベッドに身体《からだ》をすりつけて戸谷を見下ろしているのだ。

「わたしの知らない患者《クランケ》とおっしゃったが、そんな人はありません。患者のことは、信一さんよりわたしが知ってるはずです。誰ですか?」

彼女は嗄《しゃが》れた声を出した。

「余計なことだ。君に関係ない話だ。夜中にとぼけて何を訊きに来るのだ?」

「いいえ、とぼけてはいません。あなたは何か恐ろしいことをしてるんじゃありませんか」

「バカなことを言うな」

戸谷は、ぎょっとした。

寺島トヨは知っているらしい。彼女の邪推は、戸谷のすることにいちいち眼を光らせている。

「隠してはいけません。あなたは、薬局の米田《よねだ》にフェナセチンを出させているようですが、あれは何のためですか？」

戸谷は薬局の看護婦米田に薬を出させるとき、あまり人に云うな、と口止めしていたのだが、寺島トヨは、そこまで知っている。あるいは婦長の権限で米田を威《おど》かしたのかも知れない。

「何をしようと勝手だ。あんなもの、風邪薬じゃないか。君から訊かれる筋合ではない」

「いいえ」

暗い中で、彼女は首を振った。

「あなたは、何か企んでいます。わたしには、それがよく分かります。あなたがやってることは、大体、見当がつくんです。それぐらいのことが分からないでどうします。今晩、ステルベンしたというクランケの家族との電話、あのフェナセチンとは、確かに関係がありそうです」

「想像は勝手だ。とにかく、君に関《かかわ》りないことだ。帰ってもらおう」

戸谷は、わざと寝返りを打った。ベッドが軋《きし》んだ。

寺島トヨは、じっと立っている。戸谷は彼女に背を向けたが、彼女がどんな眼つきで彼を見下ろしているか、背中に痛いほど感じた。

「それでは訊きます、信一さん。あなたは槙村隆子さんとよく会っているようですが、あれは何の用事ですか？」

彼女は同じ声で訊いた。

「君の知らない用事だ。うるさい。とにかく、帰ってくれ」

「いいえ、帰りません。あなたはまた、横武さんと同じように槙村さんも騙《だま》すのですか？　昨夜《ゆうべ》も、杉亭と見当をつけていましたが、やっぱり居ましたね。あのときも、あの女が居たのでしょう？」

戸谷は、癇癪《かんしゃく》を起こしそうになった。飛び上がって彼女を殴りつけたかったが、その衝動をじっと怺《こら》えていた。

「あなたは、藤島チセさんとも切れていません。あなたは、あの女の財産が目当てで飼われているのですか？　意気地なし。病院の赤字を埋めるのと、自分の贅沢《ぜいたく》のために、あの女から逃げられないのですね。あの婆《ばあ》さんのどこがいいのです？　ただ金や物を取って来るために……あれにくっついているんですか？」

「うるさい」

さすがに戸谷は腹に据えかねて、ベッドから起き上がった。

電灯をつける間もなく、薄ぼんやりと立っている彼女の顔を目がけて、いきなり殴りつけた。

やはり光線のない暗いお蔭《かげ》だった。明るい所ではこうはできない。彼女の顔が真正面に見えると、いつも挫折《ざせつ》してしまうのだ。

トヨは少し揺らいだようだった。それから、ものも云わないで、いきなり戸谷にしがみついてきた。

戸谷は、それを突き放そうとした。が、トヨはその腕に絡《から》みつき、さらに、その縺《もつ》れを足蹴《あしげ》で解こうとする戸谷に襲いかかり、なりふり構わず、彼の脚を両手で抱え込んだ。

戸谷は、重心を失ってベッドの上に仰向けになった。起き上がろうとすると、トヨが上から押えつけた。痩せた女だが、力が強い。

「ばか。何をするんだ。放せ」

戸谷は、下から突き上げようとしたが、

「信一さん」

戸谷の頬《ほお》に冷たいものが二、三滴かかった。それはトヨの泪《なみだ》であった。

戸谷が気を抜かれていると、トヨは重なるように倒れて、戸谷の身体を締めつけた。

「信一さん」

トヨは頬を戸谷の顔にこすりつけた。彼の頬は彼女の泪で濡《ぬ》れた。

「わたし、あなたの女になろうとは思わないわ。それは諦《あきら》めているわ。でも、月に一度か二度は、こうして……」

戸谷の眼蓋《まぶた》や鼻を、トヨは唾《つば》で塗った。

戸谷は嫌悪を募らせる一方、ふしぎな感覚になった。それは、肉親的な愛情感だった。トヨが父の妾《めかけ》だったときの意識が、戸谷にその倒錯を与える。トヨの口臭に、母親の体臭を嗅《か》いだ。

彼は、トヨに抵抗しながら、いつか彼女の衣類をはぐ方に変わっていた。彼の嫌悪と昂《たかぶ》りとは彼を妙な違和感に陥れた。それは、征服される弱者の馴《じゅん》応《のう》であり、近親抱擁的な陶酔であった。

トヨは咽喉《のど》の奥で、戸谷の名前を喚《よ》んだ。

戸谷は朝起きてから昨夜のことを考えると、胸が悪くなった。なぜ、寺島トヨなどに屈伏させられたのか分からなかった。あれほど嫌《きら》い憎んでいるのに、彼女のためについ策略にかかったような気がする。

藤島チセも寺島トヨも、戸谷より年上である。昨夜の、胸の吐きそうな記憶が、自然と藤島チセにも同じ感じになった。いつもなら、チセから電話があれば、すぐではなくても、とにかく顔を出すのだが、昨夜のことがあるので、今日は行く気がしなかった。

チセの肥《ふと》った白豚のような身体も、トヨの痩《や》せて萎《しぼ》んだ身体も、年上の女ということでは同じである。両人とも身体が緩《ゆる》んでいる。

それに比べると、横武たつ子の場合はまだ、ましだった。

三十を過ぎたばかりの女盛りだから、これは戸谷を一応満足させた。

しかし、横武たつ子は、何と云っても世帯じみている。家具屋としては大きな商売だし、手広くやっているが、もともと小売屋からのし上がって来たのだから、その素姓は争えない。どこか下卑《げび》て品《ひん》がない。

彼女の愚かなことも、戸谷には不満だった。夫が病死したのも、戸谷の毒物のせいだと考えているのもその一例だ。話をさせても視野が狭く、ときどき、下町のおかみさんと話しているような、いやな気持がする。戸谷に心を奪われているのはよく分かるが、それが盲目的で、知性が少しもない。

それに比べると、槙村隆子《まきむらたかこ》は違っていた。第一、横武たつ子がどのように高い化粧品を使っていても、生地は争えない。美容院で仕上げたばかりの顔を見ていると、かえって寒気がする。

槙村隆子は、現在、戸谷が交渉を持っている三人の女のだれよりも洗練されていた。それに、話をしても知性がある。どのように派手な化粧もその近代的な彫りの深い顔によくうつり、髪の形も、流行に合わせても少しもおかしくはない。

戸谷は、なんとか槙村隆子を所有したかった。

昨夜は、もう一息のところで彼女を逸走させた。横武たつ子からの電話がなかったら、あるいは自分の思いどおりに彼女を手に入れていたかも知れない。

ところが、あの電話で、情勢が一変した。

槙村隆子は、戸谷が怕《こわ》いと口癖のように云っている。彼女は、戸谷の正体をその感覚で見抜いているようだった。

彼女には財産がある。その店も銀座で流行《はや》っていて、現在、一流の名を取っている。また彼女自身も、ときどき、婦人雑誌などに何か書かれたりして、云わば名声もあり財産もあり、その上、独身である。

槙村隆子が、戸谷だけでなく、あらゆる男性を警戒する気持は分かるのである。

それに彼女は美しい。戸谷が考えるに、これまでさまざまな男が彼女を籠絡《ろうらく》しようとして近づいたにちがいない。賢い彼女は、その男たちの全部を拒絶して来たのであろう。戸谷もその一人になりかかっているのだ。——

戸谷は、晴れた空を映している窓に向かい、煙草の烟《けむり》を吹きつける。自分から逃げたとなると、いよいよ槙村隆子が欲しくなった。藤島チセの財産も、横武たつ子の資産も、まんざらではないが、槙村隆子にも金はあるのだ。金のない女は魅力がない。むろん、これは、どんな女でもという訳ではない。戸谷のこの理想に槙村隆子は、まさに適合していた。

戸谷は、しばらく青空を眺《なが》めていたが、槙村隆子が自分を警戒するのは、要するに、騙されるかも知れないという金持の独身女の恐怖からだ、と結論をくだした。彼女が戸谷を怕いと云っているのも、それである。

彼女のその警戒心を、どのようにしたら除くことができるか。つまり、彼女の封印を切る手段である。

戸谷は、煙草を二本喫《す》わないうちに、その封印を切る手段を思いついた。

彼は受話器を取って、下見沢《しもみざわ》の所に掛けさせた。

お出になりました、という交換台の声につづいて、下見沢の声が出た。

「戸谷だがね」

と彼は云った。

「今日、君に、会いたいんだが、午後は居るかい？」

「居るよ。何だい？」

下見沢は懶《ものう》い声で応《こた》えた。

「用件はそちらに行ってから話す。じゃ、あとで」

電話を切って、ふうと煙を肺の奥から吐き出したとき、横のドアにふと人の影が射《さ》した。

外から射し込む光線がドアの磨《す》りガラスに当たっているので、人が立つと影が映る。

戸谷は呼吸《いき》をとめた。その細長い影が寺島トヨのかたちだった。

下見沢作雄は呆《あき》れた顔をして戸谷を見た。

「君、それは正気で云ってるのかい？」

「本当だ。ぼくの気持は固まっている。ぼくが自分の口で云っては、相手が信用しないだろう。こういうときは、慣例によって第三者から口をきいてもらう。今日にでも先方に会ってくれないか？」

戸谷は、下見沢事務所の汚ない椅子《いす》に坐《すわ》って話した。

「愕《おどろ》いたな。本気に君は槙村隆子に惚《ほ》れているのか」

下見沢は、丸首シャツの上に上衣《うわぎ》を引っかけて戸谷と向かい合ったが、そのシャツも何だか薄よごれていた。

だらしない格好で、頭もろくに手入れをしていない。垢抜《あかぬ》けのしない顔に眼ばかり光らしている。これでは女に好かれようはずはないと、戸谷は眺めながら軽蔑《けいべつ》していた。

が、ともかく、下見沢作雄の肩書は弁護士である。世間の信用は、その肩書で通る。

「結婚の使者か?」

下見沢は厚い唇《くちびる》で呟《つぶや》いた。その唇も汚ない色で乾いている。

「ぜひ頼む。なにしろ、ぼくが直接云うより君が云ってくれた方が、彼女も信用するだろう」

戸谷が案出したのは、槙村隆子に結婚を申し込むことだった。第三者を使者に立てるという堂々たるものだった。これだと彼女も考えざるを得ないであろう。戸谷の狙《ねら》う彼女への楔《くさび》がそれだった。

独身の女にとっては、いかなる場合でも結婚は魅力である。ただの口裏でなく、本気にそれを考えている誠意が彼女に分かればいい。これまで彼女は、戸谷が怕《こわ》い、と云いつづけて来た。怕い、という言葉の裏には、彼に対しての魅力があるにちがいない。これは拒絶ではない。

世間なみの正規な方法で結婚を申し込むことが、彼女を得る一番の近道だと、戸谷は青空を仰いで考えたのである。槙村隆子の封印を切るナイフがこれだった。

「愕いた奴《やつ》だ。奥さんの方は、まだ籍が抜いてないんだろう?」

下見沢は訊《き》く。

「やっぱり弁護士らしいことを云うね。なに、あれはもともと愛情のない別居だ。籍なんかいつでも抜ける」

戸谷はうそぶいた。

「それでは先方に通らないぞ。先に籍を抜いて、君がきれいに独身にならないと信用をしない。もし先方から突っ込まれたら、どうする?」

「なに、それは大丈夫だ。女房《にょうぼう》だって、別居してるが、何をやってるか分からん。おれが正式に離婚の同意を求めたら、判を捺《お》すに決まっているよ」

「奥さんに頒《わ》けてやるものはあるのかい?」

「それぐらいの用意はある」

戸谷は云ったが、女房にはどうせ五、六百万円は与えねばなるまい。その金の出どころは、さしずめ藤島チセしかなかった。

あの女なら、何とか誤魔化して引き出せそうだった。

「本当にそのつもりなんだね？　奥さんが離婚に同意するのは確実だね？」

下見沢は、細い眼をちかちかさせて訊いた。

「確実だ。そりゃ先方だっていざとなると、いろいろ文句を云うかも分からないが、もともと、おれとは気が合わんし、いつまでもおれにくっついていても、女房だって仕方がないだろう。これは確実だ」

「よし、それなら何とか話してやろう」

下見沢はしぶしぶ承知した。

「有難《ありがた》い。ぜひ頼む。今夜にでも槙村さんへ行ってくれるか。向こうは、夜の方が時間が空《あ》いている」

「仕方のない奴だな。だが、おれの予感は、どうも断わられそうだぜ」

下見沢は、自分の観測を云った。

「いいよ。どうせ一度で承諾するとは思われない。そこは君の手腕だ。案外、君みたいな男は、女に信用があるんじゃないかな」

それは半分本音だった。下見沢作雄は、風采《ふうさい》が上がらないし、醜男《ぶおとこ》である。が、女関係のないことが、案外、女性に彼の清潔感を与えるのではあるまいか。なにも下見沢が根っからの純情というわけではない。ただ、彼は女を口説いても成功の自信がないだけの話だ。ところで、それが彼の場合、誠実らしい印象になって、女には信用されるのではないか。

「恩に被《き》るよ。こういうことは、やはり世間なみに人を介して、結婚を申し込むことが、いちばん、先方に安心を与えるからね」

「しかしだな、もし、彼女が承知したら、君は、案外、困るんじゃないかな。いろいろ、まだ続いてるのがあるんじゃないかね？　藤島チセなんか、そんな話を聞いたら、どんな邪魔を入れないとも限らないよ」

下見沢は、藤島チセと横武たつ子とを戸谷に紹介した男である。戸谷のすることを黙って見ているが、一切を知っているようだ。

「なに、大丈夫さ」

と戸谷は云ったが、事実、はっきりとした整理が彼の頭にあるわけではなかった。他の女のことは当分、このままにして、とにかく、槙村隆子には結婚の意志を正規な筋合から伝えればよかった。

戸谷は、翌日、自動車《くるま》を運転して藤島チセの家へ向かった。

街には弱い陽《ひ》が当たっている。時計を見ると、四時を過ぎていた。今ごろは、横武たつ子の家では出棺のころだと思った。

戸谷の眼《め》には、霊柩車《れいきゆうしや》に従っている横武たつ子の俯向《うつむ》いた蒼白《あおじろ》い顔が泛《うか》ぶ。彼女は、多分、殺人者の意識に戦《おのの》き、ハンカチで顔を蔽《おお》っているに違いない。柩《ひつぎ》の前に坐りながら絶えず戸谷のことを想《おも》っているに違いなかった。

戸谷は首を振った。この葬礼が済んだあと、横武たつ子が戸谷へ激しく傾いて来る行動を考えると、彼は行く手に横たわる荒波を見るようだった。

藤島チセの家に着いた。

「お帰んなさい」

女中が迎えた。

「奥さんは居るかい?」

戸谷が靴《くつ》の紐《ひも》を解きながら訊いた。

「はい、いらっしゃいます」

女中は膝《ひざ》を立てて奥へ走った。

この間から留守中に何回となくチセが電話をかけてくるが、その内容は、大体、見当がつく。一つは、しばらく逢わなかった彼を呼び寄せたいためであろうし、一つは、彼が持ち去った志野のことを非難するためであろう。いずれにしても、このまま黙って寄りつかないでいると、一騒ぎになりそうだった。

「どうぞ」

襖《ふすま》を開けて、坐っているチセの横顔を見た途端、戸谷は、自分の予想が違っていないことを知った。機嫌《きげん》のいいときは、すぐに立って笑いながら愛嬌《あいきょう》をふりまくが、不機嫌な場合は、彼が来ても、しばらくは知らぬ顔をしている。

今がそうだった。戸谷が入っても、火鉢《ひばち》の前に坐ったままむっつりして、彼を見上げようともしない。肥満している図体《ずうたい》で、俯向いている顔は、半分、顎《あご》が埋まったように見える。セットしたばかりの髪が縮んでいる。その毛がひどく貧弱に見えたのは、意識のどこかで槙村隆子の豊富な髪と比較していたのかも知れない。

女中は遠慮して急いで退《さが》った。

「電話をくれたそうだね？」

戸谷は、できるだけ平気を装いながら彼女に対《むか》い、胡坐《あぐら》をかいて坐った。それでもチセは、すぐに顔を上げようとはしない。厚ぼったい瞼《まぶた》は小皺《こじわ》を浮かせている。

「いろいろと忙しかったのでね、つい失敬した」

戸谷は快活に云った。

それでもチセは黙っている。

戸谷は内心で警戒した。いつぞや、こういう場面で、いきなりチセから殴りかかられたことがあった。肥《ふと》った彼女は動作は鈍いが力がある。それに、そのようなときになると、戸谷はどうしても気遅れがしてひどい目にあう。いったんヒステリー発作を起こすと、その始末に彼は手を焼くのである。

戸谷は、チセの不機嫌が志野に原因しているかと思った。が、うかつに云い出すと、何を絡《から》まれるか分からないので、しばらく様子を見るために、煙草《たばこ》を出して、ゆっくりと喫《す》った。

「わたし、あなたの留守に、三度も電話したのよ」

ようやくチセが云った。眼は伏せたままである。案外、神妙な声だった。

「失敬、いや、どうも気に懸かっていたがね、ここんところ、少し用事が出来て、来られなかった」

戸谷は、彼女の表情が案に相違して静かなので、ようやく安心した。が、まだ警戒は解かなかった。

「三度も電話したんですもの、すぐに電話掛けてくれてもよさそうなものだわ」

「だから、忙しいのでついできなかったと云っているだろう。それに、電話をするよりも、こうして、直接に君に逢った方がいいと思って、これでも急いでやって来たのだ。いつまでもそんなにすねていないで、機嫌を直してくれよ」

戸谷は、半分、軽口めいて云った。

しかし、藤島チセの顔は、一向に変わらなかった。

「わたしね、あなたに話があるの」

沈んだ声だった。戸谷は、おや、と思った。これまで、藤島チセから、話がある、と何度か呼ばれたことがある。その都度、戸谷は、彼の弱点を押えられて攻撃されて来た。

今度もそうかと思って、内心、怯《ひる》んでいると、

「わたし、このごろ、つくづく考えたのよ」

と彼女は述懐めいたことを云った。

「なぜだい？　商売の方が面白《おもしろ》くなくなったのか？」

「いいえ、そういうことじゃないの」

と微《かす》かに首を振った。

「わたし、あんたとこうしてばっかりいるのがつまらなくなったの。いつまでこんなことをつづけていても仕方がないわ」

戸谷は、そんなことか、と安心した。志野ではなかった。

「だからさ、君とはいずれ結婚する、と云ってるではないか。なにも、ぼくが君から離れるというわけではなし、君がそんな気持を起こすのは、おかしいと思うがね」

「いいえ、あなたは女の気持が分からないわ。ねえ、あなた。あなたは本当に奥さんと別れる気？」

彼女ははじめて細い眼を上げた。一重瞼《ひとえまぶた》の鈍重な眼が、このとき、ぎらぎら光った。彼女が戸谷と過ごす或《あ》る瞬間にいつも出て来る光だった。

「そりゃ勿論《もちろん》だ」

戸谷は答えた。

これまで、彼は何度となく同じ返事をしている。

「女房とは、とうから別居しているしさ、いざ別れる段になると、向こうだって未練がないよ」

戸谷は、またそう云ったが、この言葉は昨日吐いたばかりなのに気づいた。つまり下見沢作雄に、槙村隆子との縁談の橋渡しを頼んだとき、彼にも全く同じことを云ったばかりだ。

「本当ね？」

チセはいやに念を押した。

「本当とも」

戸谷は云ったが、今日のチセは、いつもよりは真剣な顔をしている。何か思い詰めた風だった。少し危ないと思ったから、

「ぼくの方はいいが、君だって今の主人がいるだろう。仮にも夫だからね。そちらの方が片づかないと、ぼくとは結婚できないだろう」

と防禦《ぼうぎょ》に出た。

「それで考えてるの」

藤島チセは、少し間《ま》をおいて答えた。

「だって、わたしもこのままの状態だとなんだか落ち着かないわ。主人のものでもなし、あなたのものでもなし、変な具合だわ。それに、あなたは、わたしの眼の届かない所で、相変らず浮気《うわき》をしているし……」

あとは半分独り言だった。

戸谷は、ちょっと心臓が騒いだ。藤島チセは、横武たつ子のことも槙村隆子のこと

も知っていないと思っているが、もしやという気がした。戸谷は窺《うかが》うように彼女の顔色を見た。

しかし、チセはそれなりに言葉を切った。いつもなら、証拠を摑《つか》むと、顔を見るなり喰《く》ってかかるのだが、それもない。戸谷が浮気していると云ったのは彼女のただの予想だと彼は判断した。しかし、やはり気味が悪い。

「ねえ、わたし、この二、三日、夜も眠らないで考えたのよ。そして、決心をつけたわ。わたしはだんだんお婆《ばあ》さんになってゆくし、あなたは気が若くなるばかりだし、このままでは先が思いやられるわ。ねえ、結婚してよ」

戸谷は愕《おどろ》いた。この女、一体、亭主《ていしゅ》をどうする気だろう、と思った。

「あなたと、一緒になりたいわ。わたし、ほんとにあなたが好きだわ」

チセは低い声でつづけた。赤ん坊のように括《くく》れた二重顎を衿《えり》に埋めている。

「あなたと一緒になるためには、うちの財産全部を犠牲にしてもいいわ。ちっとも惜しくはないの」

「うん、結婚したら君の財産をぼくにくれると云うのかい？」

彼は、半分、冗談めかして探りを入れた。

「そのときは、あなたのものよ。どんなに使ってもいいわ」

チセは同じ調子で答えた。

やはり財産は戸谷にくれる気なのだ。

ところが、戸谷は一向に現実感が湧《わ》かなかった。というのは、チセは金を惜しむ女である。これまで、彼が彼女から掠《かす》め取ったのは、ほとんど彼の策略だった。一度だって気前よく与えてくれたことがない。

チセは、自分がこれまで作り上げた財産に誇りと愛着を持っている。それを、今、感情にまかせて彼にくれるというのは、戸谷には信用ができなかった。

とにかく、チセは何かを考え詰めて、彼に結婚を持ちかけている。それでは、少し本気に彼女に亭主の処分を訊かなければならない。

一体、これまで戸谷は、彼女に夫があることが一つの安らぎであった。それはチセと結婚できないという彼の口実になっていた。云わば、彼女に夫があることが、戸谷にとっては、彼女との正式な結婚を実現できない安全弁だったのである。

ところが、今、彼女はその安全弁を除《と》ろうとしている。しかも、彼女の夫は自分たちの仲を承知しているのだ。

「君がぼくと結婚するのはいいがね、それには障害があるだろう。ぼくの方は女房と簡単に別れることができるが、君はそうはいくまい。一体、君は本当にご亭主と別れる気かい？」

「それはそうよ」

「しかし、君が云い出しても、藤島さんはすぐ承知すまい。それとも、藤島さんは別れると云うのか？」

藤島チセはまた首を振った。

「いいえ、あの男、わたしから離れたらどうしようもないわ。だから、わたしが云っても別れないと思うわ。今だってそうよ。わたしとあなたの仲を知っていながら知らない顔をしているのも、わたしから離れたくないためだわ」

戸谷はぎくりとした。

彼女の夫が、自分とチセの間のことをうすうす察しないでもない、とは思っていたが、こうはっきり彼女の口から出ると、戸谷はやはり平気ではいられなかった。

「何か、そんなことを、ほのめかしたかい？」

戸谷は気になるままに訊いた。

「そんなこと云うもんですか。そんな気力もないわ。云ったら、それでおしまいですもの。あの男は生活力がないし、わたしと別れてしまったら、あんな年寄、誰《だれ》も相手にしないわ。わたしと暮らしているから、世間にはともかく、この店の店主づらをしていられるのだわ」

「だったら別れられないじゃないか？」

戸谷はいくぶん安心した。

「だって、対手《あいて》が別れたくなくても、わたしの方で、もういい加減ごめんだわ。わたし、早くあなたと一緒になりたいのよ」

「それじゃ、藤島さんには、別れるように財産の半分でもやるつもりかい？」

「駄目《だめ》でしょう」

と彼女は言下に云った。

「あの人、たとえ財産半分のことを持ち出しても、承知しないと思うわ。すっかりわたしに頼っているし、あの弱い身体《からだ》と年取った肉体では、独りぼっちになるのがあの人にとって耐えられないんですし、それに、今でもわたしに惚《ほ》れていますからね」

戸谷はそれが分からないではなかった。彼女の夫はか細いながら雑草のごときものであろう。その粘液性は、女房《にょうぼう》を寝取られても、夫の権利を踏みにじられても、チセにまつわって離れられないに違いない。チセが、財産半分与えても別れないでしょう、と云ったのは、夫の性格を知り尽しているからに違いなかった。

「ねえ、あなた」

黙っている戸谷に、チセは急に強い瞳《め》を当てた。例の一重瞼の下の光が烈《はげ》しくなったように思われた。

「あんた、医者でしょ。医者だったら何とかならないの？」

戸谷は愕然《がくぜん》とした。彼女は、現在の夫を戸谷の知恵で殺そうと持ちかけているのだ。

6

戸谷は、病院に遅く帰った。藤島チセのところで思わぬ時間を食ったのである。

藤島チセは身体に執拗《しつよう》な女だ。戸谷がしばらく顔を見せなかったので、その空白が彼女のねばっこい体質を燃えさせたのだ。

こういうときのチセは、昼夜の分別がなかった。わが家だし、誰に憚《はばか》ることもない。

彼女は女中たちに堂々と宣言する。

「わたしたちは話があるからね、あんたたちしばらくここに来ないで頂戴《ちょうだい》。用があったら呼ぶからね」

襖を密閉して誰も寄せつけない。

このチセのやり方は、初め戸谷をびっくりさせたが、近ごろでは慣れている。

なるほど、雨戸を入れ、カーテンを引き、内側の障子を閉め切ると、全く、夜の感じだった。

だから、戸谷がそこで藤島チセと三、四時間ほど過ごし、暗い表に出ても、時間的な遮断感《しやだんかん》がない。部屋の中の状態と外の夜とが継続している。

戸谷は、病院に帰ると院長室に入った。けだるい疲労感が身体じゅうに瀰漫《びまん》し、早く横たわりたい気がしないでもなかった。

だが、永い間の習性で、早く床に入ることができない。少し頭痛がするような、妙な頭の具合だったが、神経の方は醒《さ》めている。

ドアにノックの音が聞こえた。

戸谷は、また寺島トヨかと思って睨《にら》むと、それは若い看護婦だった。

「お留守中に、横武さまから三度お電話がありました」

看護婦は告げた。

「帰りは、多分、夜になるでしょう、と申し上げたら、では、そのころに掛けます、とおっしゃいました」

「そうか」

戸谷はうなずいた。

留守に、横武たつ子から電話がありそうな予感はあった。今日が夫の葬式で、今夜は確か彼の肉体が火葬場の炎の灰になるはずだった。たつ子の電話は、葬式の忙しい合間に、多分、彼の声を聴きたさにかけたのかも知れない。それとも、現在の状況報告をしたいつもりだったかも知れない。

どっちにしても、戸谷は、そんなものはどうでもいいと思った。

彼の関心は、目下、槇村隆子《まきむらたかこ》にある。下見沢に縁談の申込みをさせたから、彼女はその話を聴き終わったはずだ。一体、それにどのような反応を彼女は示したのだろうか。戸谷は、下見沢の家に電話をして、一時《いっとき》でも早く結果を知りたくなった。

「戸谷だ」

彼は電話に云った。

「昨日、例の所に行ってくれただろうね?」

下見沢の声は、途端に、面倒臭げに変わった。

「ああ、行ったよ」

「ありがとう」

戸谷はとりあえず礼を云った。

「で、どうだった? 結果を早く知りたいね。電話でもくれるかと思っていたよ」

「電話しても君は居なかったじゃないか」

「え、電話をくれたのか?」

若い看護婦は横武たつ子だけの電話しか取り次いでいない。

「看護婦のやつ、では、忘れたのかな?」

「いや、君のところの看護婦だよ。そら、何とかいう婦長がいるじゃないか」

戸谷はあっと思った。寺島トヨが聴いたのだ。

「君は、あれに何か云ったのかい?」

戸谷はちょっとあわてた。

「ことづけだけしておいたよ。君を少しでも早く安心させたいと思ってな。槙村さんには確かに話を通じておいた、と云ってくれるようにね」

余計なことを云ってくれたと戸谷は思ったが、仕方がなかった。寺島トヨのことだから、またぞろ隠微な直感を働かすに違いない。

そういえば、戸谷が帰っても寺島トヨはまだ姿を見せない。

「で、どうだった?」

戸谷は、まず、先を促した。

「うん、あれからすぐに槙村さんに会った。おれは君の意志どおりを彼女に伝えておいたがね、彼女の返事としては、一応、承っておくといったところだ」

戸谷は少し安心した。

槙村隆子が初めからその話を拒絶するのではないか、という密《ひそ》かな危惧《きぐ》があったからである。だが、それもよく考えてみると、たとえ拒絶の意志があったにしても、一応は即答を避けるであろう。それは使いに立った下見沢への礼儀である。

つまり、彼女にその辺の考慮があるとすると、まだ楽観はできなかった。

「それで、彼女の様子は、どうだったね」

その態度で大体判断できると思った。

「どうと云って、どう説明もできないね」

「いや、たとえばさ、初めから気のないような返事だったか、それとも、多少は脈がありそうな風だったか、その様子で君にも察しがつくだろう」

「そうだな」

下見沢は黙った。思案しているようだった。

「ぼくの考えだがね、まんざらでもなさそうだったよ」

と彼はやがて声を出した。

「なんだか、眼を伏せて微笑《わら》いながら聴いていたようだ。そして、お話はよく分かりました。当分、考えさしてください。それからご返事いたしますわ、ということだったよ」

戸谷は、さらに彼女の顔色はどうだとか、表情はどんな具合だったかとか訊きたかったが、さすがにそこまでは訊けなかった。

「やれやれ、それは普通の紋切型だね。これは見込みがないかな」

彼はわざと云った。

「どうだかね。ぼくにはその辺の含みは判《わか》らない。検事の顔色なら判断がつくがね、女は苦手だ。何を考えてるか判らん」

下見沢は戸谷の誘いにかからない。もっとも、下見沢は、自分で正直に云う通り、女のことには無知である。反応がはっきりしないので、戸谷はちょっとがっかりした。妙なもので、こうなると槙村隆子へのあせりが出てきた。

「いつごろ返事を貰《もら》えるか、ということは、君は云わなかったのかね？」

「さあ、それは、先方が考えさせてくれと云うのだから、こちらも別に云わなかった。こんな問題は、法律手続きの期限みたいにいかないだろう」

戸谷は諦《あきら》めた。

「まあ、よろしく頼むよ」

「おやすみ」

下見沢は、簡単に電話を切った。

これで一応、槙村隆子には楔《くさび》を打ち込んだことになる。その場の冗談でなく、正式に堂々と申し込んだ縁談だ。彼女にしても心理的に動揺があるはずだった。この動揺こそ戸谷の狙《ねら》いなのである。

ベルが鳴った。

受話器を取らない前に、横武たつ子だ、と直感したが、果してそうだった。

「先生？」

たつ子の声は初めから慌《あわただ》しかった。

「そうです」

「わたくしです。お話ししてもいいでしょうか？　そこにどなたかいらっしゃいません？」

「いない」

戸谷は、逆に乾いた声で答えた。

「何度もお電話したのです。ちょっと、大変なことが起こったのです」

「何ですか？」

横武たつ子は今夜あたり、確か葬式が済んで火葬場から帰ったはずである。さっきも、彼女の亭主《ていしゅ》が焼場の炎に包まれているのを想像したところだった。だが、大変というのは何か。

戸谷は、彼女が亭主の死亡後、興奮しているので、些細《ささい》なことに過敏になっているぐらいに思っていた。

「実は、主人の死体を焼かせないように、親戚《しんせき》の者が差し止めたのです」

「ええっ、なんだって？」

戸谷は心臓を握られたようになった。

「ど、どういう理由《わけ》だ？」

と思わずどもった。

「詳しいことは電話では申し上げられません。思いがけないことになりました。家の中は大騒動です」

戸谷はただ動悸《どうき》が打った。

「先生、そんな具合ですから、すぐに来ていただけません？　お逢いして詳しくお話ししたいと思うんです。わたし、独りでどうしたらいいか判りませんの」

横武たつ子はおろおろ声になった。

「よろしい。では、すぐ行く。何処《どこ》にいる?」

捨ててはおけなかった。戸谷の頭に来たのは、自分が与えていた例の「毒物」のことである。

「××町の都電の停留所でお待ちしています。どのくらい時間がかかりますか?」

「三十分ぐらいで行く」

「お願いします。お待ちしていますわ」

電話を切って、戸谷は太い呼吸《いき》を思わず吐いた。

一体、誰が彼女の夫の死体の火葬を差し止めたのか。

彼女は親戚の者だと云ったが、どのような理由でそんなことをするのか。戸谷が彼女の手からその夫に飲ませていた薬は、風邪薬だから問題ではない。だが、もし横武たつ子に戸谷が薬を与えていた事実を他人が察知していたら、彼女の夫の死因に不審を抱きかねないのだ。

横武たつ子は何かヘマをやって、そのような不審な行動を他人に知られたのではなかろうか。

火葬を止めたとなると、タダごとではない。いわば死因に疑惑を抱いたわけだから、そのあとにつづくのは、警察側の解剖である。

戸谷は、自分が与えた薬が風邪薬だから問題はないと思うが、思わぬ災難が妙なところから出て来そうな気がした。

とにかく、こうなると、彼女に一刻も早く逢って詳しい事情を聴くことだ。戸谷は時計を見た。十時半である。

部屋を出て、また車庫に行った。鍵《かぎ》で車庫の扉《とびら》を開けていると、後ろに人の気配がした。ぎょっとして振り返ると、薄暗い外灯の光の中に、寺島トヨの背の高い痩《や》せた姿が立っている。

「今からお出かけですか?」

戸谷は返事をしないで車庫の扉を真一文字に開き自動車《くるま》を引き出す作業にかかった。

この女、いつも妙なときに姿を現わす。まるで嗅覚《きゆうかく》の鋭い動物みたいだった。

トヨは同じ所に立ったままである。戸谷はエンジンを入れ、アクセルを踏んだ。彼は、よっぽど下見沢の電話のことで彼女を叱責《しつせき》しようと思ったが、ことが槙村隆子に関しているので、それは控えた。それに、行く先をこの女に悟られてはならない。

知らぬ顔で、自動車を大通りに出した。寺島トヨはやはり同じ位置に佇《たたず》んだまま戸谷を黙って見送っていた。

戸谷は、運転しながら横武たつ子の電話の内容を分析していた。いやな気持だった。

だが、万一の場合を予想して、薬局の看護婦には、ちゃんと薬の出入りを記帳させている。最後にはそれがものを云うのだ。それは、まあ、安心だが、悪い予感がその下から湧《わ》いて仕方がない。

夜の十一時近くの都電の停留所には、人影はなかった。戸谷が自動車を停《と》めると、それを合図のように、暗い軒の下から人の影が飛び出して走って来た。

「先生」

横武たつ子は呼吸を乱している。

「大変なことになりましたわ」

戸谷は辺りを見廻《みまわ》した。人の通行はないが、ヘッドライトを輝かしてタクシーがしきりと通る。その光が照明のように次々と二人の姿を映し出した。

「とにかく、早く自動車に乗り給え」

流れるように走っているタクシーには誰が乗ってるか判らなかった。もし、戸谷の知った人間が居れば、この場面は甚《はなは》だまずいのだ。彼はたつ子を急がせた。

「詳しくお話ししたいんです。どこかお話しできる所はありませんか？　わたしもあまり時間がないんですけれど」

通りのほとんどの商店は戸を下ろし、ぽつりぽつりと中華そば屋やすし屋が灯《ひ》を残しているだけだった。

「今じぶん、どこにも店はないよ。自動車の中で話そう。その方が安全だ」

運転席の横に坐《すわ》った横武たつ子は、戸谷が見ると、黒い喪服を着て、髪を乱し、身体を顫《ふる》わしているようだった。彼女は流れて来る道路に眼を据《す》えている。女の喪服はちょっと魅惑的だった。

「電話で聞いたが、一体、どうしたんだね?」

戸谷はハンドルを動かしながら訊《き》いた。

方向を定めないで、道の上を走らせているだけだった。

「主人の遺体の前で告別式をやり、会葬者のお焼香が済んでのことでした。主人の弟が、急に、わたしを別間に呼んだのです」

と横武たつ子は話し出した。

「主人の弟というのは、横浜で商売をしているのですが、日ごろから、わたしがあの店を独りでみているのを快く思っていません。まるで主人を除け者《のけもの》にして、わたしがあの店を横取りするように思っているのです。自然とわたしとは仲が悪いのですが、その弟がわたしを別室に呼んだとき、怖い眼をして云いました。どうも、兄さんの死因には、自分としては納得できないところがある。この原因を突き止めるため、警察の手で調べてみたい、と云うのです。わたしははっとしました。この弟というのは、わたしの考えでは、主人の死後、その商売の地盤や財産を狙っているように思うのです。油断のならない人で、主人とはまるで違った狡猾《こうかつ》な性格です。それが主人の死因に疑問があると云い出したのですから、わたしも愕《おど》きました。胸をどきどきさせながら、それは困ります、ちゃんとお医者さんの死亡診断書ももらっていることだし、葬式の最中に遺体をそんなふうにして恥をさらすことはない、と云い張ったんですが、どうしても聴きません。それに、弟の方に主人の親戚が味方して、なんだか、わたしの立場が孤立してしまいました。あの弟は、わたしが主人にあれを与えていたのを、うすうす気づいたのではないでしょうか？」

「そんなバカなことが」

戸谷は自動車を当てどもなく走らせながら答えた。

「それは云いがかりだよ。何も証拠があるわけではない」

実際、与えた風邪薬がそんな徴候を見せるはずはなかった。滑稽《こっけい》な話だ。彼女の夫の弟というのは、兄夫婦の仲がしっくり行っていないのにつけ込んで、そのような難題を持ちかけたのであろう。それとも、その弟というのは、横武たつ子の挙動に何かを気づいたのだろうか。

「それで、どうなったんだね?」

戸谷はつづきを促した。

「わたしは頑張《がんば》ったのですが、どうしても親類一同が承知しません。そして、とうとう弟が警察に行って主人の遺体を解剖してくれ、と頼んだのです。それで、警察の人が来たのです」

「弟さんは、どんなふうに警察に云ったのか?」

「主人は毒殺されたのではないか、と云ったのです。兄貴の死因は肺結核になっているが、こんなに早く死ぬはずはないし、衰弱が非常にひどい、少しおかしい、と云うのです。わたしは、主人には、近ごろの肺病の新薬をどんどん注射したり、飲ませたりしていたのですわ。それは弟も分かっていますわ。ですから、そんな薬を飲ませると見せかけて毒薬をまぜて与えたのではないか、と疑っているのです」

彼女は疑っていると言ったが、彼女自身にしてみれば、実際を衝《つ》かれたと考えているのであろう。蒼《あお》くなって顫えているのは、その衝撃からだった。

「警察は、その訴えを取り上げたのかい?」

「取り上げました。そして、葬式が済んだあと、こっそり遺体を焼場ではなく解剖する所に運んで行ったのです。ああ、今ごろは、その解剖が終わったころですわ」

横武たつ子は、そこに坐っているのが耐えられないように、姿勢を崩して戸谷の身体に寄りかかるようにした。

「その解剖する病院には、誰《だれ》かが行っているのかね？」

「弟と、ほかに親戚の者が二人行っています。わたしが承知しないのに、強引に運んで行ったんですもの。今ごろは、解剖医から根掘り葉掘り訊《き》いているに違いありません。先生、もし、あの毒薬のことが解剖で出て来たら、どうしましょう？」

横武たつ子は戦慄《せんりつ》していた。

「安心するがいい。そんなことは絶対にない」

戸谷は云い聴かせた。ここで、あの毒薬は実は風邪薬だ、と打ち明ければいいわけだが、この場合、それは不可能だったし、まだ早い。彼女は、もっと罪の意識を持たねばならなかった。横武たつ子はもっと怖《おそ》れるがいい。もっと顫えるがいいのだ。

「ほんとに大丈夫でしょうか？」

彼女は戸谷に徹底的な安心を求めた。

「大丈夫だと思う。なに、あの薬は少しずつぼくの云うとおりに与えていれば、絶対にその検出は不可能なのだ。一体、そのような毒物による内臓的な変化は、一番に肝臓に現われるはずだよ。だが、解剖がどのように精密検査をやっても、なんらの変化は発見できないに決まっている。そんなことよりも、君の態度が大事だ。ここで、君がおろおろして怖れてばかりいると、かえって、その弟というのにいよいよ怪しまれることになるよ。ぼくは考えるのだが、その弟という人が解剖などと云い出したのも、君に心理的な動揺を与えて、反応を窺《うかが》っているような気がするね。しっかりしてくれ。ここが一番大事なところだ。君は自信を持って、弟の陰謀に対決するんだね」

戸谷は激励した。横武たつ子は、しっかりしなければいけない。彼女が精神的に崩れると、とんでもないことを告白するかも知れないのだ。戸谷がたつ子を激励したのは、自分のためにも、真剣な気持からだった。

戸谷《とや》信一《しんいち》は、院長室で事務長の報告を聞いていた。

相変らず経営は良くならない。事務長は数字を示してこまごまと説明した。要するに、毎月の欠損が少しも減少しないというのである。

戸谷は憂鬱《ゆううつ》な顔で煙草《たばこ》をふかしながら聞いていた。事務長を信頼して数字もろくに見ない。また、実際、それを見てもよく分からなかったし、面倒臭くもあった。

経費の大部分を占めるのは人件費で、次は薬品購入費であった。人件費は一年前に切り詰めた。もうこれ以上の節約は困難である。薬品の購入費は患者が少ないので減少したが、それは収入がそれに伴って減少するのでなんにもならなかった。事務長にもいい案はないし、考えるのに疲れているようだった。いつものことだが、戸谷は、事務長の元気のない姿を、椅子《いす》に掛けたまま見送った。今日は悪いことばかり聞く。今朝、内容証明が来て、戸谷が持っている田舎の山林が抵当流れになったことを報《し》らせて来た。

この山林はおやじの時代に買ったもので、三年前、苦し紛れに彼が抵当に入れたものである。その後、遂に金を返すことができず、期限が来たものだった。日ごろはあまり気にかけないでいたが、こういう結果になってみると、さすがに惜しくなった。殊《こと》に、その地方に電源開発があり、山林の値は二倍にはね上がっていたのである。

戸谷は、またしてもぼんやり藤島チセの財産のことを考えている。補塡《ほてん》の財源は彼女の金しかない。

これまで、たびたび、彼女から引き出しているが、ついぞ返したことがなかった。山林の方は諦《あきら》めるとしても、うかうかすると、この病院の土地まで抵当に置かねばならぬ状態になりそうである。今度は少しまとまった金が欲しかった。

この病院を閉鎖して小さくすることも、彼自身がほかの病院で働くことも、真っ平だった。そんなことを考えただけでも気が滅入《めい》る。内容はともかく、この病院の院長である地位が、彼をどれだけ世間に尊敬させているか分からないのである。彼は、日ごろはうかうかとしているが、現実にこういうせっぱ詰まったことを聴かされると、にわかに断崖《だんがい》の上に立ったような気持になるのだった。

だが、藤島チセからこれ以上、ちょっとまとまった金を引き出せそうもない。彼女は戸谷に夢中にはなっているが、その点は心得たものである。経営の才能は彼女の方がずっとうわ手だった。どんな些細《ささい》な帳簿の数字でも、伝票一枚でも、眼を通さずには承知しない性質《たち》だった。

戸谷は、ふと、藤島チセが漏《も》らした言葉を思い出した。

主人を何とかできないか、と云うのだ。あんたは医者でしょ、とも云った。その言葉の意味には異常な意志が含まれていた。

藤島チセは戸谷と結婚したがっている。今までそれほど邪魔にもならなかった亭主が、急に邪魔になったのは、いよいよ戸谷との結婚に踏み切る決心になったからであろう。

戸谷には藤島チセと結婚する意志は毛頭ない。口先では、金と彼女の身体とを求めて同調しているが、もとよりうわの空である。だが、彼女からそれほどの決心を聴かされると戸谷も考えなければならなかった。

さりとて、ここで藤島チセと手を切る気はない。金《きん》の卵を産む鶏をみすみす遁《の》がすことはないのだ。だが、彼女の方で、ただごとでない決心をもって戸谷に結婚を迫って来ると、彼は追いつめられた状態になりそうである。

だが、戸谷はまだ実感がなかった。何とかなりそうだ、といつものずるいくせが出る。ただ、藤島チセの意図だけは分析していた。

藤島チセが戸谷の職業を医者と心得て夫の処置を頼むからには、何か毒薬のようなものを飲ませたいとでも思っているのであろう。愚かな話だ。そんなことをして、もし死因が怪しまれたりすると、こちらまで巻添えを食わなければならぬ。

げんに、横武たつ子の場合がそうだった。これは、戸谷の方で彼女の刺激を計算して、「毒薬」を与えたのである。だが、実際は欺瞞《ぎまん》だった。とても本物を出す勇気はない。だが、昨夜《ゆうべ》の車の中での彼女の訴えは、彼を脅《おびや》かした。結局、その毒薬はありふれた風邪薬だから最悪の場合でも問題はないようなものの、そこに行くまでに妙に話がこじれると戸谷の名前が出かねない。戸谷にはそれが怖ろしかった。そんなことで新聞にでも出たら、一切が破滅である。

横武たつ子に与えたニセ毒薬でさえそうなのだ。もし、本物を藤島チセに与えようものなら、どんな結果になるかしれたものではない。チセの夫は老人だが元気なのである。横武たつ子の場合のように、藤島チセを騙《だま》してニセ薬を与え、衰弱の原因をそれにかぶせるという策略は不可能である。

戸谷は空想した。

しかし、もし藤島チセの夫が死亡したら、今度は大っぴらに彼女の財産をこちらに頂くことになる。これはありがたかった。が、まだやはり空想の世界である。そこまで踏み切れない。

電話が鳴った。

予想した通り、横武たつ子からだった。

「昨夜は失礼しました。ほんとにご心配かけましたわ」

彼女は戸谷の声を確かめると、いきなり云った。

戸谷は彼女の夫の死体が、今日解剖に付されて、今ごろはその結果が判《わか》るころだ、と気づいた。

「どうだった、あちらの方は?」

戸谷は、すぐにその結果を訊《き》いた。

どうせ解剖しても毒薬の反応が現われるわけではなし、むろん、毒薬が検出されようはずはない、とタカをくっての問いだった。

「電話では云えませんわ」

と彼女は答えた。抑えた声だが、興奮が聞こえた。戸谷はどきりとした。

「では、結果は判ったのだね？」

「大体、判りました。先生、それについて、すぐにお目にかかりたいのですが、いいでしょうか？」

戸谷はうんざりした。だが、心配でもある。もし、解剖の結果、問題がなかったら、横武たつ子はこんな慄《ふる》え声で電話をよこさないだろう。

「電話では云えないんだね？」

彼は繰り返した。

「ええ、とても云えませんわ。実は、ちょっとでもお目にかかって直接に申し上げたいんです。大変なんです」

大変、という言葉が戸谷の胸を刺した。

「何処《どこ》にいるんだね？　いま」

「つい、お宅の病院の近くの喫茶店にいます」

「駄目《だめ》じゃないか、そんな所に来て」

戸谷は叱《しか》った。いつも逢うのは、戸谷が車で行って三十分を要するくらいの離れた場所だと決めている。

「だって、先生もお忙しいし、わたしは一刻も早くお目にかからなければならないので、近い所にしました。話はすぐに済むんですけれど」

横武たつ子は店の名前を教えた。

「よろしい。すぐ行く」

戸谷は電話を切って、白衣を脱いだ。

近くだから自動車《くるま》の必要はなかった。それに、近くの喫茶店の前に自家用車を置いておけば、だれに見られないとも限らない。戸谷は、ちょっと用ありげに病院を脱《ぬ》け出ようとした。

「どちらへいらっしゃいますか?」

後ろから乾いた声が聞こえた。婦長の寺島トヨが廊下の端に棒のように立っていた。そこから戸谷をうわ眼《め》使いに見上げている。

「ちょっと用があるから出てくる。三十分くらいで帰って来るからな」

戸谷はあとも見ずに歩いた。いつも寺島トヨに監視されているような気がしてならなかった。特別な嗅覚《きゆうかく》を魔物のように持っているみたいな女だった。

戸谷は久しぶりに、陽《ひ》の照っている道を歩いて指定の喫茶店に入った。

横武たつ子は、暗い喫茶店の隅《すみ》に目立たぬように坐っていた。昼間の店には、学生が二人、テレビの野球放送を見ていた。

「すみません」

横武たつ子は、戸谷の顔を見て謝った。

「お忙しいところ、呼び出したりして」

「どうした、結果は？」

戸谷は先に質問した。それも、わざと気にかけないような問い方だった。

「それが、大変なことになりそうなんです。今から一時間前に解剖が終わったんですけれど、火葬は今日じゅうにはできませんわ」

「なに？」

戸谷は彼女の顔を見た。

「どうしてだ？　何か異常があったのか？」

「解剖した先生が云われたのだそうですけれど、どうも死因が疑わしいんだそうです」

横武たつ子は唾《つば》を呑《の》み込んで云った。暗い所だが、蒼白《あおじろ》い顔をしている。

「どこが疑わしいんだね？」

そんなはずはない、と戸谷は思った。風邪薬なんかで内臓の変化が起こるものか。

「なんですか、肝臓が変なんだそうです。肉眼でもその兆候があるそうですが、くわしいことは顕微鏡で精密検査をする、と云ったそうですわ」

戸谷は眼をむいた。何ということだ。その解剖医はどんな男か知らないが、多分、警察の依頼という先入観に捉《とら》われて肝臓に幻影でも見たのであろう。

「親類の者は、それ見たことか、という顔をしています。検査の結果が判らないのにもう、まるでわたしを夫殺しの犯人扱いにしてるんです。そして、店の経営の帳簿など急に調べ出しましたわ」

彼女は半分泣き出しそうな顔をしていた。

「先生、もしバレたらどうしましょう？　その顕微鏡検査で、はっきり、先生に貰《もら》った毒薬を毎日少しずつ主人に与えていたことが判ったら……」

「ばかな」

戸谷は一喝《いっかつ》した。

幸い、テレビの野球放送がうるさいので、こちらの会話は学生の耳に入らなかった。

ここでも、戸谷はうっかりと、あれは風邪薬だ、と彼女に告白しそうになった。だが、それを口の中に呑んだ。顕微鏡検査の結果、毒薬でも何でもないことは無論証明される。戸谷の計算では、実はあれはニセ薬だよと云って、いま彼女を安心させるよりも、犯罪がバレずに済んだという秘密感を彼女に与え、そのことが、戸谷と二人だけの内密な共謀であるという密着感を彼女に持続させた方が得策だと思った。つまり、いつまでも、こちらで彼女の弱味を握っている立場になることだった。

「判るものか」

戸谷はわざと云った。

「どんな検査でも判らないように、おれが調合しておいたのだ。しかし、その解剖医はさすがに眼が高いね」

と戸谷は彼女の前でわざとうそぶいた。

「なに、それは、親戚《しんせき》の者が警察に持ち込んだりしたので、解剖医にその先入観があったのさ。顕微鏡検査をやっても判りっこないよ。いや、かえって、そういう科学的な精密検査をしてもらった方が、さっぱりして安心だ」

横武たつ子は吐息をついた。安心したような、不安なような、複雑な表情だった。

「先生がおっしゃったこと、本当ですね？」

彼女は戸谷を見上げて、確かめるように訊いた。

戸谷が下見沢作雄《しもみざわさくお》に呼び出されたのは、その晩だった。

行った先は、小さな飲み屋である。

下見沢はどういうものか、あまり派手なバーなど使わない。金が無いためかというと、必ずしもそうではなく、戸谷がびっくりするような大金を持っていることがあった。だが、いかなる場合でも、下見沢は一流のバーには行かない。

その飲み屋も、彼の事務所からさほど遠くない東銀座の端の小さい家だった。

戸谷が駈《か》けつけたのは、下見沢が槙村隆子《まきむらたかこ》の返事を伝えると云ったからである。

下見沢は、風采《ふうさい》の上がらない例の姿で独りで銚子《ちょうし》を傾けていた。

「やあ、さっそく、やって来たね」

と彼は隣に坐った戸谷をじろりと見た。

「一昨日《おととい》はご苦労だったな」

戸谷は、彼を槙村隆子のところにやった礼を云った。

「そのことだ。今日、彼女がうちに来たよ」

戸谷はびっくりした。

「そりゃまた、えらく早かったな。わざわざ君のうちに行ったのかい?」

「おいおい、家はきたなくても、そんな話の返事を持って来るのに使い立てをするてはないだろう。彼女は礼儀を心得ているよ」

「悪かった」

と戸谷は素直に云った。

「で、彼女の返事はどうだい？」

戸谷はせき込んだ。

実のところ、戸谷は、藤島チセにも横武たつ子にも無い魅力を、ますます槇村隆子に感じてきていた。結婚を申し込んだのは方便だが、何かそれが本気になってゆきそうな気持になってきた。

戸谷は、ちょっと会わない槇村隆子が次第に自分の心を占めて来はじめたのに気づいた。

「ばかだな、君は」

下見沢は云った。

「そんな話にすぐ返事するやつはいないよ」

では、何のために槇村隆子は下見沢を訪問したのであろう。

「君の前だが」

と下見沢は盃《さかずき》のふちを舐《な》めながら云った。

「彼女は、ちょっと君には惜しい女性だよ。美人だし、金はあるし、仕事はできるし、申し分がない。おれの茅屋《ぼうおく》に来たが、まるで後光そのものが入って来たようだったな」

なるほど、下見沢のきたない事務所ならそのくらいの感じがしたであろう、と思った。戸谷が密《ひそ》かに下見沢の顔色を見たのは、彼が槙村隆子に妙な気持を起こしたのではないか、と思ったからだ。

これまで、女に全然自信を示さない下見沢は、このときも、何の表情も戸谷に見せていなかった。

「彼女が来た用事はね」

と下見沢は云い出した。それまで何回か盃を口に運んだあとである。

「戸谷先生の話を少しまじめに考えてみたい、と云うのだ」

「ほう」

戸谷は胸が躍った。やはり彼女にそんな気持があったのか。

「そう喜ぶのは、まだ早い」

下見沢は云った。

「彼女には条件があった。つまり、君が病院長をやっていることや、君の人柄《ひとがら》は大体、分かっているつもりだが、一体、戸谷先生には財産というものがあるだろうか、とぼくに訊きに来たんだ」

戸谷は眼を瞠《みは》った。

「なるほど」

「彼女も実務家だからね、金のない男と結婚する訳がない。彼女は、最上の条件を自分が身につけているることを知っているのだ。だから、町の病院長ぐらいの地位では愕《おどろ》かない。また、大きな経営をやっていても内情の苦しい店をいくつも実例で知っているわけだ。だから、見せかけだけでなく、実際のところが知りたかったんだろう。財産がない男と結婚すると、明らかに彼女の方が利用されたかたちで損だからね」

「それで、君はどう云った？」

戸谷はどきどきした。遠慮のない下見沢が、なに、あいつは金は一文もなく、病院は欠損で借金だらけですよ、とでも答えかねないのだ。いや、彼は結婚申込みの使いに立ったのだから、まさかそうは云うまいが、それにしても、あまりいい返事をしなかったのではなかろうか。

「いや、そいつはぼくにも判らない、と答えておいたよ」

下見沢は云った。

「なにしろ、おれは君の内幕を知り過ぎているのでな、さすがにいい加減なことは云えなかった。そこで、いくら親友でも、あいつの経済的な内情はよく知りませんから、あいつに聴いてから返事します、と云っておいたよ」

戸谷はほっとした。下見沢のその返事で、とにかく、その場だけの破綻《はたん》は逃れたのである。だが、これからが問題だ。ありのままを知らせると、一も二もなく破談になるに決まっている。

「槙村さんは、いったん、それで分かったというような顔をしたがね、二、三日のうちに、おれは返事をしなければならないことになっている。ところで君」

と下見沢は酔った眼で戸谷の顔を覗《のぞ》いて云った。

「彼女の財産は相当なものらしいぜ。だから結婚する君がそれに似合うような資産を持たないと、とても承知しそうにないぜ」

「ふむ」

戸谷は唸《うな》った。

「どうしよう?」

「ぼくの推定だが、彼女の資産は、軽く二億ぐらいはあるだろうな。君が彼女と結婚するとなると、少なくとも半分、まあ一億は資産を持っていなければならないだろうね。そうしないと、この結婚は釣《つ》り合わない、と彼女は云いだすだろうな」

戸谷は憂鬱《ゆううつ》な眼になって考え込んだ。一億の資産なんてとんでもない。病院という形態があるだけで、ほとんど無一文に近いのだ。今朝も、山林を抵当で流した通知を受け取ったばかりである。事務長は毎月赤字の報告をする。

これまで藤島チセからの金がなかったら、もっと赤字はひどくなっているであろう。戸谷は、槙村隆子が自分の内情を知って、それを云いがかりにこの縁談を断わる理由にした、と考えた。

結婚申込みという手段で、槙村隆子の心理を攪乱《こうらん》しようと企《たくら》んだ戸谷は、こうなると、逆に、彼女にそれを承諾させるために、自分が焦《あせ》り出した。

7

戸谷は、これまで、金の無い女には興味がなかった。どんなに美しい女でも、その場だけの浮気《うわき》以上にはならない。

一つは、彼自身には金が無いが、対手《あいて》が金を持っていることによって自分が豊かな恋愛感情に浸ることができるからだ。戸谷は、女に金を使うほどばかばかしいことはないと思っている。

有名人だった父親が生きている頃《ころ》から、戸谷は女たちにちやほやされた。そのような習性がいつか身について、貧乏な女を対手にする気持を失っていた。つまり、どのように容貌《ようぼう》がきれいでも、教養があっても、金の無い女ほど内面の貧弱なことはなかった。それを何かと誤魔化して高尚《こうしょう》な理屈を云う種類の女を戸谷は軽蔑《けいべつ》してきた。

戸谷は下見沢と別れて飲み屋を出た。

槙村隆子が逆に戸谷の資産の有無を問い合わせたと聴いて、彼女の気持も自分に似通っていることを知った。つまり、槙村隆子も資産のある男でないと相手にする気になれない種類の女に違いない。

これは、戸谷にとって少しも嫌《いや》ではなかった。むしろ、近代的な合理性でさえある。本当の知性はそのようなものではなかろうか、と思ったくらいで、彼は感嘆した。

戸谷は、いままでのやり方で槙村隆子を何とかして陥落させようと考えたが、初めのこの考え方は、彼が方便で結婚申込みをしたのを境に変わってきた。

一つは、槙村隆子が自身ですぐに下見沢の所に出かけて、戸谷の財産調べをした行動性である。戸谷は、自分の自負を彼女から崩されたくはなかった。もともと、人一倍みえ坊の方だし、それは自分がよく知っている。

そのような計算の行き届いた女と、戸谷は、本気に結婚したくなってきた。意地ではなく、実際に、槙村隆子がどの世間の女よりも急に素晴しく見えてきたから不思議だった。

だが、戸谷には金が無い。そのことを彼女に告白する気にはとてもなれない。下見沢が正直に戸谷の金の無いことを告げなかったのは一安心だが、戸谷はここで、むしろ自分に資産のあることを彼女に積極的に知らせてやりたかった。下見沢が、戸谷の資産にふれなかったことで、彼女に貧乏を察知されそうだったからである。

戸谷は、思い立つと、すぐ槙村隆子に電話をしたくなった。一つは結婚を申込んだ直後の彼女の反応を見たかったからである。

女は、結婚の話をする前と、そのすぐあととでは、態度が変わってくる。あとの場合が、見違えるように真剣になるのである。それまで、男の甘い言葉はのらりくらりと聞き流す商売女でさえ、結婚というと、急に様子が違ってくることでも分かるのだ。

戸谷は、途中で自動車《くるま》から降りて、槙村隆子の店へ電話を掛けた。

「戸谷ですが、先日は失礼しました」

彼は電話に出た槙村隆子に云った。

「下見沢をお宅に伺わせましたが、あのことは、お考えおき願ったでしょうか?」

彼は、下見沢から報告を聞かないことにして云った。

「ええ」

槙村隆子はかすかに答えた。いつもの彼女なら、もっと自由に返事をするのだが、その、ええ、と云った短い言葉は、どことなく羞恥《はじらい》があるようだった。

「もしもし、聞こえますか?」

戸谷は、槙村隆子が沈黙したので促した。

彼女は声を出した。

「ええ、下見沢さんはお見えになりましたわ。お話も伺いました。でも、すぐ、そうご催促なさっても、無理ですわ」

槙村隆子の声は、少し笑っていた。

「いや、催促するわけではありませんが、実は、ぼくは心配なんです」

「あら、何をご心配なさるの?」

「いや、ああいう申込みをしたすぐあと、あなたから怒られはしないかと思ったんです」

「いいえ、べつに怒りはしませんわ。だって、そんな理由はないんですもの」

「だが、ぼくなんかがあなたにプロポーズしたかと思うと、気がひけるんです」

ここで戸谷は、思わず、彼らしくない卑屈な言葉になった。

槙村隆子は微《かす》かに含み笑いをした。そのようなことも今まで彼女に無かったことである。ここにも大きな変化が読み取れた。

「下見沢に頼んだのは、ぼくの気持がいいかげんでないことを分かっていただきたかったからです。本来なら、ぼくがお話しするところなんですが、わざと旧《ふる》い慣習に従いました」

戸谷は話した。

「だが、下見沢が何と云ったか、ぼくは知りません。あいつは友達ですが、ときどき、くだらんことを云うので、あるいはぼくの意志が正確に伝わったかどうかは分からないと思います。いや、心配なんです。それで……」

戸谷は、ここで、ごくりと唾《つば》を呑《の》んだ。

「それで、直接、あなたにお目にかかって、ぼくの気持をお話ししたいと思うのです。いかがでしょう、今夜あたり、お時間があったら逢っていただけませんか?」

槙村隆子は、すぐに返事はしなかった。戸谷が、もう一度云いかけようとしたとき、

「今夜はわたくし、駄目《だめ》ですわ」

と彼女は云った。弱いが、きっぱりと断わった声だった。

このような話だと、女はすぐに出て来るものと思っていたが、槙村隆子はそうはい

かなかった。戸谷は出ばなを挫《くじ》かれた思いがした。

「約束があるんです。歌舞伎《かぶき》座に行くことになっていますので、失礼しますわ」

戸谷は、病院に帰ってからも、その思案に耽《ふけ》った。自分に資産のあることを、どのような方法で彼女に見せるべきか、である。

金は一文もないし、毎月、欠損を続けているので、よほどうまい工作をしないと、暴露《ばれ》るに決まっていた。彼女は慎重である。あらゆる方法を使って調査するに違いない。これまで戸谷がつきあってきた女とは、少々彼女は違っている。

戸谷は考えた。

だが、どう考えても、槙村隆子に結婚を承諾させるには、藤島《ふじしま》チセの財産を自分のものに偽装するほかはなかった。

しかし、これはなかなか至難なことである。藤島チセだって、金銭にかけては、なかなかの確《しっか》り者だから、甘い口車にのるはずはない。それに今度は、今まで彼女から掠《かす》めとった金額くらいでは、追っつかないのである。

戸谷は頭を抱えた。

金の無いことで、槙村隆子と結婚できないと思うと、余計に彼女に惹《ひ》かれた。何とかして婚約まで持って行きたかった。

そのとき、ふと、戸谷の胸に浮かんだことがある。藤島チセが、この間、ちょっと洩《も》らしたことだが、彼女は、戸谷にそれとなく夫の殺害を持ちかけた。それは、はっきりした形ではなかったが、あんたも医者でしょう、と云った彼女の言葉には妙に真剣さがあった。

いかに冷遇していても、主人はやはり主人である。彼女といえども、夫が生きている限り勝手に財産を自由にすることはできないのである。もし、彼女の暗示の通り、その夫が死んでしまったら、どうなる。

そうだ、そのときは、藤島チセの財産を、三分の一、いや、半分くらいはこちらに取れるかもしれない。戸谷は金が欲しかった。藤島チセの夫を死なしたら、当然、チセは彼との結婚を責め立ててくるだろう。だが、そのときは何とかなりそうだ。彼には、むろん、年上のチセと結婚や同棲《どうせい》の意志はない。が、財産さえ貰《もら》ってしまえば、チセとの始末は何とか誤魔化せないこともあるまい。

待てよ。——

藤島チセの財産をこちらにもらって、それで資産をつくり、槙村隆子と結婚する。チセは、結局、追っ払う。うまい考えだ。

では、横武《よこたけ》たつ子はどうするか。彼女は夫の死後、どうやら、その位置が一家中から浮き上がっているらしい。彼女の話によると、死んだ亭主《ていしゅ》の弟は、なかなかの者で、どうやらその店を乗っ取ってしまいそうな形勢である。横武たつ子は、そうとははっきり言わないが、彼女の話から、それは充分に察することができる。

まあ、そこまで行かなくても、金が自由にならなくなることは確かだ。

金の自由にならなくなった横武たつ子などには、戸谷には、興味がない。つまり、亭主が生きている間は、まだ彼女には、姦通《かんつう》という興趣があった。そのことが女を懼《おそ》れさせて、戸谷を面白《おもしろ》がらせた。夫が死んでしまえば、ただの平凡な女で、こちらにひたむきに凭《よ》りかかってくるだけだろう。厄介《やっかい》である。

朝早く、戸谷に、横武たつ子から電話が掛かってきた。

「先生、すぐにお目にかかりたいのですが」

彼女の声はひどくかすれていた。

「困るね、こんなに早く」

戸谷は舌打ちしそうになった。ちょうど、病院に出たばかりだった。これから仕事にかかろうという矢先の電話だから、戸谷も腹が立った。

「すみません」

横武たつ子は元気のない声で云った。

「わたし、今まで警察署にいたんです」

「なに、警察？」

戸谷はびっくりした。

「どうしたんだ？」

彼は、あたりを見廻《みまわ》し、電話を手で囲った。

「主人の死体を解剖した結果、毒物反応が現われた、と云うんです」

「………」

「もしもし、分かりますか？」

「聞いている」

「それで、警察ではわたしを疑って、事情を聴きたいと云って、昨夜《ゆうべ》、一晩、留められました。刑事さんにいろいろ、しつこく訊《き》かれたんです。でも、頑張《がんば》りましたわ。そのことで、ぜひ、早くお耳に入れたいのです」

戸谷は呆然《ぼうぜん》とした。解剖の結果、毒物の反応が検出されたというのは、どういうわけだろう。与えた薬は風邪薬だ。そのようなことが起こる道理はない。

戸谷は、瞬間に、それが横武たつ子の策謀ではないか、と思ったくらいである。だが、それにしては、彼女の声の調子はあまりに真に迫っていた。

このまま放《ほう》っておくわけにはいかなかった。ここで電話を切っても、あとから必ず二回や三回、掛けて来るに違いない。その煩《うる》ささも考えた。

「よし、すぐ行く」

場所はいつもの喫茶店を指定した。

戸谷は、大急ぎで、自動車《くるま》を車庫から出し、運転した。

走らせている途中でも気が落ち着かなかった。彼は、下手糞《へたくそ》な解剖医を呪《のろ》った。何を錯覚したのか。とんでもないことを云い出すものだ。警察に報告したので、警察ですぐに横武たつ子を喚問したのであろう。今朝、帰されたところをみると、まず、決定的なことにはならなかったのであろうが、それにしても、警察が彼女を呼んで一晩でも留置したことは重大だった。彼女は、頑張った、と手柄《てがら》げに電話で云ったが、このあと、つづいて彼女には警察からの呼出しがあるかも分からない。さすがに戸谷は心臓が鳴った。

喫茶店の隅《すみ》で、横武たつ子は待っていた。蒼《あお》い顔をし、髪を乱している。なるほど、今、警察から出た、というような格好であった。

「どうしたんだ?」

彼はいきなり云った。横武たつ子は戸谷を見上げた。眼《め》が血走っている。一晩で、げっそりと顎《あご》が尖《とが》ったように見えた。

「顕微鏡検査の結果が判《わか》ったのです。それで、参考人というので、わたしが警察に呼び出されて調べられましたわ。とうとう、昨夜は帰されませんでしたわ」

彼女は疲労した声で云った。

「精密検査の結果はどうなんだ?」

戸谷は、なるべく自分を落ちつかせようとして煙草《たばこ》を取り出した。

「主人の肝臓の組織に壊死《えし》の所見があると云うのです。わたしには、何のことかよく分かりませんが」

「え?」

戸谷は眼をむいた。信じられない。だが、専門の解剖医がそれほどはっきり云うなら、まさか幻ではないだろう。しかし、やはり信じられなかった。

「それで警察では、わたしが主人に、毎日少しずつ砒素《ひそ》を与えていたのではないかと疑ったのです。刑事さんたちが、昨夜遅くまで、しつこくそれを訊くんです」

横武たつ子は、艶《つや》を失った黄色い顔で話した。窓から射《さ》す朝の光線は、彼女の皮膚の粗さをむき出しにした。

「先生」

彼女は叫んだ。

「ほんとに、先生から頂いた薬は砒素だったんですか?」

寝不足で濁った眼を開けた。

「ばかな」

戸谷は吐き出した。

「砒素なんかなものか」

「だって、警察ではそう云っていました。あの肝臓の症状は、毎日、少量ずつ砒素をやっていた形跡がある、と云うんです」

「君は、まさか」と戸谷は思わず呶鳴《どな》りそうになるのをこらえて訊いた。「ぼくの名前を出さなかっただろうな」

「先生、それは安心してください。わたし、頑張りましたわ。毒物なんか全然知らないと云いましたし、先生の名前ももちろん出していません。でも、そりゃ、しつこく訊くんです。わたし、もう少しで崩れそうでしたわ」

彼女は泪《なみだ》を流した。

戸谷は、眼を覚ました。仰向けになりながら煙草を喫《す》いつづけていると、灰が頰《ほお》から耳にこぼれ落ちた。横武たつ子の夫のことが気にかかっている。死体解剖の結果、異状が認められたという。戸谷は、解剖医が先入観でそのような幻影を見たのか、と考えていたが、対手《あいて》も医者だし、まるきり無いものから幻を見たとばかりは云い切れない、と思い返した。やはり何かがあったのかも知れない。

もし、横武たつ子に対する警官の訊問《じんもん》がもっと激しくなれば、彼女はとんだことを口走りかねない、と戸谷は恐れた。これまで、被疑者にされると、すぐに誘導訊問や苦痛のために虚偽の自供をし、公判廷でそれを翻す事件は新聞や雑誌で読んでいる。肝心の毒物は絶対に与えていないのだから安心していいと信じていたが、必ずしもそうではない。

戸谷は、横武たつ子の口から自分の名前が出るのを極度に怖《おそ》れた。これまで、彼女との関係は秘密のうちに手際《てぎわ》よく運び、二人の間は誰《だれ》も気づかないのだ。これは、横武たつ子に夫があるため、彼女の方でも極度に警戒しているせいでもあった。むろん、戸谷は、横武たつ子との関係を他人には絶対に洩《も》らしていない。彼女を紹介したのは下見沢だが、下見沢はああいう男だから、その後の詮索《せんさく》をあまりしないのである。

婦長の寺島トヨは、横武たつ子からの電話を時には取り次いでいるので、あの女特有のカングリを働かしているかもしれないが、これとても確かなことは摑《つか》んでいないはずだ。

今まで、これほど巧《うま》くやって来たのに、ここで横武たつ子に、最も忌《いま》わしい警察で、べらべらとしゃべられては、たまったものではなかった。昨日の朝も、たつ子は、警察の訊問がいかにきびしかったかを話し、戸谷の名前を出さないことを手柄げに愬《うった》えていたが、それとても、これからは当てにはならない。今後、つづけて参考人として喚《よ》び出され、厳重な追及を受けると、いつ刑事に降参するかしれないのである。

戸谷は、横武たつ子の亡夫の実弟に腹が立った。彼の訴えを受け付けた警察にも腹が立ち、解剖した監察医にも腹が立った。

だが、待てよ、と思った。

監察医の所見はまんざら根も葉も無いことではないかも知れない。医者はやはり彼女の夫の肝臓に異状を認めたのかもしれないのだ。横武たつ子の話によると、肝臓組織に一部分壊死状態が見られたという。そのようなことを、まさか、ちゃんとした医者が間違うはずはなさそうである。

戸谷は、煙草を捨てた。思い当たることがあるのだ。まさか、と思うが、あの女ならやりかねない、と思った。

戸谷は、床を跳《は》ね起きると、すぐに病院に出る身支度をした。

院長室はきれいに片づいている。いつもより一時間は早かった。病院は、すでに外来患者の受付けをはじめていた。

戸谷は、薬室係の米田《よねだ》をここに呼ぶことにした。薬室に院長自身がのこのこと出かけ、米田に訊問をすれば、傍《はた》の看護婦連中に妙に思われそうである。

ノックをして、米田が入って来た。

二十歳そこその若い女である。背が低く、顔がいやに幅広い感じだ。米田は、少し頬《ほお》を赧《あか》らめて、お呼びでございますか、と云った。

「うん、こちらに来てくれ」

戸谷は、彼女を近づけた。

「あのお薬を持って参りましたが」

いつも戸谷が頼んでいる薬袋をそっと差し出した。院長に呼ばれたので、彼女は気を利《き》かしたつもりらしい。

戸谷は、机の上に置かれたその薬袋に一瞥《いちべつ》をくれた。考えてみると、もうこの薬にも用は無くなったのである。

戸谷は、手を出してその一包みを開いた。白い粉が、斜めに射している陽当《ひあ》たりのなかに白く輝いた。

「君」

と戸谷は呼んだ。

「君は、この薬を自分で作っているんだろうね？」

「はい、わたくしがしておりますが」

米田は、何か落度で戸谷から叱《しか》られるのかと思って、余計に大きな顔を赧くした。

「君がこれを調合してるところをだれか見た者はいないかい？　いや、薬室の看護婦は別だ。そのほかで、君がこの薬をぼくのために作っていることを知っている者はいないか？」

「いいえ、べつに居ないと思います」

米田は、多少、東北訛《なま》りで答えた。

「寺島トヨは知ってるだろう？」

戸谷は訊いた。寺島トヨは、確かに、米田にこの薬を作らせていることを知っていて、いつか、戸谷に皮肉を云ったことがある。だが、寺島トヨといえども、この薬の実際の用途は知らないはずだった。

「婦長さんはご存じだと思います」

米田はもじもじして答えた。

「寺島は、君に何か云ったことがあるかね？」

「はい。その薬はどうするの、と訊かれました。わたくしが、入院患者さんに作ってるんです、と云ったら、カルテを見せなさい、と云われて困ったことがありました」

戸谷は舌打ちをした。寺島トヨの根性の悪さは、彼の周囲にいつも気を廻《まわ》している。

「でも、わたくしは、その場をうまく誤魔化しました」

米田は答えた。

「そうか。ところで、訊くがね。君がこのフェナセチンを調合するときは、薬びんの中から直接に出すんだろうね？」

「はい、そうしています」

「一度でも、薬を作りかけてほかの用事をしたり、また、その薬の調合を他人に頼んだことはなかったかね」

「ありません。いつも、院長先生の命令ですから、わたくしが作っております」

戸谷の疑いは、この薬の中に、隙《すき》をうかがって寺島トヨが少しずつ砒素を混ぜていないか、ということだった。だが、今の米田の返事では、それは無いらしい。米田は正直な女である。彼女の云う通り、院長の命令だというので、自分だけがひとりでやっているに違いない。それに戸谷はこのことは人には云うな、と口止めしているから、米田は忠実に守っているはずであった。

「もういいよ」

戸谷は云った。

「ああ、それからね、このフェナセチンはあと、もう作らなくともいいんだよ」

「はい、分かりました」

赧い頬の米田は、丁寧に一礼して、院長の前を退《さが》った。

もう風邪薬なんか作る必要はないのだ。彼女の夫は死んだ。あの白い薬で彼女を怯《おび》えさせ、喜ばせ、罪悪感で顫《ふる》えさすこともなくなった。

その代り、次に来るべきものは、一人の未亡人がひたすらに彼に凭《よ》りすがり、執拗《しつよう》にまつわりつく姿なのである。

戸谷は頭を振って院長室を出た。

薬室に行った。

めったに院長が姿を現すことなどないので、みんな奇異な顔をしていた。米田はやはり赧い顔をして、窓口で薬を包んでいる。

「黒崎《くろさき》君」

戸谷は、薬剤室の主任を呼んだ。

「劇薬の保存はちゃんとしてるかね？」

黒崎は、きれいに分けた髪を、さらに手で撫《な》でつけた。

「はい、そりゃもう、ちゃんと手落ちなく管理してあります」

「夜はどうしている？」

「はあ、当直もおりますし、劇薬類はいっさい戸棚《とだな》にしまって、厳重に錠を掛けております」

戸谷は、砒素のことを口にしようとしたが、あとでつまらぬ嫌疑《けんぎ》を受けては、という惧《おそ》れがあって呑《の》み込んだ。

「夜中に劇薬を出してくれと云う者があっても、絶対に当直医員の判こがないかぎり出さないだろう？」

「そりゃもう厳重に云いつけております」

「馴《な》れた看護婦が云って来ても、出すことはないね？」

「看護婦の云うことでは絶対に出しておりません」

馴れた看護婦というのは、暗に婦長の寺島トヨを利《き》かせたつもりだったが、この薬剤主任に、その意味が通じたかどうか。だが、この返事はともかく戸谷を一応満足させた。

このとき、薬室の入口のドアがちょっと細く開いた。何気なく戸谷が見ると、ドアの隙間《すきま》に、寺島トヨの顔がタテ半分に見えた。戸谷はどきっとした。ドアはまた元の通りに閉まった。

寺島トヨは偶然に薬室を覗《のぞ》いたのだろうか、それとも、戸谷がここに来ているのを何かカンぐって覗いたのだろうか。あとで寺島トヨが忍び足で来そうな予感がする。

この調べで、寺島トヨが米田の作るフェナセチンに砒素を密《ひそ》かに混ぜるという工作は困難だ、とはっきり分かった。まず、砒素そのものは、昼間は薬室勤務の多勢の人間の眼があるので奪うことはできない。夜は厳重に鍵《かぎ》の掛かる戸棚にしまってある。いかに婦長でも、彼女が勝手に係に云いつけてそれを取り出させることはできないのだ。

戸谷は、院長室に若い医員を呼んだ。

「山下君」

山下は病理試験の係だった。

「これはフェナセチンだがね」

戸谷は、米田が持って来た薬袋を見せた。

「少し品質が悪いような気がする。試験して純度などを調べてくれないか」

山下という若い医員は、怪訝《けげん》そうに院長の顔を見た。

「いや、ちょっと疑問があるんでね。あんまり変なものを持って来るようだったら、出入りの薬屋に文句を云わなくちゃいかん」

「分かりました」

「今すぐやって欲しいんだ。いつごろ判るかね？」

「そうですね、二時間もしたらはっきりすると思います」

「それからね、これはあんまり人に云わないでくれ。その薬の疑問は、ぼくだけが感じたことだ。薬剤室の方には内緒にしておいてくれ。薬物購入はそっちの方でやってるので、気を悪くすると困るからね」

「分かりました。あとで報告に参ります」

若い医員は院長室を出て行った。

あと二時間すると、あの風邪薬の中に砒素が混じっているかどうか判るのだ。もし、毒物が混じっていれば、あの若い病理試験係はびっくりするだろう。そのために、人にしゃべらぬように、と手を打っておいたのである。戸谷は、広い机を指先でこつこつと叩《たた》いた。

さて、これからどうするか。

一昨夜、槙村隆子は歌舞伎《かぶき》座に行ったはずである。一体、誰《だれ》と行ったのだろう。戸谷は、対手《あいて》のことが気になりだした。

戸谷の縁談を彼女が気にかけているところをみると、彼女には、べつに好きな男がいるとは思われない。しかし、女連れで歌舞伎見物など行くとは思われなかったので、戸谷は、気にかかりだした。

早く彼女にこちらの財産のことを告げる必要があった。それに、槙村隆子は、いつ、下見沢のところに財産のことを訊き合わせるかも分からないのである。早いところその手を打つ必要があった。

電話には、すぐに下見沢が出て来た。

「戸谷だ、おはよう」

と彼は云った。

「槙村隆子から、あれから何も云って来ないかい?」

「べつに」

と下見沢はぶっきらぼうに答えた。

「君も案外せっかちだな」

「いや、そうではない。彼女から財産の問合せがあるはずだ。そのときの返事を君に教えておきたい」

「ふむ、どういうことだ？」

「おれには一億円ばかりの資産があると云ってくれ」

下見沢は、ちょっと黙った。が、笑い声が聞こえた。

「大丈夫か、そんなハッタリを云って？」

「大丈夫だ」

戸谷ははっきりと答えた。

「近く、それだけの金が入ることになっている」

「ほう、それは大したもんだな。ところで、その資産の内訳は、彼女にどう返事したらいいんだね？」

「全部、株券で持ってる、と云ってくれ」

「どこの株券だね？」

「銘柄《めいがら》まで云う必要はないだろう。とにかく、ぼくの名義ではなく、税金の関係で、他人名義になっている、と云ってほしい」

「大丈夫か？　もし、彼女がその提示を求めたらどうする？」

「それは、ぼくに成算がある。株券を見せてくれと云ったら、いつでも見せてやるよ」

戸谷に成算があるというのは、藤島チセの持っている株券のことだった。槙村隆子が見せてほしいと云えば、いつだって見せられるのだ。

名義は藤島チセになっているが、この名前に偽装していると云えば、納得するだろう。

「分かった。彼女からその話があれば、君の云った通りに伝えておくよ」

「ありがとう、頼む」

戸谷は電話を切った。

これで、槙村隆子から問合せがあっても、まず大丈夫だ。しかし、戸谷の本心としては、藤島チセから一時的に株券を借り出すことでなく、結局は、彼女から一億ほどの財産を取り上げる算段だった。

槙村隆子との話が進み、結婚の段階になると、この誤魔化しでは通らないことになる。どうしても戸谷自身が財産を持っていなければならなかった。

戸谷は、椅子《いす》の後ろに背を凭《もた》せかけて天井を眺《なが》めていた。藤島チセからどのようにして一億の財産を取り上げるか、その工夫に耽《ふけ》っていた。

すると、思案の結論は、藤島チセの頼みをきいて、彼女の夫を殺す以外にないように思われた。

どう考えても、あらゆる川の末が海に注ぐように、この結論に、流れ込むのである。

8

戸谷は、電話で横武たつ子にまた呼び出された。煩《うる》さい女である。例の喫茶店で、彼女は蒼《あお》い顔をして坐っていた。

戸谷を見た瞬間の彼女の顔は、思い詰めたように筋肉が硬《こわ》ばっていた。ぎらぎらと光っている眼《め》が普通のものではない。余裕を失った人間の眼だった。

「義弟《おとうと》が」

横武たつ子は、コーヒーを運んで来た給仕が去るのを待って云《い》い出した。

「店の組織を変える、と云い出したんです」

「店の組織？」

戸谷は、じろりと彼女の顔を見た。

「どういうことだね?」

「それをくわしく申し上げたいのですわ。わたし、どうしていいか判《わか》りませんの。昨夜《ゆうべ》からまんじりともしませんでしたわ」

横武たつ子は泣き声になっていた。彼女の睫毛《まつげ》に泪《なみだ》が溢《あふ》れかけた。

「ねえ、先生、お願いですわ。こんな場所では、とてもお話しできませんの。どこかにわたしを連れてって下さい」

悲しみの興奮が、戸谷に愛撫《あいぶ》を哀願していた。

「それもいいがね」

戸谷は落ち着いて云った。

「今云った通り、ぼくは忙しい。話はなるべく早く聞いて病院に帰りたいのだ。それで、警察の方はどうなった?」

戸谷は、義弟よりもそちらの方が先に聞きたかった。

「警察では、あれきりなんです。もう呼び出しは来ませんわ」

横武たつ子は肩で大きな吐息をついた。

戸谷は、思わずほっとした。警察の動きがないというのは、嫌疑《けんぎ》が晴れたのであろうか。

「よかった」

これは自分のために云った返事だった。

「君も安心しただろう?」

「いいえ」

と彼女は弱く首を振った。

「それが、すっかり嫌疑が晴れたのかどうか判らないんです。いつ、また呼び出しがあるか知れませんわ」

そうだ、それもある、と戸谷は自分の早すぎた安心を訂正しなければならなかった。警察では、或《あ》る期間、いわゆる嫌疑者を泳がしておくという手である。呼び出しがないのは、様子を見戍《みまも》っているためか、それとも証拠蒐集《しゆうしゆう》をやっているためか、判ったものではない。簡単に嫌疑が晴れたと判断したのは、こっちが甘いと思った。

「警察の方もですけれど」

と彼女は云った。

「義弟《おとうと》が、わたしに急に掌《てのひら》を返したような酷《ひど》い仕打ちをするんです。口惜《くや》しくてなりませんわ」

横武たつ子は耐え切れなくなったようにハンカチをハンドバッグからとり出して顔

に当てた。声こそ出さなかったが、身体《からだ》を曲げて泣きはじめた。
戸谷は舌打ちした。女はどんな所でもすぐ泣き出す。喫茶店の中には客が居る。そ
れがじろじろとこちらを見そうな気がした。泣いてる女の前に、ぼんやり坐《すわ》っている
自分が阿呆《あほう》な男にみえた。
そうだ、こうしている間にも、刑事がこっそり様子を見ているかもしれないのだ。
客に化けて窺《うかが》っているような気がした。
「出よう」
と彼は急に云った。
「話は出てから聞くよ」
女は、まだ返事ができないで、ハンカチを押えたままだった。戸谷は苛立《いらだ》って、自
分で先に立つと伝票を掴《つか》み、レジに歩いた。外に一刻も早く出たかった。とにかく、
二人きりで喫茶店のテーブルに坐っているのは危険だった。
表で待っていると、しばらくして、横武たつ子がしょんぼりと出て来た。顔からハ
ンカチこそ除《の》けていたが、眼蓋《まぶた》が赤く腫《は》れていた。化粧を仕直す気にもなれないらし
い。
戸谷は、病院からここに脱《ぬ》けて来たのだ。目立たぬよう自家用車も使わずタクシー

に乗ったが、結局、それがよかった。誰に自家用車の番号を見られないとも限らなかった。

空車の流しが来たので、戸谷は彼女を先に乗せた。

「どちらへ？」

運転手は背中から訊《き》いた。

戸谷は瞬間に考えた末、

「石神井《しゃくじい》公園へ」

と命じた。石神井公園は、都心から離れた場所にある。

石神井公園には、思ったとおり、人はあまり歩いていなかった。戸谷は、なるべく人の歩かないような木立ちの中を歩いた。

ここに来る途中、戸谷は何度もタクシーの後ろ窓を振り返ったが、べつに尾《つ》けて来る車もなさそうだった。今、歩いていても、公園の掃除婦が二人、草の上に腰を下ろして休んでいる以外、人影はなかった。

「ここなら、何を云っても安心だ」

戸谷は横武たつ子に云った。

「さあ、すっかり話してごらん」

彼女は、しばらく黙っていた。すぐに話したいのだが、咽喉《のど》につかえて声が出ないといった様子だった。あわてて家を出たのか、普段着のままだった。それも戸谷の眼に、女をいやに見窄《みすぼ》らしく映させた。

「義弟《おとうと》がわたしを追い出そうとしてるんです」

彼女は戸谷から遅れがちに歩いていたが、やっと話し出した。

「義弟はまだわたしを疑っていますわ。警察に訴えたのもそうなのですが、解剖の結果に不審の点があったというので、いよいよ、わたしに疑惑を持ったのです。警察に引っ張られたということだけでも、もう頭から、わたしが夫毒殺の犯人のように決めていますわ」

彼女の声は、また新しい涙で途切れそうになった。

「ちゃんと話すんだ」

戸谷は叱《しか》った。

「こんな話に、そう泣かれては困る。それでどう云うのだね？」

「義弟は、あの店を株式組織にする、と云うんです」

横武たつ子は、嗚咽《おえつ》をまじえてつづけた。

「兄貴の生きてるときのやり方が新しい経営ではないので、この際、合理的な組織に改めたい、と云い出しました。わたしには相談せずに、勝手に親類を集めてそう云ったのです。親戚《しんせき》の者もみんなすぐに、それに賛成しましたわ。そのとき義弟は、こうも云ったのです。どうも、今まで、店の経理を見ていると、杜撰《ずさん》なところがある。これは嫂《ねえ》さんが一人でやっていたので、こういうことになったのだ。この際、女任せにせず、もっと経営を合理化しなければいけない、と云うのです。はっきり、わたしへの面当《つらあ》てですわ」

「そうか」

「義弟《おとうと》は、わたしが金使いが荒い、と云うんです。そして、その金は何に使ったのかさっぱり判らない、とも云っています。主人が生きているときからも、なんだかんだと義弟は云っていたようですが、亡《な》くなったら、もう露骨にそんなことを云い出しました」

横武たつ子が使った金の大部分は、戸谷の方に流れている。彼女は、いろいろな名目でその金を作ったに違いない。夫の実弟というのがそれを云い立てはじめたのだろう。

「あの店は、わたしが一人でもり立てて来ましたわ。そう云ってはなんですが、夫はずっと寝たきりで、ろくに店のことは分かりません。そりゃ、わたしは一生懸命に働きました。今のように大きくなったのも、わたしがそんな努力をしたからです。それなのに、今になって義弟は、店の経営も財産も、みんなわたしから取り上げようとしているんです」

「取り上げる？」

戸谷は歩く足を停《と》めた。

「そうなんです。株式会社にすると云っても、社長には義弟が坐って、重役は主人の親戚ばかりです。わたしは、ただ、申しわけ程度に重役にするというだけで、何の発言権もありません。財産だってそうですわ。今までが個人経営ですから、店の資金も個人の財産もはっきりしていませんでした。その財産も全部、株式会社の資産とみなす、と義弟は云うんです。店の者もみんなわたしに同情してくれていますわ」

要するに、横武たつ子は一文も金が無くなったのだ。夫の実弟に、事実上、横領された、と云っていいのだ。

「ひどいことをするね」

戸谷は口先では云った。

「君は、それに抗議しなかったのか？」

「それは争いましたわ。でも、弱かったんです。どうしても強くなれませんでした。その理由は、わたしには先生があるからですわ」

横武たつ子は愬《うった》えた。

「わたしと先生の間は、誰も知っていません。義弟だって、わたしに恋人があるなどとは知らないのです。ただ、今までの金の流用先に不審を持っているようですが、具体的なことは何も分かっていません。わたしがあんまり強く主張すると、先生のことや、それに、あの毒薬のことがバレそうで、どうしても気がひけるんです」

「ふむ」

戸谷は、さすがにすぐに返事ができなかった。横武たつ子の気持は分からぬではない。いわば、戸谷にすべての責任があるのである。

だが、戸谷は、責任感などはちっとも感じなかった。当惑は横武たつ子からは一文の金もこれからひき出せないことだった。

この女に金が無かったら、どこに魅力があるだろう。これまでの永い付合いで、彼女のすべてを知り尽してしまったのだ。今、眼の前に動いている彼女の荒れた皮膚、すぼんだ頰《ほお》、黝《くろ》ずんだ眼のふち、少ない毛髪。……それらが悉《ことごと》く拡大されて見えた。彼女に今後残されているのは、これだけだった。

「すると、その株式組織とかいうような工作は、着々と進んでるのかね?」

「ええ、わたしの意志に関係なく、どんどん進めていますわ」

「君がバカだからだ」

　と戸谷は急に呶鳴《どな》った。

「こういうことにならないうちに、どうして手を打たないんだ。君がのんびりしてるから義弟《おとうと》なんかに乗ぜられるんだ。要するに、君がバカだからこんな結果になる」

戸谷自身が云っているうちに怒りが出てきた。彼女が一瞬に財産を失ったことが、自分のものが無くなったように腹が立った。

　横武たつ子は黙った。声の無い代りに泣きはじめた。

「そこで、いくら泣いたってしようがないよ」

戸谷はとげとげしく云った。

「どうするんだ、これから先は?」

「先生」

　と彼女は泣きながら取りすがるように云った。

「わたしは、独りぼっちになりましたわ。これからは先生が頼りです。先生にお縋《すが》りするより生きる途《みち》はありませんわ」

何をバカな、と戸谷は心の中で唾《つば》を吐いた。こんな女に取りすがられては堪《たま》ったものではない。

戸谷の眼には、折から向うの雲間から斜めに射《さ》している太陽の光線のように槇村隆《まきむらたか》子《こ》がいよいよ素晴しく見えてきた。

横武たつ子は、戸谷の顔を横から熱っぽい眼でじっと見上げた。しかし、以前の艶《なま》めかしさとは違い、その顔には、ただ取りすがる女の哀れさだけがあった。その哀れさが戸谷にいよいよ嫌気《いやき》を起こさせた。

池の端《はた》は、相変らず人の歩く姿がなかった。水面が樹林の間に見え隠れした。昨日、雨が降ったせいか、小径《こみち》がじめじめと濡《ぬ》れていた。

戸谷は、辺りを見廻した。掃除婦の姿もこの林の中には見えなかった。

戸谷は、ふと思った。いま此処《ここ》に居るのは自分と女だけである。しかも、自分たちがこの場所に来たことを、誰《だれ》も知ってはいない。戸谷も黙って病院を脱け出して来たし、むろん彼女も秘密に戸谷に逢いに来たのである。

いわば、天地の間に、自分と彼女がここに居る事実を知っている者は一人もいないわけであった。つまり、環境から全く隔絶された孤の存在だった。

これこそ、二人の関係を端的に表わしているのではないか。戸谷は他人に絶対に彼女との関係を知らせていない。横武たつ子も彼とのことを周囲に匿《かく》している。二人のことは誰も知らないのだ。この石神井公園を歩いて居ることも誰ひとり気がつかない。

もし、戸谷が、ここでかりに彼女を殺しても、戸谷が犯人とは何ぴとも気づかないであろう。殺人死体が発見されて、捜査が始まると、普通、捜査当局は被害者の人的関係を一番に調べるらしい。だが、その線上に、戸谷は決して浮かぶことはないのだ。殺害現場を目撃しないかぎり、戸谷信一《しんいち》という人間は、横武たつ子の愛情関係からは絶対に浮かぶことのない位置に居る。

戸谷は、また周囲を見廻した。相変らず樹林と草と濡れた小径の世界だった。人影は一つも無かった。

横武たつ子は、今や危険な存在になりつつある。資産を失った彼女は、ひたすらに戸谷の愛情を求めて寄りかかって来るに違いない。わずらわしいことだ。もし、戸谷が彼女の愛情を拒絶するなら、たちまちこの女は逆上するに違いない。

逆上したらどうなる。彼女はすぐに戸谷との関係を暴露し、夫毒殺に戸谷信一という院長が一役買っていたことを警察に訴え、世間に公表するかも知れない。そのときの女は、も早、捨身である。その期《ご》になって、彼女に与えた薬は実はフェナセチンという風邪薬だったなどと戸谷が弁明しても、何になろう。恐ろしいのは、戸谷信一がその忌《い》まわしい事件に関係があった、と世間に判ることだった。

横武たつ子は、戸谷の腕にもたれるようにし、肩を落として歩いて行く。不愍《ふびん》な女だが、この悲惨な女の心の変化が戸谷の生命を脅《おびや》かさないとも限らないのである。

戸谷は、切実に槙村隆子と結婚したかった。それは今、自分のそばに寄り添っている女とは比較にならないほど崇高な女性である。男は、一人の女を失うことによって、もう一人の女が倍くらいに価値を増してくる。戸谷は無一文になった中年女にうっかり同情して、その憐憫《れんびん》のために自分のこれからの生涯《しょうがい》をスリ替えられてたまるものか、と思った。

「君は」

戸谷信一は急いで念を押した。

「ぼくとの間を、誰にもしゃべってはいないだろうね?」

横武たつ子は、窶《やつ》れた顔で戸谷に答えた。

「いいえ、誰にも云っていませんわ。警察で訊かれたときも、先生の名前は絶対に匿《かく》して頑張《がんば》ったんですもの。それだけは安心してください」

彼女は、戸谷の賞讃《しょうさん》を求めて、媚《こ》びるような表情をした。

「それでいいんだ。ぼくたちのことを誰にも知られてはならない。それは、君自身の立場も不利にすることだからね」

戸谷は、ちょっとやさしい言葉になった。

「分かっていますわ」

哀れな女は、子供のようにうなずいた。義弟《おとうと》さんのやり方は、まったく酷《ひど》い。だが、ぼく

「まあ、君の話は、大体分かった。義弟さんのやり方は、まったく酷い。だが、ぼく
が君から詳しくそれを聞いてもどうしようもないことだからね」

横武たつ子は、その言葉で、呼吸《いき》を呑《の》んだ顔になった。

「そうだろう、君？」

戸谷はつづけた。

「君の家庭のトラブルに、ぼくがのこのこと顔を出すこともできないじゃないか。そ
れは君が解決しなければならないことだよ」

「先生」

横武たつ子は詰まった声で叫んだが、戸谷を見つめている眼が据《す》わっていた。

「こんなことになって、わたしは先生が唯一《ゆいいつ》の頼りですわ。それなのに、そんな言葉
を聞こうとは思いませんでしたわ。わたしは、自分の苦しい立場を先生にお話しした
だけです。そして、先生から、少しでも力強い言葉が欲しかったのです。なにも、わ

たしは、先生にこの話の解決のため、わたしの親戚の前に出ていただこうなどという気持は、少しもありません。それなのに……」

横武たつ子は、泪《なみだ》を流した。

「そんな話を聞いても、ぼくにはどうしようもない、とはあんまりですわ。そんな冷たい言葉を聞きに、あなたのところに来たのではありません。あんまりです」

横武たつ子は耐え切れなくなったとみえ、道の上に踞《かが》み込むと、肩を揺すって泣き出した。

戸谷は、彼女がいよいよ面倒臭くなった。

戸谷は、横武たつ子をやっと振り切って病院に帰った。

こっそりと院長室に戻《もど》った。時計を見ると、横武たつ子との密会に往復二時間ばかりを要していた。思いのほか時間を取ったものだ。

自分の留守の間に、誰かが用事で来なかったかと気にかかった。殊《こと》に、寺島トヨが二、三回ぐらい覗《のぞ》きに来たような気がしてならない。黙って外出しているだけに、戸谷はやはり落ち着かなかった。

院長といっても、べつに回診するのではなく、患者を受持っているわけでもなかった。それは全部医員に任せきっている。経理の方も事務長任せだった。だが、種々な書類などには院長としての戸谷の判こが要る。その雑用で結構一日つぶれるのだった。

ドアが外からノックされた。

寺島トヨではない。彼女だったら、黙って影のように入って来る。ドアをたたくからには、医員か看護婦に違いなかった。

入って来たのは、病理試験係の山下だった。長身の青年である。戸谷から離れたところで頭を下げた。

「早く報告に上がるつもりでしたが、院長がお留守だったようですから」

「うん、ちょっと用があって、そこまで出ていた」

戸谷は、廻転椅子《かいてんいす》を廻《まわ》した。

「どうだね、結果は判ったかね?」

「判りました」

「もう少しこっちに来て話してくれ」

山下は、云《い》われた通り、院長の膝《ひざ》の前に来た。彼の眼鏡の半分に光線が射《さ》し、窓の枠《わく》が筋になって映っている。

「あのフェナセチンを分析しました。やっと終わりましたので、報告します。試験をしましたが、べつに品質に粗悪な点は認められませんでした」

「そうか」

戸谷は安心した。

純度を調べてくれ、と云ったのは、むろん、フェナセチンに砒素《ひそ》が混じっていないかどうかを調べさせたのである。正面からそれを云えないので、純度のことを云ったのだが、試験の結果、純度に変わりがなかったというのは、砒素の検出がなかったということである。

「ご苦労だった」

戸谷は機嫌《きげん》よく云った。

「それだけで、よろしゅうございますか？」

山下は、報告を書いた紙を戸谷の前に差し出した。

戸谷は、それを手に取って眺《なが》めた。

「結構だ。もういいよ。ありがとう」

山下は退《さが》った。

まず、物理的には毒物の混入は無かった。戸谷が杞憂《きゆう》したような、寺島トヨが砒素を混ぜたという痕跡《こんせき》はないのだ。

戸谷は、椅子から立って、腰に手を組み、窓の方を向いた。いい天気で、明るい陽《ひ》射《ざ》しが建物の明暗をくっきりと浮き出している。看護婦が二人肩を並べて、中庭をよこぎった。

それにしても、なぜ、横武たつ子の夫の死体に砒素中毒の症状が現われたのであろう。解剖所見が彼女の口からのまた聞きなのでよく分からないが、肝臓組織の一部に壊《え》死《し》を起こしていたという。それが漸進《ぜんしん》的な砒素中毒の現象であることは、戸谷も知っていた。

おかしい。

米田のつくった薬包みのフェナセチンには砒素が無いことが確かめられている。だれも毒物を混入した形跡はない。では、どうして彼女の夫の砒素中毒は生じたのであろうか。

戸谷は眼を細めて眩《まぶ》しい陽射しを眺めている。

そのうちに、ふと、一つの考えが頭にひらめいた。

そうだ、あれは絶対に砒素中毒ではない。このごろ、結核の薬にはやたらと新薬が出てくる。横武たつ子の話に、夫には新薬を飲ませていたということをいつぞや聞いた。それは彼女の本心を他人に悟られまいとする偽装だと思っていたのだが、「やたらに新薬を飲ませた」ことで、砒素中毒と同じ症状が肝臓に生じたのではあるまいか。いや、それに違いない。いろいろな新薬を無鉄砲にのませたので、それが肝臓に一種の中毒作用を起こしたのであろう。

解剖した医者は、そのことには気づかず、遺族が警察に届け出たことで、あたまからその症状を「変死的」主観で砒素中素と決めてしまったのであろう。

解いてみれば、実にこんな単純なことだ。バカバカしい話である。戸谷は、新しく煙草《たばこ》を吹かした。

しかし、さすがにその解剖医も、それが砒素中毒だと、はっきり断定はしていない。ただ似た症状だというに止まっている。警察が横武たつ子を怪しみながらも逮捕し得ないのは、解剖の鑑定が弱かったせいであろう。ただ、医者はこの場合、それが過剰な新薬の結果とは気がつかないで、砒素に結びつけたに違いなかった。むろん、その中毒が死因ではない。死因は飽《あ》くまでも結核なのだ。

しかし、すでに問題はそこから別なかたちに発展しているのだ。

風邪薬に砒素が混じっていたかどうかということの証明は、もう論外になった。問題は、今では、横武たつ子が殺人の疑いを受けて親戚《しんせき》の者から疎外され彼女の財産は一文も無くなった事実である。それと、未だに横武たつ子自身が、フェナセチンに砒素が混じっていたという幻を誰よりも固い信念で思い込んでいることだった。そもそもが戸谷がそれを云い含めたことだし、いわば彼には自業自得《じごうじとく》だった。

それにしても、なんという女であろう。新薬を飲ませるのは偽装だ、と云っていたが、それなら、気休めに飲ませていいのだ。肝臓に壊死を起こすまでやたらに新薬を飲ませたのは、横武たつ子の心の一部を覗《のぞ》いたような気がした。つまり、彼女は、やはりどこかで、その夫の死を救いたがっていたのである。戸谷は腹が立った。戸谷にはいい加減なことを云いながら、やはり亭主《ていしゅ》が可愛《かわい》かったのだ。

その夕方、横武たつ子からまた電話が掛かって来た。戸谷は、受話器を握ってうんざりした。

「先生ですか?」

初めから、彼女の声は異様だった。

「すぐ、お目にかかりたいんです。いつもの所で待っていますから、出て来てください」

戸谷は、怒りがこみ上げて来た。

「駄目《だめ》だ。忙しいからね。そう何度も君のために時間を潰《つぶ》すわけにいかないよ」

「あなたがそうおっしゃるのは分かっていますわ。でも、ぜひ出て来てください」

いつもの横武たつ子の声とは違っていた。哀願的なものはなく、最初から強引だった。

「駄目だ」

戸谷は一言で云った。

「どうしても駄目ですか？」

「くどいな。君はぼくの立場を全然理解しない。今朝だって、忙しいなかをやっと脱《ぬ》けて出て行ったんだ。そうたびたび、君のために時間を潰すわけにはいかないよ」

「今夜も駄目ですか？」

「くどいな。当分、暇がないよ」

戸谷は、横武たつ子が心からいやになった。金を失ったこともそうだが、彼に隠れて夫に新薬をやたらに飲ませていた性根が憎かった。しかも、その結果が、戸谷に災いを及ぼしそうなのである。無知で、恥知らずの女としか考えられなかった。

「わたしのために時間が取れなかったら、誰《だれ》のために時間をお取りになるんですか？」

戸谷は、おやっと思った。最初から挑戦《ちようせん》的なのである。

「誰のためでもないよ。ぼくの仕事だからね。これでもいろいろと病院の仕事があって、いちいち、君のために無駄な時間を潰すわけにはいかない」

「無駄、とおっしゃいましたわね。では、槙村隆子《まきむらたかこ》さんとの時間は無駄ではないんですか？」

戸谷は、はっとした。横武たつ子が、どうして槙村隆子のことを知っているのか。彼は絶句した。

「返事をしてください」

嶮《けわ》しい声で横武たつ子は催促した。

「何もかも判《わか》っています。あなたは、今までわたしを騙《だま》していました。わたしは、あなたのためにどんなに尽したかしれませんわ。こんなことになったのも、あなたのためです。それなのに、あなたは槙村隆子という人に結婚を申し込んだそうではありませんか？」

どこで判ったのだろう。戸谷は、愚かな横武たつ子に答える前に、その疑問が起こった。

「なぜ、黙っているのです」

彼女の声はいよいよ尖《とが》った。

「わたしが何も知らないと思っているのですか？　悪いことはできないものですよ。ちゃんと、わたしに知らせてくれた人がいるんですからね」

「いい加減なことを云うな」

戸谷は呶鳴った。

「誰から聞いたか知らないが、根も葉もない噂《うわさ》でぼくにヤマをかけようとしても、そうはいかないよ」

「根も葉もないことではありません。ちゃんとした人から聞いたんです」

横武たつ子は戸谷のヤマに引っかかった。

「誰だ？」

「誰でもいいです」

「それみろ、何も云えないじゃないか」

彼女の声がちょっと休んだが、

「それなら云いますわ」

と、急に強い声で出た。

「槙村隆子さんというのは、銀座に店を持ってるデザイナーでしょう。その人の友達がわたしの知合いなんです。その人は、槙村さんからはっきり聞いた、と云ってましたわ。戸谷という病院長から結婚を申し込まれたと吹聴《ふいちょう》しているそうです。隆子さんはその人に相談した、と云うんですよ」

戸谷は、唇《くちびる》を嚙《か》んだ。思わぬところに敵の伏兵を見た思いだった。そんな人間関係があろうとは夢想もしなかったのだ。

「どうですか。口が開かないでしょう」

横武たつ子は電話口で、嗤《わら》うような、くやしそうな声を出した。

「わたしは、絶対に、あなたをそんな人と結婚させませんわ。あなたが、もし、わたしに隠れて強引に結婚しようとしても、わたしはあくまでも妨害しますよ」

「誤解だよ」

戸谷は、とにかく云わねばならなかった。

「その人がいい加減なことを云ってるに違いない。君が何かぼくとのことを話したんじゃないか?」

「誤解なもんですか!」

とたつ子は云った。

「わたしと先生との間のことを知っているなら別ですけれど、そんなことは全然知らない第三者がわたしに教えてくれたんです。わたしは聴いていて、思わず顔色が変わりました。きっと、その人も変に思ったかもしれません。だから、その話は、あなたがいくら隠しても本当だと思います。それとも、嘘《うそ》だというなら、その証明をしてください」

「証明？　証明とは何だ？」

「わたしとすぐ結婚することです。……先生、わたしはもう何もかも失いましたわ」

ここで、横武たつ子は、急に哀れな声になった。胸が迫って泪が溢《あふ》れて出ている顔を、戸谷は想像した。

「わたしには先生だけしか残っていません。どうか、ほかの人と結婚することは止《や》めてください。わたしの生きる望みは先生だけです。先生と結婚すること以外に、わたしには何の生甲斐《いきがい》もありません。お願いです。すぐに結婚してください！」

横武たつ子は絶叫した。その声が受話器の外までわめいた。

「そりゃ君、結婚しないとは云わないが」

戸谷は、とにかく彼女を抑えねばならなかった。

「しかし、そんなことを電話で話したって仕方がない。この次逢うまでに、ぼくが具体的に決めるよ。君が安心するようにね」

「本当ですか？」

横武たつ子の声は瞬間に変わった。

「本当ですね、先生、本当ですか?」

「嘘は云わない」

戸谷は平気で云った。

「だから、この次逢うまで待ってくれ。そのときに、ゆっくり相談するよ」

「では、結婚してくださるんですね? それだけ、この電話で聴かしてください。その返事をいただかないと、わたし、どうしていいか分かりませんわ。本当に死にそうなくらいです。そんな噂を聞くと、もう居ても立ってもいられないのです」

「だから、余計な噂に惑わされぬようにするんだね。とにかく、ぼくを信じてくれ。結婚するといっても、そう簡単にすぐにはできないことだって、君には分かるだろう」

「そりゃ、分かりますわ。わたしの云っていることは無理だ、ということは、充分知っています。でも、そんな話を聞くと、本当にたまらないんです。とにかく、電話ででも、あなたの約束を確かめたかったんです。本当に間違いないでしょうね?」

横武たつ子は懸命な声で念を押した。

事態はいよいよ、戸谷の最も恐れるところに近づきつつあった。

横武たつ子は追い詰められている。ここで戸谷が突き放したら、実際に何をするか分からなかった。電話であれだけのことを云ったのも、彼女の衝動的な発作からであろう。これまで一度もなかったことである。

彼女は、戸谷に電話するたびに、いつも気をつかう方だった。彼に迷惑をかけまいとして、その気遣いができるだけ用件を短く云わせていた。だが、今の電話は、すでに彼女の異常さを現わしていた。

戸谷は、椅子《いす》に坐り込んで、煙草を持った手で額を支えた。

これからどうしたものか。一時的に気休めを云って抑えはしたものの、それが永久につづくものとは思われない。また、戸谷自身にしても、そんな面倒なことを何度も繰り返したくなかった。きれいさっぱりと、この辺で手を切りたい。

だが、それがいかに困難であるかということは、戸谷には分かっている。いや、それが切実になった。横武たつ子は追い詰められた生物である。彼女は今後も必死に昆《こん》虫《ちゅう》のように触角を動かして、戸谷の身辺を探るであろう。すでに、槙村隆子のことも、偶然とはいえ彼女の耳に入っている。ここで戸谷が言葉だけで抑えようと思っても、彼女の探りは、槙村隆子の周囲に向かって必死に働くことであろう。

横武たつ子の存在は、戸谷にとって少なくとも二つの理由で障害になっていた。一つは、戸谷自身の社会的生命をおびやかしていることである。彼女は戸谷との結婚に失敗すると自暴自棄となるに違いない。かりに殺人の幻影を警察に訴えることが無いにしても、自殺する可能性はあるのだ。そのとき、遺書に何を書かれるか分かったものではない。

遺書に殺人のことを書きしるし、相棒が戸谷であるなどと書かれては、死人に口がないだけに、戸谷の助かるところがないのだ。

一つは、このことから槙村隆子との結婚が不可能になることだった。

戸谷は、槙村隆子に、過去には女がいたが、現在はきれいに清算している、と断言している。隆子は、それを信じているのだ。だから戸谷の結婚申込みにも真剣になっている。ここで横武たつ子との関係がうっかり暴露しようものなら、九仞《きゅうじん》の功を一簣《いっき》に欠くのである。

とにかく、今や横武たつ子は危険な女になった。

戸谷は、呼吸《いき》が苦しくなった。

あの風邪薬だ。つまらぬことを云わねばよかった。彼女との享楽《きょうらく》に刺激を求めるため、つい、口から出た出鱈目《でたらめ》だったが、こうなると、もはや彼への命取りの道具となりかねなかった。

彼の嘘が彼を追い詰めている。

自分の安全を脅《おびや》かす存在を、何とかして抹消《まっしょう》しなければならない。

幸い、自分と横武たつ子の関係は、第三者には知られていない。ただ二人だけの秘密な交渉だった。戸谷は、今朝、池のほとりを歩いていたとき、天地の間にただの二人だけだ、ということに気づいた。

あのとき、ふと、ここで横武たつ子を殺しても、あとで自分の名前は捜査線上に出ないことを思ったものだったが、こうなると、それを本気に考えなければならなくなった。

そうだ、これ以上ぐずぐずできなかった。延ばすと、死にもの狂いになった横武たつ子は、誰に向かって何をしゃべらないとも限らないのだ。そうなればすべてが手遅れだ。二人だけがあらゆる環境から断ち切れている現在こそ、真に実行の機会なのだ。では、一体、どのような方法をとったらいいか。時間的な余裕がないだけに、戸谷はあせり出した。

戸谷は、かつて学生時代、女学生を孕《はら》ませた経験がある。彼女の腹の中の肉塊が一日一日成長しているかと思うと、じっとしてはおられなかったものだ。当時、女は堕胎することを承知しなかった。そのときの脂汗《あぶらあせ》が出るような感じと現在とがちょうど似ている。一日延ばせば一日だけ戸谷は危地に立つのだ。――

後ろの戸が開いた。戸谷は、それを背中で聴いた。寺島トヨだ、と判っていたから、振り向きもしなかった。

寺島トヨは黙って、院長の坐っている横手の椅子に腰を掛けた。

かなりの距離があったが、そこから戸谷をじっと見つめている彼女の窪《くぼ》んだ眼は、額越しに戸谷の横顔に強く当たっている。

戸谷は、その視線を意識すると、寺島トヨから、自分がいま考えている計画を見抜かれているような錯覚になった。

戸谷は坐ったまま苦しくなった。彼女はそのまま凝視をつづけている。戸谷は、その視線から逃れるように身体《からだ》を動かした。

突然、女が走りこんで来た。彼女は戸谷の坐っている椅子の肘《ひじ》に取りつくと、戸谷の膝《ひざ》の上にむしゃぶりついて来た。

横武たつ子だった！

9

戸谷はわが眼《め》を疑った。

自分の坐っている椅子の肘掛けに取りつき、肩を波打たせて泣いているのが果して横武《よこたけ》たつ子だろうかと思った。だが、眼をむいて見直してみても紛れもなく横武たつ子である。髪は乱れ、着物も見憶《みおぼ》えの柄《がら》だった。

彼女は、声を忍ばせて泣きじゃくっている。犬の低い唸《うな》りに似ていた。

戸谷も顔色を変えた。ふいにこの女がここに飛び込んで来ようとは思いもよらなかった。どうして、どこから、飛び込んで来たか。彼女が突風のように侵入して来た入口は、ドアが開いたままだった。

横の椅子に掛けた婦長の寺島トヨが、静かに立ち上がりそれを閉めに行った。

その落ち着いた寺島の動作を見た瞬間に、戸谷にはすべてが了解できた。手引きしたのは寺島トヨである。

ドアを閉めて戻《もど》って来た寺島トヨは、知らぬ顔をしてまた椅子に坐った。戸谷の睨《にら》みつける強い視線をそのまま平気で受けていた。唇《くちびる》に薄い笑いが見え、眼が皮肉に光っていた。

すべてが読めた——。

横武たつ子は、戸谷には、槙村隆子《まきむらたかこ》との縁談をよそで聞いたと云っていたが、あれは寺島トヨの吹きこみなのだ。たつ子がその友人から偶然に噂《うわさ》で聞いたと称したのは嘘《うそ》で、寺島トヨが云って聞かせたのである。腹黒い女とは前から承知していたが、こうまで策略をめぐらすとは思わなかった。

戸谷は眼を怒《いか》らせた。さすがに腹に据《す》えかねて、寺島トヨをその場で突き倒し、床の上を小突き廻《まわ》したかった。思いきり、この女の髪を摑《つか》んで引きずり廻したら、どんなに爽快《そうかい》であろう。今までの鬱憤《うっぷん》が、一挙に彼の胸を突き上げてきた。

しかし、戸谷は声も、手も出せなかった。横武たつ子は、彼の膝《ひざ》を片腕のなかに捲《ま》き、しっかりと放さないでいる。ここで寺島トヨと迂濶《うかつ》に云い合ったら、万事がたつ子に暴露してしまう。彼はただ寺島トヨを睨むだけだった。

寺島トヨは、少しもそこから動かなかった。戸谷の視線を横着げな姿勢で弾《はじ》き返していた。この場面を爽快な気持で見物しているのは寺島トヨの方だった。

「ひどいわ、先生」

泣き声の間に、横武たつ子は恨みごとを云いはじめた。

「なんど電話で呼んでも、来てくださらないはずだったわ。嘘つき。みんな判《わか》っているんです。あなたの気持が誰《だれ》に向かっているか、すっかり判ったわ」

横武たつ子は、自分の愬《うった》える声に自分で悲しくなり、背中を大きく波打たせた。泣き声も話し声もひき吊《つ》っていた。それなのに、彼女の胸は、ますます戸谷の太股《ふともも》を抱き込んで締めつけた。

「さあ、何かおっしゃい。あなたは、わたしなんかと結婚するつもりはないのでしょう。結婚すると云ったのは、はじめから嘘でしょう。わたしは騙《だま》されたわ。くやしい……」

横武たつ子は、髪からピンが脱《ぬ》け落ちるくらい、頭を激しく彼の膝の上で動かした。

戸谷は黙っていた。黙って横武たつ子の方よりも寺島トヨの方を睨んでいた。寺島トヨは一言も答えない。薄ら笑いは相変らずだった。愉《たの》しそうに、そして嬉《うれ》しそうに、彼女は身体《からだ》で調子を取っているように思えた。

「さあ、何とか云えないのですか?」

横武たつ子は、急に戸谷の膝から顔を起こした。眼が泪《なみだ》でぎらぎら光り、真っ赤に充血していた。眼も、頰《ほお》も、鼻も、泪だらけだった。唇《くちびる》がびりびり顫《ふる》えていた。

言葉の間にも、低い唸り声は止《や》まなかった。

「さあ、何か云ってくださいよウ」

横武たつ子は、力いっぱい自分の身体を戸谷に押し付けた。腕を戸谷の脚に捲いたまま肩に力を入れたので彼は危く椅子から転び落ちそうになった。

「何をするのだ」

戸谷は、低く叱《しか》った。

「何をじゃありませんわ。結婚はどうしてくれるんです？　さんざん、わたしを騙して金を捲《ま》き上げ、無一文になったら捨てるというのですか。さあ、返事をしてくださいよ」

弁解が戸谷にすぐできなかった。もし彼女と二人きりだったら、黒を白と云いくるめることもできる。だが、すぐ目の前に寺島トヨが皮肉な顔つきで悠々《ゆうゆう》と二人を眺《なが》めているのである。

「それとも、まだわたしを騙すのですか。ちゃんと証拠はあがっていますよ。あなたは槙村隆子さんと結婚したいのでしょう。いいえ、それに違いありません。何もかも判っています。わたしと結婚すると云いながら、一方では、槙村隆子さんに結婚の申込みをしている。あなたは、あなたは女蕩《おんなたら》しです。鬼です」

戸谷は、横武たつ子を突き飛ばし、殴りつけるくらいはわけはなかった。だが、一ばん恐ろしいのは、これが自分の病院の内だということだった。今にも、この騒ぎを聞きつけて、看護婦や当直の医員が窓からのぞきそうな気がして仕方がなかった。

戸谷の狙《ねら》いは、あくまでも、自分と横武たつ子との関係を第三者に知られていない死角におくことである。彼の最後の計画はその盲点から出発している。横武たつ子が行方不明となり、あとで死体となって現われても、その捜査線上に戸谷という名前が決して浮かんでこない絶対性の上に最初の計画は立っていた。

だが、今の瞬間にそれは完全に潰《つぶ》れた。その計略を破壊し、めちゃめちゃにさせたのは、寺島トヨは、戸谷の眼の前で愉《たの》しげな顔つきをしている痩《や》せた女だった。寺島トヨだった。戸谷の計略を見抜いていたのか。

彼女は、いつも戸谷の身辺、いや、彼の心に探りを入れているような女だ。寺島トヨの病的な神経は、戸谷の意識をいつも直観しているようだった。今、彼の膝に泣き崩れている横武たつ子と、困惑している戸谷の姿とを、じっと眺めている彼女の眼つきは、傍観者の鑑賞であり、陰謀者の歓喜であった。

横武たつ子は、まだ、その発作を熄《や》めなかった。激しく身震いし、泣き声を続けていた。

「先生」

それまで、少し離れたところで見物していた寺島トヨが、何を思ったのか、はじめてゆっくりと椅子から立ち上がった。

「この患者さんは、興奮していらっしゃるようです。あちらで休ませてあげましょうか?」

これが、少しも抑揚のない事務的な声だった。

戸谷は警戒した。しかし、彼女の顔には、それほど極端な感情は現われていなかった。唇の端に薄い嗤《わら》いが残っている程度で、いやに静かだった。

寺島トヨは、横武たつ子の背中に軽く片手を置いた。それから、肩を起こすようにしてさしのぞいた。

「横武さん、さあ、ちょっと向うで憩《やす》みましょう。先生が迷惑していらっしゃいますわ」

実際の「患者」に向かうように、声はうって変わって優しかった。

「いいえ、迷惑しているのはわたしの方ですわ。先生が迷惑するわけはありません。わたしは、あたり前のことを言っているんです。わたしは……」

横武たつ子は声を絞った。

「いろいろ、ご事情はあるようですけれど、とにかく、今はお休みになった方がいいと思います。さあ、わたしと一緒にあちらに参りましょう。ね、横武さん、そうしましょう」

重病人を扱うように、寺島トヨは横武たつ子を抱えあげた。やっと戸谷の膝は軽くなった。

戸谷が椅子に埋もって頭を抱えていると、やがて寺島トヨがひとりで来た。

寺島トヨは、また、戸谷から少し離れたところに立ち、しばらく彼を見下ろしていた。戸谷は、彼女から視《み》られていることを知っていたが、わざとすぐには顔をあげなかった。

「先生」

寺島トヨは云った。低い声だった。

「誰もこのことは知っていませんわ。横武さんは、ひとりで勝手に此処《ここ》にやって来たのです」

嘘だ。ひとりで来るものか。寺島トヨの教唆《きょうさ》である。トヨは分かりきったことを、しゃあしゃあとしてそう告げるのだ。だが、その言葉は、戸谷の今の気持を救っていた。

「たとえ、ほかの看護婦たちに横武さんが見られていても、普通の患者さんと思っていますわ」

いかにも、そのへんは心配するなといいたげだった。

「あの女、どうしている？」

戸谷は、やっと額から手を離した。寺島トヨは、やはり、冷たい顔でうす笑いを泛《うか》べていたが、その強い視線は真直《まっす》ぐに戸谷の顔に当たっていた。

「八号室に寝かせました。今、パビナールを打ちましたから、よく睡《ねむ》っています」

八号室は個室だった。もっとも、ほかの病室もガラ空きである。そこで、鎮静剤を注射して横武たつ子を睡らせたというのである。戸谷は殺風景な四角い白壁の部屋の中で、一人で睡っている彼女を想像した。

「わたしに任せてください。先生に悪いようにはしませんわ」

寺島トヨは、何もかも、のみ込んだように云った。戸谷は怒りが込みあげてきたが、真正面から怒ることができない。寺島トヨに先手先手と打たれて、曳《ひ》きずられて行く自分を感じている。

おそらく、彼女は戸谷のひそかな計画を攪乱《こうらん》すると同時に、横武たつ子にも打撃を与えたかったのであろう。寺島トヨのこれまでの企《たくら》みが、戸谷の眼には図面のように泛んで来た。

戸谷は黙って部屋を出た。寺島トヨと対《む》い合っている息苦しさを遁《のが》れるためでもあった。

彼は、スリッパを鳴らして病棟《びょうとう》に行った。八号室は、その病棟の端にあった。隣も前も入院患者はない。八号室も個室である。いわば、その病室は、周囲から孤立した部屋だった。

　戸谷は病室に入った。狭い部屋なので、寝台がいやに大きく眼に映る。その寝台の上に毛布にくるまって、横武たつ子が睡っていた。戸谷は上から顔をさしのぞいた。あれほど、泣き狂った女は、今、軽い寝息を立てている。髪がもつれて額にかかり、まだ、睫毛《まつげ》に泪が残っていた。唇は渇《かわ》き、薄く皮が剝《は》げていた。皮膚の粗い、艶《つや》のない顔には、毛穴が浮いていた。全体が生気のない、三十女のくたびれた顔だった。

　こういう女に、一時でも、自分が愛情をそそいだのが不思議だった。だが、この女が、今や自分の命取りになろうとしている。この醜い唇から出る言葉が自分を断崖《だんがい》に追い詰めないとも限らないのだ。

　戸谷の考えていた計画は完全に、崩壊した。ただ残っているのは、彼の前に大きな厄介物《やっかいもの》となった人間が横たわっていることだった。辺りにも物音が聞こえない。人声もとどかなかった。静かな山の中のような夜だった。さらにいえば、彼女が叫んでも喚《わめ》いても、だれも駆けつけて来ないところに、横武たつ子が寝息を立てていることだった。

　ふと、後ろに気配を感じた。ふり向いて見ると白衣が突っ立っていた。寺島トヨだった。

寺島トヨが、足音を忍ばせて彼の傍《そば》に来た。

「先生、横武さんは、今晩、わたしがずっと見てあげます。安心してください」

彼女は乾いた声でささやいた。

「誰にも知られないようにします。このまま、朝まで睡ると思いますが、眼を醒《さ》ましたら、もう一度、パビナールかズルフォナールを打ちます」

「もう一度?」

戸谷は、寺島トヨの顔を、ぎょっとして見た。

「そうです。だって、眼が醒めてから、いろいろなことを、しゃべられては困るでしょう」

彼女の眼は相変らず勝ち誇ったように戸谷の顔をうち眺めていた。

戸谷は喉《のど》が渇いた。

なぜ、こう渇くかわからなかった。彼は水を飲んだ。

(寺島トヨは何を考えているのか)

これまでのところ、彼女の肚《はら》は判っているつもりだ。だが、これから先、何を企んでいるのか分からなかった。この部分は未完成の地図のように、半分が空白であった。寺島トヨの目的は、ただ単に戸谷と横武たつ子との間を攪乱するだけだろうか。戸谷と横武たつ子の間は、寺島トヨが電話で何度か取次ぎをしているので、おぼろに察したと思える。トヨは槙村隆子が出現したので、新しくこれを横武たつ子に内報し、彼女を錯乱させ、戸谷を窮地に陥《おとしい》れたかったのであろう。そういう女だ。

そこでは確かに寺島トヨは成功した。だが、まだ彼女の実際の肚は分かっていない。もし、彼女が戸谷を徹底的に叩《たた》くのだったら、みんなの前で、横武たつ子の醜態をわざと見せるはずだった。そのことで戸谷も決定的な打撃をうける。だが、寺島トヨは、そこまではしなかった。いや、むしろ、彼女は戸谷に協力しているところがある。つまり、横武たつ子をこの病院に引き入れはしたが、人目に触れない取り計らいをした。横武たつ子が泣き喚《わめ》くと、すぐに八号室に隔離して睡らせてしまった。

（わたしに任せてください。先生に悪いようにはしません）

寺島トヨはそう云ったではないか。

では、寺島トヨは、裏で策謀し、表では戸谷のために取り計らって、その忠義立てで愛情を戸谷に売ろうとしているのか。

どうもわからなかった。だが、そう解釈するのは単純のようだ。戸谷には寺島トヨがもう一度、奥に企みを抱いているような気がした。

戸谷は自分の部屋に帰った。

どうも気が落ち着かない。

八号室には、横武たつ子が睡っている。あの女をそこに置くのが危険な気がした。

彼は現在、自分の病院の中に彼女を置いていることが、大きな危惧《きぐ》になっていた。

居間の隣は、さまざまな骨董《こっとう》が列《なら》べられた陳列室である。こんな心の落ち着かないときは、その蒐集品《しゅうしゅうひん》を見て、気持を静めようと思った。

壺《つぼ》や皿《さら》が、陳列棚のふちにつけた蛍光灯《けいこうとう》の光の中に浮き出されている。白磁《はくじ》の肌《はだ》が鈍い光を小さく溜《た》めていた。

戸谷は、この蒐集品を自慢するとき、こう人に云う癖があった。

(壺や皿はいいですよ。なにしろ、こいつたちは、人間のように嘘をついたり、だましたりしませんからね)

この文学的な修辞は、ことに女たちから悦《よろこ》ばれた。

だが、今の戸谷は、この自分の使いなれた台詞《せりふ》を実感として受け取っていた。壺や皿は、彼を混乱に陥れることもなく、また、策謀もしなかった。泣きも、わめきもしない。

志野が眼についた。藤島《ふじしま》チセの部屋から黙って持って来たものだ。どういうものか、あの女、この志野のことを一口も云わない。

やはり藤島チセは横武たつ子とは違っていた。落ち着いている。金にはきたないようだが、やはり大らかだった。金を持っているせいだ。横武たつ子とは違う。彼女と比較すると、はっきり分かる。財産を持っている女と、金を失った女との相違だった。横武たつ子は野良犬《のらいぬ》になっていた。

あの女め、あれほど秘密を守れと云っておいたのに、こともあろうに、病院に駆《か》けつけ戸谷の部屋にとび込んできた。もう、思慮も何もなかった。むろん、寺島トヨも悪いが、横武たつ子は、もっと始末が悪かった。追いつめられた女だから、何をするか分からなかった。あらゆるものを失って、何も無いのだから、これは強かった。

狂人の強さである。

これから、どう処置したらいいか。とにかく、あの女は、現実にこの病院の中に居るのだ。いまは注射で睡っているが、夜が明けたら、どんな騒動にもなりかねない。院長室に来て、今夜のように、また、戸谷の脚に抱きつき、喚き散らすかもしれない。捨身だから、誰に憚《はばか》る必要もない。色情狂の対手《あいて》になっている自分の立場に戸谷は寒気がした。

いや、それよりも、あの女は槙村隆子の家にも走り込むかもしれないのだ。その可能性は充分にあった。そのときはどうなる。槙村隆子との結婚は一ぺんに吹き飛ぶのだ。戸谷は、槙村隆子の前で、嫉妬《しっと》に燃えながら、あらゆる悪態をつき、荒れ狂っている横武たつ子を想像した。

居間に帰り、上衣《うわぎ》を脱いだだけのままで、戸谷はベッドの上にひっくり返っていた。

――あの女を殺したい。あらゆる災いがあの女から起こる。槙村隆子と結婚して、このへんで落ち着きたいという希望も、あの女のために滅茶《めちゃ》滅茶になる。のみならず、自分の社会的地位も、あの気違い女のためにどうなるか分からない。殺したって構わない。殺す理由はある。これは生きるための防衛だ。正当なのだ。

しかし、戸谷が最初考えていた殺す手段は失われていた。横武たつ子はこの病院の内に居るのだ。も早、第三者に知られないように、彼女を殺害することはできなかった。戸谷と彼女との関係は、みんなが知ってしまう。たとえ、彼女を巧妙に殺すことができても、捜査線上には戸谷信一《しんいち》の名前は一番に浮かんでくるだろう。

戸谷が頭に手を当てていると、入口のドアが音もなく開いた。かすかな風が吹いてくる。例によって跫音《あしおと》もしないで、寺島トヨが入ってきた。

寺島トヨは白衣を脱いでいた。寝間着の上に、赤い羽織を引っかけている。顔に白粉《おしろい》をつけ、口紅を塗っていた。

「先生」

仰向けになっている戸谷の横に彼女は立った。

「横武さんをどうしますか？」

低いが、抑えた声で、寺島トヨは云った。戸谷を上から眺め下ろしている。

寺島トヨは、寝間着の上に赤い羽織を着ている。化粧もひとしお入念にしていた。

暗い光線の加減で、素顔のときとはたしかに五つぐらいは若く見えたが、日ごろの人相とは違う。陰になった半面からは、眼だけが異様に光っていた。唇は何か云いたそうに歪《ゆが》んでいた。戸谷は気圧《けお》された。

「何をしに来たのだ？」

彼はベッドから身を起こした。

この女がこの姿で此処《ここ》に現われたのは、三度目だった。今夜の彼女の目的も判っていた。戸谷は敵《かたき》を見るような眼つきをした。

「横武さんはよく眠っていらっしゃいます」

寺島トヨは低い声で云った。やはりそのままの姿勢で立ち、身じろぎもしなかった。

戸谷は圧倒される一方、先ほどからの怒りがこみ上げてきた。

「君だろう、あの女を此処に呼び寄せたのは?」

彼は睨《にら》みつけた。

「そうです。わたしです」

寺島トヨはやや懶《ものう》げな声で答えた。それが戸谷に余計に腹を立てさせた。

「何を余計なことをするのだ?」

「先生のためです。だから、わたしがそう取り計らったのです」

「槙村さんのことも、あの女に話したのだな?」

「話しました。横武さんは、わたしを味方だと思っていますわ」

その語尾に嗤《わら》いが出ていた。

「君は、ぼくに復讐《ふくしゅう》をしようというのか?」

戸谷は摑《つか》みかかりたかった。

「いいえ、そうではありません。先生のためですわ」

寺島トヨは、同じ調子の声で答えた。

「なにをヌケヌケと云うか。君はぼくを苦しめたいのだろう。さんざん、掻《か》きまわして、ぼくを追い込みたいのだろう?」

「そんなことはありません。わたしは先生の気持をよく知っています。ですから、横武さんを呼んだのです」

「ぼくのためだと？　ふん、白々しいことを云うな」

「いいえ、本当です。先生の心は、わたしが一番よく知っています」

寺島トヨは、二度も同じことを云った。戸谷は動悸《どうき》が早くなった。

彼女の言葉は、妙に真実性が籠《こ》もっていた。前にも、彼の横に来て黙って凝視されると、自分の心を見すかされたような気持の悪さを覚えたが、今も、その言葉で思わず怯《ひる》んだ。

「いい加減なことを云うな。ぼくの気持が君なんかに分かるものか」

戸谷は虚勢を張った。

「いいえ、分かります。先生がどんなにお匿《かく》しになっても、ちゃんとわたしは何もかも分かっています。先生は横武さんが邪魔になってるのでしょう？」

「なにを云うか」

「いいえ、どんなにお匿しになっても分かります。以前のことはいざ知らず、今となっては、あの人と縁を切りたいのでしょう。もっともですわ。あんな女とつきあっていては、あなたの身の破滅です」

戸谷は、言葉が詰まった。何か云い返したかったが、あまりに虚を突かれて、うまい言葉が見つからなかった。

「横武さんについては、何もかも分かっています。あの人はわたしを味方だと思っていますからね、全部、自分のことをしゃべりましたよ」

戸谷はびっくりした。

「君は、横武たつ子に逢っていたのか?」

「逢いました。あなたは知らないでしょうが、ここ一週間のあいだに、こっそり三度は逢いましたわ。そして、あの人は、先生から見捨てられそうだ、と云ってわたしに訴えるのです。なにしろ、あの人はわたしとあなたの間を知りませんからね、わたしに味方になってくれと云うのです。それというのも、わたしがあなたと槙村隆子さんとのことを教えてやったからですわ。とても感謝していました。ふふふ」

彼女は低く笑った。

戸谷は、この女の企みの深さに肝を奪われた。今までは、電話ででも通謀していたのかと想像したが、実際はもっと横武たつ子に密接していたのだった。

「横武さんは財産を失ったそうですね。亡《な》くなった御主人の義弟《おとうと》さんが、あの店も財産も全部横取りしたそうですね。もうあの人から一文も金が取れませんわ。今度は、先生の方があの人を引き取る番です。一文無しになった女をね」

寺島トヨは、半分、嘲《あざけ》った。

「そんな悪態を云いにここに来たのか？」

戸谷は、咄嗟《とつさ》にそれだけしか云えなかった。

「いいえ、そう悪く取らないでください。今も云ったように、あなたのためを思うからそうしたのです。あんな女にかまっちゃいけませんわ。あなたの出世の妨げだし、悪くすると、あなたの命取りになりますよ」

寺島トヨの云うことは、いちいち、戸谷の胸にこたえた。

「ねえ、先生」

戸谷の顔色を見たのか、寺島トヨは初めてその位置から動いた。というよりも、倒れかかるように戸谷の肩に抱きついて来た。

「なにをするのだ」

戸谷は肩を振ったが、彼女はしっかと彼の頸《くび》に手を廻《まわ》していた。

「まあ、聞いてください」

彼女は戸谷の耳元で云った。

「あなたは横武さんを殺すつもりでしょう？」

戸谷は顔を硬張《こわば》らせた。

「匿さなくてもいいですよ。だって、それが当り前なんですもの。だれだって横武さんのような者に付きまとわれると、そんな気持になりますわ」

戸谷は、寺島トヨを跳ねのける力はなかった。むろん、呶鳴《どな》ることもできなかった。

今度は反対に、寺島トヨが彼の肩をぐいぐい押し付けて来た。

「わたしはあなたのためをどんなに思ってるかしれませんわ。そのためには、わたしはどうなってもいいと思っていますの。横武さんのこともいちばん心配しているのはわたしです。ねえ、いい方法を二人で考えましょう」

彼女の口の臭《にお》いが戸谷の鼻にかかった。年上の女の臭いである。

「横武さんをもし殺すのだったら、この病院に置いている間ですわ」

やはり女である。女の知恵は、あとのことまで考えない。横武たつ子を手もとに置いているから殺しやすいとでも思っているのであろう。だが、そのあとはどうなるのだ。すぐに足がつくではないか。最も危険なことを最も安易に、この女は考えていた。

「そんなバカなことができるか」

彼は云った。

「ここであの女を殺してみろ、たちまちこっちに縄《なわ》がかかるよ」

「いいえ」

寺島トヨは首を振った。

「そうではありません。横武さんは特殊な人です。あの人は夫も子供もいません。あの人の家族らしい家族といえば、仲の悪い義弟だけです。そして、その義弟は、横武さんが死ぬ方をむしろ喜んでいます」

戸谷はあっと思った。この女は自分以上のことを考えている。横武たつ子の特殊な環境を利用しようというのだ。

戸谷は、彼女の計画の深さに感嘆した。だが、ぼんやりとは見当がついたが、まだ詳しい内容は分からなかった。

「どうするのだ?」

彼は試すように訊《き》いた。

「今、あの人は八号室に睡《ねむ》っています。誰《だれ》も横には居ません。病室は、前も隣もあいています。あの人ひとりが睡っています。今、注射をしておいたから、明日《あした》の朝までは大丈夫ですわ」

眼が覚めたらもう一度注射を打つ、という言葉で、どきりとした。寺島トヨは横武たつ子をそのようにして一昼夜睡らせつづけるのであろうか。

「いま打った注射は、パビナールですわ。そんなに長くは睡れません。あの人は眼が覚めたら、またきっと、喚《わめ》いたり泣いたりするでしょう。すると、どんなに人の居ない個室でも、看護婦たちには分かりますわ。ですから、ずっとあのまま睡らせるのです」

「睡らせる？」

戸谷は唾《つば》を呑《の》んだ。

「いいえ、すぐ殺すという意味じゃありません。ただ、面倒臭くないようにズルフォナールを打つのです。あれだと十二、三時間は大丈夫ですわ」

戸谷は言葉が出なかった。

「横武さんは長い時間、昏々《こんこん》と眠りつづけるでしょう。そして、その間に、仲の悪い義弟を呼び寄せるのです。そして、睡っている彼女に対面させるのです」

戸谷は、彼女の声が自動的に耳に入るだけだった。

「その義弟というのが、横武さんが黙って不意にこの病院に来たことを怪しむでしょう。そのときは、こう云うのです。本人は歩いて急に気分が悪くなったから、と云って、この病院に来られたのです。診察すると、心臓がひどく弱っている。それで、取りあえず安静の目的で病室に入れたと云うのです。それから、適当なときを見て、チアレールを注射するのです」

　戸谷は、それを聴いて笑いたくなった。

「そんな幼稚なことをやってバレないと思うかい？　バカな。心臓障害はいいよ。またズルフォナールを打つのもいい。あの薬を打つと昏睡状態と説明しても素人《しろうと》には分からないからね。だが、チアレールを打ったあとはどうなる？　明らかに変死体になるじゃないか。変死体となれば、医者の診断書では済まない。警察医を呼ばなくては、法律上、手続きができない」

　このとき、寺島トヨは憐《あわ》れむような眼つきで戸谷を見た。

　何を思ったか、彼女は急に戸谷の耳もとに囁《ささや》いた。

　戸谷が実際に呼吸《いき》を詰めたのは、その低い言葉を聴いてからだった。彼の唇《くちびる》の色まで変わったくらいだった。

「ね、それだといいでしょう」

　彼女は弟を諭《さと》すように云った。

「義弟は横武さんと仲が悪いから、始終、あの病室に付ききりということはありませんわ。また代りの者も義務的に来るだけでしょう。死んだ方がかえっていい病人です。なにも怪しみはしません。だいいち、医者のあなたがそう説明したら、一も二もないでしょう。死因がおかしいなどと云《い》って、よその医者に診断を頼むような心がけは絶対にありません。なにしろ、あの義弟にとっては、横武さんはこの上ない邪魔者ですからね。かえって葬式を出すときはお祭りみたいな気持になるでしょう」

戸谷は黙った。

恐ろしい女だと思った。先々の計画までつけている。しかも、それが不自然でないように、すべての状況に合わせているのだ。そう思ったときに、戸谷の心は寺島トヨに敗北した。敗北を感じると、寺島トヨの言葉は水のように戸谷の心を浸し、自然の素直さの説得力を持った。

「ね、そうなさいよ」

と寺島トヨは押しつけるように云った。

「そのほかに方法はないわ」

声が変わった。

急に、赤い色が戸谷の眼にひろがった。彼女は羽織を翻して、戸谷の胸に仆《たお》れかかった。戸谷が重心を失うと、彼女は彼の頸《くび》に腕を捲《ま》き、頰《ほお》に顔をこすりつけてきた。

「止《よ》せ」

「いや！」

寺島トヨは舌で戸谷の唇をこじ開けた。

唾で、鼻の先までぬらぬらした。彼女の口の臭いが鼻孔に流れ込んだ。中年女の複雑な臭いだった。腋《わき》の臭い、内股《うちまた》の臭いの混合だった。

「ねえ」

着物と身体をよじらせて、寺島トヨはあつい息を吐きかけた。

「わたし、本当にあなたが好きなのよ」

院長と婦長の間はこの瞬間に消失し、中年女の渇《かわ》いた願望と、その対象になっている、年下の男しか、ここにはなかった。

「あなたのためなら、わたし、どうなっても構わないのよ。何をやっても平気だわ。地獄に墜《お》ちてもいいの」

寺島トヨは戸谷の共謀者になりたがっていた。共犯意識が愛情を燃え上がらせ、互いの生命《いのち》の紐帯《ちゅうたい》をつくらせる。彼女は己れの言葉に昂《たかぶ》り、身体を激しく戸谷のそれに搏《う》ってきた。饐《す》えた臭いが戸谷の咽喉《のど》の奥まで流れ込んだ。

寺島トヨの眼は赧《あか》く潤《うる》み、胸がはだけてきた。鎖骨の張った白い皮膚が戸谷の眼の先に現われた。

一時間ののち戸谷は八号室に行った。

薄暗い電気の下で横武たつ子は睡っていた。戸谷が前に見た通りのままで、頭一つ動かしていなかった。薄暗い光の中でも、彼女の顔は蒼褪《あおざ》め、皮膚にうすい雀斑《そばかす》がういていた。髪は枕《まくら》の下に崩れかかっている。唇を半開きにし、その端によだれが溜《た》まっていた。どういうものか薄眼《うすめ》が開いたままだった。

寝息が高かった。

戸谷はその傍に立ってじっと見下ろした。見るからにやつれた中年女の顔である。光線は彼女の顔の醜いところだけを照らしていた。

後ろから寺島トヨが足音もさせずに入って来た。赤い羽織を被《き》たままだったが、解けた紐《ひも》を弄《もてあそ》ぶように結んでいた。戸谷が振り返ると、彼女は眼じりに皺《しわ》をよせて微笑していた。

「このまま、横武さんは朝まで睡りますわ」

寺島トヨは注射した時間を云った。

「今夜のうちに、横武さんの家に電話した方がいいんじゃありません？」

戸谷にものを云いかけたとき、彼女の声には多少の甘えがあった。

「誰を呼ぶ？」

戸谷は反問した。

「それは義弟《おとうと》さんですわ。今のうちに来てもらった方がいいと思います」

「よかろう」

戸谷は懶《ものう》く答えた。

その横顔を寺島トヨはじっと見ていたが、やはり、跫音《あしおと》をたてないで出て行った。

病院は、しんと寝静まっている。この病室に一つだけ電気が点《つ》いているのを見て、様子を窺《うかが》いに来る者もない。隣も前も患者が居ないのだから、静かなものだった。

戸谷は横武たつ子を見つめていた。このとき、彼女の口の端にたまっていたよだれが、顎《あご》の下に流れた。戸谷は顔をそむけたくなった。

この見る影もない顔に、一時でも自分の気持が向かったのが不思議だった。素顔で見ると、案外に深い皺《しわ》が多く、頬《ほお》がすぼんでいる。

だが、戸谷はこれで救われたと思った。危ないところである。この女が眼をむき、今、よだれをたらしているこの口で喚《わめ》き立てたら、戸谷の地位も縁談もめちゃめちゃになるのである。ほかに手段はなかった。寺島トヨの云う通りに従うほかはない。

思えば、戸谷の考えていた計画はあまりにも迂遠《うえん》だった。トヨの云った方がどんなに手っとり早いかしれない。しかも、戸谷が最初に考えていた企《たくら》みは安全なようで危険率が多かった。寺島トヨが案出した計画は、危険なようだが非常に安全性があった。戸谷は、これで、しばらくは寺島トヨから離れられないだろうと思った。協力者は同時に危険な反逆の因子をもっている。戸谷は次の危惧《きぐ》にさらされるであろう。だが、それは現在からはまだずっと遠い彼方《かなた》にあった。とにかく、切り抜けなければならないのは現在である。

横武たつ子は低く何か呻《うな》った。意識がもどったのではない。この女は夢見ているのであろう。

もはや、この鼾《いびき》が聞けるのも、あと数時間のうちだった。病室にこもった夜の空気が大そう重く感じられた。

入口に影がさして、寺島トヨが戻《もど》って来た。

「電話を掛けましたわ」

彼女は報告した。

「誰が出た？」

戸谷はこわい顔になって訊《き》き返した。

「それは、義弟《おとうと》さんですわ。電話口に呼んでもらいました。そして容態を伝えましたわ」

「来るのか？」

「すぐ伺う、と云っていました。さすがにびっくりしていましたわ」

戸谷は黙った。

「でも、あの義弟さんが、病人の横にずっと付きっきりで居るということはありませんわ。だれかと交替するに決まっています。それも、親戚《しんせき》のものではないでしょう」

寺島トヨは予想を云った。

「しかし、死ぬかもわからない病人だぜ」

「平気ですわ。あの人たちには、むしろ、横武さんに死んでもらった方がいいんでしょう。付添人を置くとすれば、使用人ぐらいで済ませると思うわ」

この予言は見事に当たった。

横武たつ子の義弟が、自動車で馳《か》けつけたのは、それから一時間も経《た》ってだった。

義弟はずんぐりして、背の低い、いかにも商売人といった捷《はしこ》そうな顔をしていた。

彼は、横武たつ子のベッドの横に突っ立ち、じろりと病人を見下ろしていた。両手をズボンのポケットに入れたままだった。

「先生、一体、どうしたんですか？」

義弟は不逞《ふてい》な眼つきで戸谷を見た。

「この方が気分が悪いといって急に来られたのです。診察をすると、どうも、ひどく心臓が弱っている。とりあえず、この病室に寝かせたのですが、一時間前からひどく病状が悪化して来ました。あんまり、苦しむので注射をしておきましたが、そのためか今は睡っておられます」

戸谷は説明した。

「ははあ」

義弟は感動のない声を出した。心配そうな顔付きは、少しもしていなかった。

「先生、助かるでしょうか？」

この質問だけは真剣な眼つきだった。

「非常に危険です」

戸谷は、厳《おごそ》かに云った。

「危険といいますと……」

義弟は、つづいて、いろいろな質問をした。だがその質問の仕方を聞いているうちに、当人は義姉《あね》の生命を気づかうよりも、彼女が生きるのを恐れているように思われだした。彼は、明らかに義姉の生存を望んでいないようであった。

「すると、助からないかも分からないわけですね？」

義弟は訊き返した。いかにも助からない方がいいといったような質問の仕方だったし、かえって助からないことを確かめているような口吻《くちぶり》でもあった。

「とにかく、非常に危険な状態であることだけは確かです」

医者は、家族にはあまり病人の症状について細々《こまごま》と語りたがらない。これは、家族に余計な心配をさせるだけで、医者にとっては一利もないからであるが、戸谷の場合には、かえってその習慣が幸いした。いろいろと聞かれると困るのである。

だが、義弟は、それ以上深く質問をしなかった。

「まあ、こうなったら、お医者さん任せですな。万事、よろしく願います」

義弟は戸谷に、それほど丁寧ではなかった。病人を癒《なお》してもらいたい家族の気持は、自然と医者に懇願するような態度になるものだが、義弟には少しもそんな様子はなかった。むしろ無愛想だった。そのことは、義弟が義姉の死を促すために、わざと医者の心証を悪くするようにもみえた。

その義弟が帰ると、しばらくして、付添人がやって来た。

二十歳過ぎの女中だった。背が低く、顔が円い。睡そうな眼付きと、低い鼻と、まくれたような唇《くちびる》を持っていた。見るからに愚鈍な顔付きである。

寺島トヨの予言が当たった。横武たつ子の義弟は、身内の誰をも寄越《よこ》さなかった。

これほどの重病人に、女中ひとりを付けただけであった。

その女中は、病人の世話には、細々と気がつくが、頭脳はまるでなかった。戸谷には、このような女中を付添いに出す義弟の下心が分かった。

「わたしが云った通りでしょ?」

寺島トヨは、鈍重な女中を尻目《しりめ》に見て、戸谷に云った。

「あの義弟は、横武さんの死ぬのを待っているんです。危篤《きとく》の病人を放《ほう》っておいて、女中だけを付添いに出すところは、いかにも横武さんが家族から見放されている証拠じゃありませんか?」

「そうだな」

戸谷は、それにしても少しひどいと思った。あの義弟も義姉が死ぬかもしれないと承知していながら、本人はおろか、その妻も、親戚の者も、ここには寄越さないのである。

「かえって都合がいいでしょう?」

寺島トヨは、戸谷の耳もとに囁《ささや》いた。

「あの女中なら、何をしても分かりゃしません。家族がそばに付いていないのだから、あとで文句を云いに来る権利はありませんわ。いいえ、そんな気づかいは絶対にないでしょう。もともと、死んでくれる方を望んでいるんですからね」

相変らず、何も知らないで横武たつ子はベッドの上に安泰な顔をして睡っていた。軽い鼾《いびき》は愉《たの》しい夢見に耽《ふけ》っているようである。

戸谷は、彼女の手を握った。脈搏《みゃくはく》は速かった。

「先生」

と寺島婦長は云った。

「この病室には、わたしがずっと居ますわ」

そこに居る女中にはっきり聴こえるような大きな声だった。

「これほどの重患ですから、わたしがずっと付き添います」

寺島トヨの言葉の意図は、ほかの看護婦をこの八号室に近付けさせないことにある。

寺島婦長は、この病院の看護婦たちの誰からも好かれてはいなかった。みんなが彼女を嫌《きら》っていたし、敬遠していた。婦長が八号室に頑張《がんば》っていれば、自然とほかの看護婦たちも近付きはしない。

だが、これにはもう一つの効果があった。重患に対して婦長をずっと付けていることが、どのように患者に対して親切にしていたかという、あとの証明にもなるのだ。遺族は、病人が死んでも、この処置を感謝するに違いない。

その狙《ねら》いは、院長が自ら患者の診療に当たっていることにも通じていた。

戸谷は、八号室の患者に限って、内科の医員を寄せ付けないことにした。他人に計画を気取られてはならないのだ。しかも、院長と婦長とがこの病人にかかりきりでいることが、外には、どのように大切に扱っていたかという印象を与える。

付添いに頭の悪い女中が来てくれたことも、戸谷の計画に大そうな協力となった。病人の家庭からも付添人があった事実で世間に疑いを起こさせない。

「もう睡眠薬が切れるころですわ」

寺島トヨは云った。

「もう一本打っておきましょうか」

平気な顔だった。戸谷自身がたじろぐのである。

「そうしたまえ」

戸谷は云い残して病室を出て行った。

院長室に戻《もど》ったが、どうにも心が落ち着かない。計画はうまく行きそうである。だが、心が安定しないのはなぜか。

最初は自分が誰にも知られずにこっそりと横武たつ子を処置するつもりだった。犯罪は単独に限るのだ。多くの犯罪がすぐにバレるのは共犯者がある場合に多い。共犯者からの破綻《はたん》で、大ていの犯罪は失敗するのだ。心ならずも寺島トヨという共犯者を作った弱点だけだろうか。

しかし、戸谷が落ち着かないのは、いや、それよりも、今の場合、絶えず寺島トヨが戸谷を操縦している立場になっていることだった。

自分が計画者の場合は、まだ安心だったが、他人の指図《さしず》によって動くとなると、少なからず不安を感じるのだ。寺島トヨの性格から考えて、この犯罪計画は成功するに違いないが、恐ろしいのは、そのあとの彼女との関係だった。普通の神経をもった女ではない。

戸谷は、現在の横武たつ子殺害に対する不安よりも、その先に、かえって見えない黒い穴を感じていた。

夜になった。

寺島トヨは一度も院長室に顔を見せない。戸谷は八号室に行った。横武たつ子のベッドの横に寺島トヨが立っていた。戸谷を見ると、彼女は黙って眼だけ笑わせた。冷たい微笑である。

戸谷は病人の脈をとった。前よりも、もっと速くなっていた。

たつ子はよく睡っている。顔色が悪い。粗い皮膚が目立つ。油気を失った髪は赤くなって枕《まくら》のはしにもつれ落ちていた。相変らず眼蓋《まぶた》を半分閉じ、口を開けていた。息が臭かった。戸谷がなじんできた彼女の匂《にお》いではなく、病人特有のいやな臭いだった。

「君は、ずっとここに付ききりでいるのかい？」

戸谷は寺島トヨに訊《き》いた。

「ええ、今夜が大事ですから。朝まで睡れないかもしれませんわ」

戸谷は、どきりとした。

横武たつ子は、軽い鼾を続けているが、寺島トヨの云い方は、今夜にでもその呼吸が絶えるかもしれないと告げたそうだった。

戸谷は、すぐに答える言葉がなかった。義弟が付けてきた女中は、雑巾《ぞうきん》でベッドの下の床を拭いたりなどしている。

「ぼくは」

戸谷は病室に居るのが苦しくなった。

「用事があって、ちょっと、外に出て来るからね。頼むよ」

寺島トヨは、上眼づかいに戸谷の顔をじろりと見たが、別に何も云わなかった。

「早く帰って来る」

戸谷は、わざわざ云い添えた。

「行ってらっしゃい」

別に抗議するでもなく、彼女はおとなしく答えた。

戸谷は、重苦しい八号室を出た。

外に出たいのは、いまの圧迫感から逃れたいためだった。

それは重症患者を抱えているときの圧迫感に似ているが、実は、そうではなかった。

寺島トヨは今夜にでも何かをやるかもしれない。いや、あの顔付きや云い方からみて、必ず、何かをやりそうだった。戸谷が外に出て行くのは、爆発の現場から逃げる気持に似ていた。一時でも、異常な現実からの回避であり、横武たつ子と寺島トヨの死闘からの逃避であった。外に出なければやりきれなかった。この病院にじっとしていれば、気持が変になりそうだった。

戸谷は自動車をひき出して街に出た。

街の賑《にぎ》やかな灯《ひ》が続き、人々が安楽そうに歩いていた。この夜の片隅《かたすみ》に、今、殺人が始まろうなどとは夢にも考えていないような、のん気な風景だった。

戸谷は今夜こそ槇村隆子《まきむらたかこ》の声が聞きたかった。一言でもいいから話したかった。

途中で車を降りて、公衆電話から槇村隆子の店に掛けた。

「戸谷ですが、槙村さん、いらっしゃいますか?」

以前だったら、ニベもなく断わられるところだったが、あの結婚申込みをして以来、その心配はなくなっていた。果して無事に取り次がれた。

「隆子です」

きれいな声が戸谷の耳に久しぶりに爽快《そうかい》に伝わった。

「しばらくですね」

戸谷は渇《かわ》いたものが水にありついたときのような声を出した。彼女の美しい顔が眼に泛《うか》ぶ。

「ちょっと、お目にかかりたいんですが、そちらに伺ってもいいでしょうか?」

「いいえ、今夜はいけません」

槙村隆子はすぐに断わった。

「十分間でいいんです。何でしたら、ご近所の喫茶店にでも来ていただけませんか?」

戸谷は頼んだ。

「だめですわ。今日は都合が悪いんです」

その返事を予想しないわけではなかったので、戸谷はそれほど、落胆はしなかった。

むしろ彼女がすぐに電話口に出てくれただけでも、今はありがたかった。

すると、槙村隆子は、次に自分の方から思いがけないことを云った。

「今夜は駄目《だめ》ですが、先生のご都合がよろしかったら、明日の晩、ボストン交響楽団を聞きにいらっしゃいません？　切符をよそからいただいたんですの」

いつもの戸谷だったら、飛びつくところだった。槙村隆子が思いがけない好意を示してくれたのだ。だが、彼には病院での横武たつ子の「死の予定」があった。それが彼の返事を躊躇《ちゆうちよ》させた。

「そうですね」

思わず迷って呟《つぶや》くと、

「あら、ご都合が悪ければよろしいんですの。わたくしが勝手にお誘いしたんですから」

槙村隆子は即座に云った。

「いや」

戸谷は決心をつけた。

「参ります。ぼくも聞きたいと思っていたところなんです」

「ほんとによろしいんですか。わたくしがご都合も伺わないでお誘いしたんですから、何でしたら、先生とご一緒しなくても、構いませんのよ」

戸谷は、それを聞いた瞬間、自分が断わった一枚の切符の行方に嫉妬《しっと》と焦躁《しょうそう》を感じた。

「行きます。どこでお待ち合わせしましょうか?」

彼は急いで云った。

「わたくしの店に五時半までにいらしていただけます?」

槙村隆子は機嫌《きげん》を直したようだった。

「参ります」

戸谷は力強く云った。

「では、お待ちしていますわ」

戸谷はもっと何か云いたかった。彼女に云うことはたくさんあった。今の場合、もっと彼女から甘い言葉をかけてもらいたかった。もっと彼の心をなごませてくれる言葉がほしかった。しかし彼が何か云う前に電話は先方から切れた。

戸谷は電話ボックスから出たが、どこにも行くところがなかった。

藤島チセのところに行くのも気が進まなかった。藤島チセと横武たつ子は、どこかに共通点がある。あまり、愛してもいないのに、ずるずると関係を続けてきたことや、女から金を引き出してきたことなどが似ていた。両方とも魅力のない中年女である。今、最も会いたいのは槙村隆子だが、その方の望みは失った。

下見沢《しもみざわ》にも電話をしたくなかった。そんなかさかさしたことよりも、もっと潤《うるお》いや甘いものが欲しかった。戸谷の心は、塩《しよ》っぱいものが、いま一ぱい詰まっていた。

行きどころを失った戸谷は、仕方なしに脚をバーに向けた。


バーでも面白《おもしろ》くなかった。

何か索漠《さくばく》として、その場の雰囲気《ふんいき》にとけ込めない。酒もまずかった。

戸谷は一時間ばかりで切り上げた。なじみのバーだったが、気分が浮かなかった。

バーを出たが、またしても、行くところがない。仕方がないので、ナイトクラブに廻《まわ》った。

いつも女連れで来るが、今日はひとりだった。久しぶりにそこの女の子を呼んで、一緒に踊った。相手の女は背が高く、踊りが巧《うま》い。しかし、どのように音楽に乗っても、心ははずまなかった。バーで呑み、ここでも呑んだが、さっぱり酔わない。

戸谷は、こうしている間でも、横武たつ子の運命が気になった。本来なら、病院に連絡するところだが、それも気が重かった。連絡したときに、不意に、横武たつ子の変事を寺島トヨから聞かされそうな気がして臆病《おくびょう》になった。

戸谷は、ひとりの女相手では寂しくなって、番のあいている女を二人も呼んで卓に加えた。今夜は思い切り金を使おうと思い、女たちにも酒を次々に振舞ったりしたが、暗い八号室がどうにも頭から離れなかった。

十時を過ぎると、ナイトクラブも客が混んで来た。さすがに戸谷も酔ってきたが、気持は一向に変わらなかった。やはり不安と、暗い期待とが交錯している。ともすると、彼は黙りがちになった。

ショーがはじまった。フィリッピン人の歌のあと、漫画をかく芸人が舞台に出て、客に勝手な字を書かせ、それを即座に絵の一部分に変えて行った。客は大てい外人だった。例えば「Smith」と書けば、それが忽《たちま》ち妙齢の女性の髪になったり、ドレスの襞《ひだ》になったりした。

その芸人に指されて、戸谷はふらふらと席から舞台に上がった。酔っている顔と酔っていない心とが、湯と水のように彼の身体《からだ》の中で分かれていた。

戸谷は、大きな白紙に、いきなり「Kill」と書いた。書き終わってはっとした。それくらい無意識であった。

「おう」

芸人は文字を見て大仰に肩を竦《すく》めてみせた。客席の外人たちがげらげらと笑った。

芸人は、しばらく、Killの字を見つめていたが、筆をつけると、それがたちまち寝台の一部分となり、女性の寝姿がその上に描かれていた。

戸谷は、ナイトクラブを出た。

そうだ、重大に考えることはないのだ。あの漫画のように、殺人も、人生の一つの戯画となりうるのである。戸谷は強《し》いてそれを自分の心に云い聞かせ、今の暗い圧迫感を取り除こうとした。

戸谷が病院に帰ったのは、十時四十五分だった。それは、寺島トヨが彼が帰ってから、すぐに院長室の戸を叩《たた》いたので、憶《おぼ》えている。彼女の顔を扉《とびら》の間に見たとき、戸谷は、何事かがすでに行われたことを直感し、思わず時計を見たからだった。

寺島トヨは硬い表情をして、真直《まっす》ぐに戸谷のところに進んで来た。

「横武さんが危篤《きとく》です」

寺島トヨは、戸谷に告げた。顔が歪《ゆが》んで笑っていた。

そのとき、戸谷は、どう返事したか分からない。彼は急いで八号室に行った。

暗い電灯の下で、前と同じように横武たつ子は睡っていた。だが、その顔を見て、戸谷は患者が絶望状態になっているのをすぐに知った。彼女の顔面は蒼白《そうはく》となり、呼吸が微弱で、鼻孔と口が魚のように喘《あえ》いでいた。

戸谷は本能的にすぐ脈を取った。細く速く不整だった。戸谷は、聴診器を彼女の胸に付けた。肋骨《ろっこつ》が浮いている。すでに老いかけた胸だ。鼓動には断末魔の兆候がはっきりと出ていた。

戸谷は、すぐ、彼女の腕を捲《まく》った。肘《ひじ》の静脈の所に生々しい針の痕《あと》があった。

戸谷は、すぐに眼をベッドの枕もとに移した。案の定、アンプルのカケラが散っていた。淡褐色《たんかっしょく》の薄いガラスと白いガラスの二通りである。戸谷はそれを見るなり、後ろにいる寺島トヨを睨《にら》んだ。

「静脈注射だね、あれを打ったのか?」

愚鈍な女中は、ただおろおろして、横武たつ子の枕もとにしゃがんでいた。

「打ちましたわ。でも、安心なさい。何も分かりはしません」

卓上のアンプルの欠片《かけら》が薄い電灯に光っていた。アンプルの一つが注射用蒸溜水《じょうりゅうすい》だとは一目で分かった。

注射液「チアレール」は塩化アセチールコリンである。この薬を注射するときは、注射用蒸溜水のアンプルに溶かして用いるのだが、これは皮下注射か、筋肉注射に必ず限られ、静脈注射は最も危険とされていた。いや、血液にこれが混じると、忽《たちま》ち心臓閉塞《へいそく》の症状を起こすのである。

死は絶対だった。

戸谷は、額に冷たい汗が出た。今や殺人は完了しつつある。横武たつ子は、最後の呼吸をつづけていた。この暗い八号室には、戸谷と婦長と愚鈍な横武家の女中以外誰《だれ》も居ない。

「すぐ、横武さんの家族に連絡した方がいいと思います。死亡診断書をわたくしが用意しておきました」

寺島トヨが静かな声で云った。

10

横武たつ子の死体は、義弟《おとうと》の手によって病院から引き取られた。

義弟は、わざわざ、院長室に戸谷を訪ねて来た。

「どうも、このたびは、たいへんお世話になりました」

義弟は、興奮で少し額を赧《あか》くしていた。それは悲しみのためでなく、むしろ喜びのためのようだった。義弟にとっては、邪魔者が除かれたことになる。

戸谷は椅子《いす》から立ち上がって、丁寧に応《こた》えた。

「どうも、ご愁傷さまです。われわれの手ではどうにもできなくて、残念でした」

戸谷は神妙な声で云った。

「いえいえ、どういたしまして」

義弟は手を振った。

「人間の寿命ばかりは、どんな名医でもどうにもなりません。かえって、突然にご厄《やっ》介《かい》になって、ほんとにご迷惑かけました。付添いの者から聞けば、徹夜で看護や診療に当たってくださったそうで、何ともお礼の申しようもありません。今、取り混んでおりますので、いずれ、改めてお礼に参ります」

義弟はそう云って、この前来たときとは打ってかわり、丁寧に何度もお辞儀をした。

戸谷は、義弟が出て行ってから、思わず肩で呼吸《いき》をついた。危険は去った。遺族は横武たつ子の死因に少しも疑いを挟《はさ》んでいない。ことに義弟の態度は、義姉が死んだことをむしろ感謝しているようだった。

殺人の第一段は完了した。

遺族に疑惑を持たれないことが、その第一段だった。次は、第三者にこれを知られないことである。だが、遺族の疑惑を免《まぬか》れたいま、あとのことはやさしかった。それは、戸谷には自信がある。

ただ、第二段では、戸谷の職業的な良心が動揺するおそれがあった。——とにかく戸谷は疲れていた。院長室の椅子《いす》に背中を凭《もた》せてぐったりとなっていると、寺島トヨが入って来た。

彼女は蒼《あお》い顔をしていた。眼のふちが黒くなっている。昨夜《ゆうべ》の徹夜の疲れで顔色が悪くなっているのか、それとも、殺人を完了したことで人相が変わったのか分からなかった。

戸谷は椅子から背を起こした。

寺島トヨは、じっと戸谷の顔を見つめた。眼が光っていた。

戸谷も彼女の顔を見返した。どちらも、すぐにはものを云《い》わなかった。彼女の顳顬《こめかみ》には青い静脈が太く浮き、眼尻《めじり》が吊《つ》り上がっていた。

彼女が無言のままでいることが、何よりも戸谷に彼女の意志を伝えさせた。窓枠《まどわく》に、虻《あぶ》が一匹翅音《はおと》を立ててガラスを敲《たた》いている。

「先生」

寺島トヨは単調に云った。その乾いた声が陰気に聞こえた。

「横武さんの遺族から、死亡診断書を取りに来ています」

彼女は、事務的に戸谷の前にその用紙を差し出した。

戸谷は、印刷された死亡診断書の活字を見た。これまで、これほど入念に活字の文句を読んだことがなかった。殺人の第二段は、簡単にこれに書き込むことで完了するのである。

さすがに、戸谷はすぐにペンが取れなかった。

死亡届欄には、義弟の名前がすでに書き込まれてあり、印判が捺《お》されていた。一方の空欄に戸谷が書き込むのである。死因、死亡年月日、時刻、経過、それぞれの空白が戸谷の眼を威圧していた。

「遺族の方は、埋葬許可書を早く取りたいと云っています。お葬式は、明日《あした》の午後一時から、出棺は二時だそうです」

寺島トヨは報告した。少しも感情の籠《こ》もらない云い方である。それが戸谷に寺島トヨの図太さをじかに触れさせた。

寺島トヨは、彼のそばに立って動かない。早く死亡診断書を書けと戸谷に催促しているようだった。

戸谷は煙草《たばこ》をくわえた。落ち着くつもりだったが、うまく火がつかなかった。マッチの火が消えた。

寺島トヨはそれを見ると、手を伸ばしてマッチを取った。音を立てて火をつけ、戸谷の前に差し出した。

戸谷は、煙草の先をふるわせて炎を吸い取った。

彼は思い切ってペンを握った。

死因のところには「心筋梗塞症《こうそくしょう》」と書き入れ、年月日も記入した。

「院長戸谷信一」のゴム印を捺し、引出しから印鑑と朱肉を出した。印鑑で朱肉を均《な》らし、自分の名前の下に捺した。

鮮やかな院長の印章だった。

「結構です」

その作業を見終わって、寺島トヨが上から呟《つぶや》いた。

その紙を、眼の前で、逸早《いちはや》く寺島トヨが奪い取った。

「渡して来ます」

死亡診断書を二つに折って手に握り、彼女は戸谷の傍《そば》にしばらく立っていた。

何を思ったか、ふと彼女は戸谷の肩に手を置いた。

立っている彼女がどのような顔付きをしていたか、戸谷には見えないので分からなかった。

「心配しないでいいわ。大丈夫よ、信一さん」

寺島トヨは、低い声で云い捨てるとすぐに出て行った。少しも変わりのない足どりだった。

ドアの閉まる音が聞こえた。はじめて戸谷は椅子から起《た》ち上がった。

医師としての最後の良心が、彼女のあとを追いかけようとしていた。

だが、間に合わなかった。すべては終わった。あの死亡診断書を寺島トヨから取り上げることは、すでに不可能になっていた。

微《かす》かにスリッパの音が階段を降りてゆく。

戸谷は、身体の中がふるえた。

横武たつ子に対する殺人の第二段は終わった。それは、最後が完了したことだった。

戸谷は、一匹の虻がまだガラスにもがいている姿に眼を据《す》えた。

(一体、この殺人事件は、誰が主犯なのか。おれなのか、寺島トヨなのか。どっちが従犯なのだ?)

戸谷は立ったまま動かなかった。

あの死亡診断書は区役所に行き、簡単な手続で、苦もなく埋葬許可証が死者の義弟に交付されるであろう。

誰も医師の殺人を疑わない。横武たつ子の殺害死体は合法的に火葬され、灰になることだろう。

やっと片づいたのだ。

戸谷は、深呼吸をし、自分を落ち着かせようとした。外は風がなく、明るい陽《ひ》が当たっている。表の通りに自動車《くるま》が走り、人が歩いていた。いつもと変わらない平凡な風景であった。

(大したことはない)

戸谷は自分の心に言い聞かせた。

(落ち着くことだ)

殺人などは、あのナイトクラブの余興のように戯画と考えればいい。もし、横武たつ子が生きていたら、自分の方が破滅するのだ、彼女を殺したのは、要するに、己れの防禦《ぼうぎょ》なのだ。

(あの死亡診断書のことは気にかけまい)

現在の法規では、戸谷の狙《ねら》った盲点を衝《つ》くことは不可能である。

いやいや、もっと大きな盲点がある。

戸谷は、これまでの経験で、何十枚となく死亡診断書を書いてきた。この病院に入院し、死亡した人たちである。

だが、これまで一件として区役所から、死亡診断書について医者が確かめられたことはなかった。あなたの方でこの診断書を書いたか、という区役所からの問合わせの電話は一度もないのである。以前から気づいていたことだが、これほど、人間の死について杜撰《ずさん》な手続はなかった。医者に対して信頼しているからといえば体裁はいいが、何というい加減なやり方であろう。

もし、企《たくら》む人間がいて、死亡診断書に医師と称して、出鱈目《でたらめ》な名前を書き……、いや出鱈目の名前でなくとも、実在の医師の名を騙《かた》り、出来合いの判こでも捺しておけば、それで万事の手続は、無事完了する。

その死体が他殺であっても、区役所には少しも分かりはしないのだ。人間の厳粛な死が、このような役所の杜撰な書式で取り扱われようとは世間の誰もが気がつかない。

しかし、現実には、それが平気で区役所の窓口で行われている。窓口には、毎日のように死亡届が出され、医師の死亡診断書が添付される。係りの誰が、この死亡の事実を医師に確かめ、書類の真偽を確認することがあるだろうか。

戸谷は、最初、これは自分の住んでいる区だけかと思っていた。ところが、ほかの土地に住んでいる医者の話を聞くと、何処《どこ》でもそうなのである。

しかも、このことは、だれもが、平気で見逃しているのだった。なぜ、区役所の窓口は、提出された死亡診断書について、その診断医者に問い合わせてみないのだろうか。頭から医師を信じているからか。それとも、いい加減なお役所仕事からか。が、これが、変死体となると、さすがに厳重になる。警察から係官が出張して、根ほり葉ほり死因の究明に当たる。だが、病死の場合、偽《にせ》診断書で他殺を病死に見せかける完全犯罪が存在しないとはいいきれないのである。

この盲点は、つまり医師がいかに社会から信用されているかという一つの現われかもしれない。盲点は、その過剰信用から作られたといっても間違いではないだろう。戸谷は、何か医師という職業が、自分でも、そらおそろしくなってくるのだ。一枚の書類をいい加減に扱う役所の係員、死亡診断書を書き放して、後は全く縁が切れたように知らぬ顔をしている医師。――

人間不信の現代に、これほどナンセンスな信頼感があろうか。――

戸谷は新しく煙草を点《つ》けた。

気持が少し落ち着いて来た。

戸谷の書いたあの死亡診断書は、いまごろ大いばりで戸籍係を通過しているだろう。例によって区役所の方からは、何らの確認の電話も来ないだろう。これは、偽造ではない。まさに、病院長戸谷信一自身の名前が書かれ、印鑑が押されているのである。

何も殺人のあと始末に苦労することはなかった。多くの殺人犯が自分の犯跡をくらますために、死体の処置に苦労し、アリバイに知恵をしぼり、凶器をかくすのに腐心する。しかし、医師の戸谷は、白昼、堂々と合法的に一人の人間を葬《ほうむ》り去ったのである。世にこれ以上の完全犯罪はない。

第二章

1

――演奏が済んだのは、九時ごろだった。

戸谷《とや》の横の席で、身じろぎもしなかった槙村隆子《まきむらたかこ》が、演奏が済んだとたんに溜息《ためいき》をついた。

「素晴しかったわ」

拍手のやんだあと、場内にもまだざわめきが残っていた。

「やっぱり本場を聴いただけありましたわね」

槙村隆子は、戸谷に同感を求めた。

戸谷は、その演奏の半分も聴いていなかった。ともすると、音楽が彼の耳から遠ざかり、横武《よこたけ》たつ子や寺島《てらじま》トヨのことに引っかかってくる。

今ごろは、横武たつ子の通夜《つや》が行われているに違いない。誰《だれ》が彼女の死を悲しみ、誰が彼女の不幸に泪《なみだ》を流しているのであろうか。

おそらく、あの肥《ふと》った義弟《おとうと》は、通夜の席の次の間で酒を呑《の》んでいるか、マージャンをしているかであろう。

可哀想《かわいそう》な女だった。だが、これは仕方がなかった。うかうかすると、戸谷自身が破滅に遭う。

だが、大問題がこれから控えていた。戸谷の犯罪を、この世の中でたったひとり知っているのは、寺島トヨだ。彼の共犯者である。

寺島トヨは、これから戸谷の生命を握り、活殺自在となるであろう。異常な性格の彼女には、自分の犯罪意識はあまりないかもしれない。この世の中で、ひとりでほくそ笑んでいる者があるとすれば、それは寺島トヨだけだ。

彼女は、憎い横武たつ子を葬《ほうむ》り、同時に、戸谷の生命をその手中に収めた。横武たつ子殺しは、寺島トヨにとっては一石二鳥であった。

戸谷は、第二の殺人方法を考えている。寺島トヨだ。今度は、まさか、今までの殺人方法ではできそうにない。彼女も看護婦である。迂《う》闊《かつ》な手出しはできなかった。彼女としても、戸谷に対しては充分警戒しているはずだ。……

「先生」

槙村隆子は云った。

「みなさん、だいぶ、お起《た》ちになりましたわ」

戸谷は、われにかえって辺りを見た。なるほど、半分以上席を立って、出口の方に歩いていた。

このとき、気づいたのだが、そこに居る人々がぶしつけなくらい、戸谷の横に眼《め》をじろじろ当てているのである。

今夜の槙村隆子は、贅沢《ぜいたく》なドレスで来ていた。彼女の髪は羽毛のように軽やかに盛り上がり、襟《えり》を開いたあらわな胸には、プラチナ台の巨大なオパールが下がっていた。戸谷は、これほど大きなオパールを見たことがない。楕円《だえん》形のそれは、縦の径が五センチもあろうかと思われた。そこに居る人々が眼を奪われているのは彼女の美貌《びぼう》にもよるが、その胸の驚嘆すべきオパールに惹《ひ》かれているからであった。

照明の中の彼女の顔は、職業柄《しょくぎょうがら》見事なメーキャップだった。彫りが深いだけに、ちょっと見ると、外国の貴婦人かと見まごうばかりである。あらわれた肩から胸に流れている皮膚は、桜の花びらのように光沢《こうたく》のある薄桃色をしていた。

戸谷は、彼女を先に立てて、会場を出た。途中でも、人々の視線は槙村隆子に集まっていた。女たちは羨望《せんぼう》と軽い嫉妬《しっと》の表情をし、男たちは興味と軽い讃嘆《さんたん》を持っていた。戸谷は、先ほどの憂鬱《ゆううつ》を忘れて、今の瞬間でも、このような女と音楽会に出かけたことに軽い興奮を覚えた。

何としても、槙村隆子は自分のモノにしたかった。彼女に逢っても、ついぞ、彼女の方から結婚申込み《プロポーズ》の話には触れない。戸谷に親愛を示しながらも、どこかに高慢な距離をおいていた。

音楽会に誘ってくれるからには、まんざら脈がないでもない、と戸谷は思った。いや、充分に彼女の方で気があるのだ。それでなければ、わざわざ、二枚の切符を戸谷のために用意するはずがなかった。

おそらく、彼女がその気になれば、与える切符の相手は多いに違いない。その中で、戸谷だけにその一枚を充《あ》ててくれたのは、彼女の意識の中に自分がすでに辷《すべ》り込んでいる証拠である、と戸谷は思った。

槙村隆子は、二十七歳である。かつて結婚の経験がある。現在はかなりな資産を持ち、美貌に恵まれている。彼女を慕って来る男性は無数に違いない。だが、それらの、ことごとくは、彼女とすぐ結婚できない立場の者ばかりだ。ただ交際することや遊び対手《あいて》には、戸谷よりもっと有利な条件を持った男性は多いであろう。だが、ただちに結婚を申し込める男はあまりいないのではないか。

どのように恵まれた条件を持つ女性でも、独身の女にとっては結婚は永遠の魅力であった。

戸谷は、横武たつ子を葬った現在、是が非でも彼女を獲得したかった。結婚申込みのできる男性が自分ひとりと思って安心はできなかった。将来、どのような男が競争相手として彼の前に現われるか分からないのである。

「まだ早いわ」

と槙村隆子はダイヤをちりばめた腕時計を眺《なが》めた。

九時十五分だった。

「ねえ、先生、ここから近いナイトクラブにでも行きません？」

彼女は戸谷を斜めに見上げた。

「参りましょう」

自動車《くるま》は槇村隆子のものだった。運転手がドアを開いた。一緒にクッションに坐《すわ》って、戸谷はさすがに胸が躍った。彼女との距離が急速に縮まったのを感じた。

自動車の中で、戸谷は思い切って槇村隆子の指を取った。だが、それは、すぐに彼女によって振りほどかれた。

戸谷が横眼で見ると、槇村隆子は知らぬ顔をして、流れる街の灯《ひ》を眺めていた。その横顔は小にくらしいほど美しかった。

ナイトクラブは、恰度《ちょうど》、時刻なので客がいっぱいだった。

この間、戸谷が来た店とは違い、ここは最近新しく出来たばかりで、それだけに豪華な設備だった。

戸谷は、槇村隆子を先に立てて、客席に着いた。彼女と一緒だったことに、彼は微《かす》かな誇りを覚えていた。それくらいに、槇村隆子の顔も服装も際立《きわだ》っていた。もとより、その方の専門家だけに新しいデザインだし、ことに胸に下がっているオパールの巨大さが人目を惹いた。

案内した給仕が腰を屈《かが》めて、

「おのみものは何をお取りいたしましょう?」

とメモを構えた。

「ぼくはスコッチの水割りだが」

と云《い》いかけて槙村隆子を見ると、

「わたくしも同じものをいただくわ」

と彼女は軽くうなずいた。

戸谷は、ここでもまた僅《わず》かな歓《よろこ》びを覚えた。自分と同じものを注文した彼女の気持を考えて、熱い空気のようなものが胸に流れ込んだ。

酒が来て、二人はグラスを合わせた。彼女は戸谷の方を向いてにっこり笑った。光線の具合だが、彼女の瞳《め》はまるで黒い鉱石のように光っていた。艶《つや》のある肌《はだ》には柔らかな光が当たっている。

「今晩は夢のようですよ」

戸谷は云った。ちょっとキザに聞こえたかも分からないと思ったが、ほかにいい言葉がなかった。それは半分実感でもあった。

これまで、何度電話をかけても彼女は断わりつづけてきた。当時から思えば実際そんな気がする。半分は彼女を諦《あきら》めかけていたのだ。

槇村隆子は、いま踊っている客の方に瞳を向けて戸谷の言葉に笑った。その輪郭がやはり夢のような光線の中でこよなく美しい。

そして、多少、高慢そうなその表情は、戸谷の心をさらにかき立てた。

二人は黙って、しばらく、客が踊っている方を眺めていた。新しい設備だけにステージも広く、楽団も豪華だった。天井も菊の花を拡《ひろ》げたような意匠で、贅沢な雰囲気《ふんいき》がふんだんに漂っている。客の大半が外人であることもその豪華さを助けた。

「踊りましょうか」

戸谷は彼女の方にそっと云った。

半分は断わられるかと思ったのだが、彼女は案外、気軽にうなずいた。戸谷は急いで立ち上がり、彼女のうしろから椅子《いす》を引いてやった。

二人は踊り場の方に歩いた。折から、フィリッピン人の歌手が「ザ・サン・イン・イングランド」という曲を潤《うるお》いたっぷりの声でマイクに唄《うた》っていた。

戸谷は、はじめて槇村隆子と組んだ。自分ながら微かなふるえが背中を走った。彼女の踊りは巧《うま》かった。だが、それにもまして、彼女の背中に廻《まわ》した手が彼女の胴体の感触を掌《てのひら》に伝えた。これが槇村隆子の実体だった。戸谷は憧《あこが》れていた彼女の実体が自分の腕の中にゆらぎ、動き、触れるのを知った。そして、戸谷の膝《ひざ》は、ときどき、彼女の腿《もも》の内側に当たった。

だが、槙村隆子の方は自然と上気してきた。

戸谷は一向に平気なようだった。彼女は戸谷のリードに乗るようにしながら、実は巧みな動きで戸谷を操っていた。

戸谷は懼《おそ》れた。自分の体が槙村隆子に触れるのをなるべく避けるようにした。普通の女に対《むか》ってはその反対だったが、妙にこの女に対しては戸谷は懼れがあった。そのくせ、気持は彼女の身体《からだ》に触れたがっていた。

「お上手ですのね」

曲がすんで、彼女は微笑した。まだあとの曲を踊るつもりで、そのままそこに立っていた。

「いいえ、槙村さんこそ」

と戸谷は云った。

「おどろきました。こんなにお上手とは思わなかった」

「あんなこと」

戸谷に賞《ほ》められて、はじめて槙村隆子に小娘らしい表情がちらりと見えた。それが戸谷のそれまでの遠慮めいた気持を多少捨てさせた。

次の曲はルンバだった。周囲では、しきりと大げさなゼスチュアで客が踊っていたが、戸谷はわざと調子だけ取って大きな動きをしなかった。その方がずっと愉《たの》しかった。

ふたたび彼女の身体が戸谷に跳《は》ねて来る。戸谷は、今度は少し力を入れて彼女の背中を自分の方に押し付けた。だが、槙村隆子はべつに抵抗しなかった。自然のままといった様子で踊っていた。

戸谷は胸が鳴った。彼女の頸《くび》から下がった楕円形のオパールが揺れながら光った。

「槙村さん」

戸谷はついに云った。

「この間のご返事、まだですか」

結婚申込み《プロポーズ》のことである。

槙村隆子は、すぐに返事せずに、口に微笑を見せた。そして、やはり身体をゆらゆらさせ、足を動かしていた。

「ぼくはたまらないんです。じっと待っているのは辛《つら》いですよ」

彼女の身体を持ったまま戸谷は廻転《かいてん》した。すぐ向うで、背の高い外人が屈み込んでホステスに頰《ほお》を付けて踊っていた。

「そうお急ぎにならなくてもいいわ」

彼女は音楽のなかで云った。

「わたくしにとっても重大事件ですわ」

だが、その顔は深刻ではなかった。戸谷のすぐ眼の前には、彼女のきれいな瞳と、形のいい鼻と、吸い付きたいような少し開いた唇《くちびる》とがあった。照明が踊るたびに彼女の顔の影を変えている。

「それはもちろんですが」

と戸谷は云った。

「でも、ぼくにとっては、ずいぶん長く待たされているように思えます」

「いいえ」

彼女はすぐに格好のいい顎《あご》を反《そ》らせた。

「いけませんわ。だって、お話は下見沢さんからでしょ。ちゃんと下見沢さんにお伝えしないと、ルールに反しますわ」

彼女は、その唇をもっと開いて皓《しろ》い歯を見せた。薄い光がその歯並みを輝かした。

「それはそうですが、ぼくだってじかに早く聴きたいんです。下見沢のやつ、何も云いませんよ」

「それはそうですわ。わたくしの方から何も申し上げてないんですもの」

彼女は脚を動かしながら答えた。

「しかし、あれからだいぶ経《た》っていますから、槙村さんの気持もほぼ固まってきたんじゃないですか？」

「ええ、それは以前よりは固まりましたわ」

槙村隆子は平気で答えた。

「それを、そっと、聞かせてくれませんか？」

戸谷は少し冗談めかして云った。

「ずるいわ。まだ最終段階には到《いた》っていませんの。だって、固まったと云っても、それだけ戸谷さんのことを深く分析しているわけなんですもの」

その返事は戸谷に多少の有望を感じさせた。つまり、彼女の云い方には、戸谷の申込み《プロポーズ》を承諾する前提の上に立って、いろいろ調べたり、考えたりしていることを匂《にお》わせていた。

身元調べというと、たいていの場合、秘密探偵《たんてい》社のようなところが調査を引き受ける。

戸谷は、その調査で、或《ある》いは藤島《ふじしま》チセのことがバレるかもしれないと思った。横武たつ子の場合は絶対に判《わか》りはしない。こっちが判ったら大変だ。だが、藤島チセのことなら、判っても大したことはないと思った。

戸谷は、もう年配だし、これまで、そのような女関係がなかったと云うほうが嘘《うそ》になる。藤島チセとの関係が判っても槙村隆子を説得する自信は充分にあった。

この女を自分のものにせずにはおかない信念には変わりはなかった。

ダンスが終わると、戸谷は、槙村隆子を先に立てて、またテーブルに戻《もど》った。

今のダンスのせいか、彼女の額には薄い光が出ていた。彼女はハンドバッグからハンカチを取り出して、顔の汗を押えた。高価な香水の匂いがうすく漂った。

槙村隆子の前のグラスの中身が残り少なくなっていた。

「お代りを頼みましょうか？」

戸谷は訊《き》いた。

「いいえ、もう結構ですわ。あんまり飲むといけませんわ」

彼女は、戸谷に流し眼をくれて軽く笑った。戸谷にその意味が判った。彼の胸は微かにときめいた。

「大丈夫ですよ。ぼくももう一ぱい取りますから、お飲みになったらいかがです？　なんだったら手伝いますよ」

「そう」

槙村隆子は、ちらりとグラスを眺め、結局、戸谷の勧めに同意した。

戸谷が呼ぶ前に、白服のボーイがすり足でやって来た。

「水割り二つ」

ボーイはかしこまってメモをした。

すると、ボーイは戸谷の横を離れると、すぐ、隣の槙村隆子のそばに背を屈めた。

そして、何か彼女の耳もとで囁《ささや》いていた。

戸谷は、それを最初あまり気にしなかった。何か料理のことでも云っているのかと思った。

はじめてその意味を知ったのは、ボーイが去ってからしばらくしてである。槙村隆子が何気ないような調子で戸谷に云った。

「ちょっと失礼しますわ」

ステージで踊っている組を見ていた戸谷はうなずいた。まだその本当の意味が判っていなかった。

「知った方が見えているんですの。ちょっと挨拶《あいさつ》して来ますわ」

彼女は、戸谷の許しを乞《こ》うように上眼使いに見ていた。そのような表情は、彼女が好んでする媚態《びたい》だった。

「どうぞ」

戸谷はそう云わないわけにはいかなかった。まだ自分の女ではない。彼女の自由を抑える権利はなかったし、自分の心の狭さを見せてはならなかった。

「では、ちょっと」

槇村隆子は、椅子を後ろに引いて立ち上がった。ハンドバッグをテーブルの上に残したまま、戸谷の背中をすり抜けて通った。

戸谷は、彼女の行方を見たかったが、さすがにそれはすぐにできなかった。彼は無理に眼をステージの方に向けていた。

しかし、気になって仕方がなかった。しばらく経って、そっと上体をねじ向けて、槇村隆子が行ったと思われる方角を窺《うかが》った。

たくさんなテーブルがあり、たくさんな男女の客がそれに坐っていた。薄暗い照明の中では、すぐには槇村隆子の所在が分からなかった。

だが、やっと、左側の隅《すみ》にある柱の前のテーブルに彼女の姿を発見した。

テーブルの上には、それぞれ筒型のスタンドが置かれ、中にキャンドルが燃えている。その仄《ほの》かな光に浮いている男の姿は、四十二、三歳ばかりの小肥りの紳士だった。

その男の横にはホステスがひとり付いているが、彼はいま呼びつけた槙村隆子に上体を屈めて寄せ、しきりと笑いながら話し込んでいた。遠いのでさだかには分からないが、男はなかなかの貫禄《かんろく》だった。

対《むか》い合った槙村隆子の方は、これもまた笑顔で対手の男の話に相槌《あいづち》を打っている。こちらから見ていると、かなり親密な間柄のようだった。彼女の方は、例によって多少気取ったようなところがあるが、それでも対手の話に愉快そうな様子を示していた。

戸谷は嫉妬が湧《わ》いてきた。

彼は、その方の席をなるべく見ないようにした。そして、酒を飲んだり、ステージで踊っている連中を眺めたりしたが、やはり槙村隆子の居るテーブルが気になった。彼はちらちらとその方に眼を向けた。相変らず、その小肥りの男と槙村隆子とは親しげに話し合っている。いつの間にか、そのテーブルの彼女の前には新しいグラスが運ばれていた。

すると、そのうちに、槙村隆子が椅子から立った。つづいて対手の男も立ち上がった。おや、と思っていると、彼女を先に立てて、その男はステージの方に歩いた。戸谷がここから眺めているのが分かっているくせに、槙村隆子は彼の方には一瞥《いちべつ》もくれないで、真直《まっす》ぐにホールに進んだ。

折から、曲はブルースになっていた。小肥りの紳士は両手を差しのべて、槇村隆子を招いた。二人は絡《から》み合って揺れはじめた。

戸谷は嫉妬がつのった。わざと乱暴に酒を呑んだが、これはあまり効《き》き目がなかった。関心はいやでも前のステージの方に向く。

狭い踊り場だから、踊っている客で混み合った。その中に包み込まれた槇村隆子と対手の男の姿とが隠顕《いんけん》する。踊っている場所は、照明が一段と薄暗くしてある。だから、戸谷が眺めても彼らの細かな動作の部分は分からなかった。それに、絶えずほかの踊り組が槇村隆子の組の前を過《よぎ》ったりするので、余計に戸谷の気持をいら立たせた。

なんということだ。せっかく、彼女を此処《ここ》に連れて来たのに、横合いから連れ出して踊る奴《やつ》があるとは——

一体、あの男は何者であろう。槇村隆子とずいぶん親しげに話しているところをみると、以前からのつきあいに違いないが、どういう男なのか。その男はずいぶん無遠慮だった。槇村隆子を胸の中に抱きかかえて、顔を彼女の頬《ほお》にすり寄せるようにしている。ブルースだから、ほとんどひとつところに停滞して揺れ動いている。

槇村隆子の方は、これは少し顔を俯向《うつむ》けてつつましそうだった。それがかえって一種の情感を感じさせる。こうまで彼女を無遠慮に引き寄せて踊っている対手は、一体、彼女とどのような付合いなのか。曲がすすむにつれて、男の態度はむしろ傍若無人《ぼうじゃくぶじん》になった。わざと押え付けるように彼女を引き寄せて、うっとりと陶酔しているような表情だった。

戸谷はいらいらした。この時刻、殺した横武たつ子の通夜が行われていることなど思い出す余裕もなかった。戸谷は、できるなら、今にも飛び出してその二人の間に分け入りたかった。そして、対手の男をいきなり突き倒したいくらいだった。

戸谷にとっては、長い時間の一曲が終わった。すると、その男は、もう一曲踊ろうというように槙村隆子に囁いている。さすがに彼女もそれを断わるようなふうだったが、対手の男は彼女の手を握って離さなかった。

次の曲がはじまった。今度はマンボだった。見ている前で、その二人はふたたび踊りはじめた。男はダンスが巧い。かなり遊び馴《な》れている様子は、その踊り方でも分かった。軽快なのである。へらへらと笑いながら両足を面白《おもしろ》そうに動かしている。

槙村隆子の方は、それに調子を合わせているが、さすがこれは地味な身振りで対手になっていた。だが、戸谷の眼から見ると、二人の呼吸《いき》がぴったり合ってるように見えて仕方がない。

戸谷は、眼を塞《ふさ》ぎたかった。残りの水割りを一息に呑んだ。出されたオードブルも摘《つま》んでみた。だが、さっぱり味はなかった。

「お代りをいたしましょう？」

給仕がとんで来た。

新しい酒が来て、戸谷はそれを呷《あお》った。マンボ特有の狂躁《きょうそう》が、戸谷の胸をさらにいら立たしくさせた。踊っている連中のことごとくが愉《たの》しそうだった。その光景が、いやでも戸谷に槙村隆子の気持を忖度《そんたく》させた。

この曲が終わったら、戸谷は、無理にでもステージに突進し、彼女を奪い返そうと思った。

やっと曲が終わった。今度はさすがに、槙村隆子とその男はステージから客席へ戻った。まだそこにねばるつもりか、と思って戸谷が睨《にら》んでいると、彼女は対手の男に軽く頭を下げ、テーブルの間を縫って、戸谷の所に戻ってきた。

戸谷は、ほっとする一方、隣に坐った彼女に激しい憤《いきどお》りが沸いた。

「何者です？　あの男は？」

彼はいきなり云った。

槙村隆子は、さらりとした顔をしていた。眼は戸谷を見ないで踊り場の方を眺めている。その横顔には、薄い微笑が泛《うか》んでいた。戸谷は、ひとりでじりじりしてきた。

2

戸谷は、槙村隆子と肩をならべてナイトクラブを出た。ボーイが走り出て、タクシーを呼んでくれた。乗って来た槙村隆子の自家用車は、時間がかかりそうなので、彼女が帰していたのだった。

戸谷は、槙村隆子を先に乗せ、次いでその横に自分が坐った。

「どちらへ？」

と訊《き》く運転手に、戸谷は、取《と》り敢《あ》えず、槙村隆子の家の方角を云った。

戸谷の胸は、納まっていなかった。何という男だ、ずいぶん、失敬な奴である。こっちのテーブルにいる槙村隆子を断りなしに呼びつけ、その上、人の目の前で二人でダンスをする。当てつけがましいのにも程があると思った。

戸谷は、車の中でむっつりしていた。横の槙村隆子を横目で見ると、彼女は、自動車ばかり走って人通りの絶えた街を黙って眺《なが》めている。商店はほとんどが戸を閉めていて、外灯の光が寂しい。この光がちらちらする槙村隆子の横顔は水のように無表情だった。

彼女も、戸谷の不《ふ》機《き》嫌《げん》をさとっている。それは戸谷にも分かるのだ。だが、彼女は、わざと戸谷に取りあおうとしないで、流れる深夜の通りに眼を据《す》えていた。

これが普通の女だったら、戸谷の不機嫌を察して、女の方から何かと云いかけてくるのだが、槙村隆子の場合は、決してそのようなことはなかった。もともと気位の高い女だ。うかうかすると車はこのまま、彼女の家の前に着いてしまう。

戸谷は、堪《たま》りかねて云った。

「あの人は誰《だれ》です？」

詰問《きつもん》的な口調になった。

彼女は黙っていた。唇《くちびる》の端に、気の迷いか、微《かす》かな笑いが泛んでいる。

「一体、何者ですか？」

戸谷は、重ねて訊いた。

「どなたのこと？」

槙村隆子はとぼけて訊き返した。

「むろん、ぼくの眼の前で、あなたとダンスを踊った男ですよ」

こうなるとむしゃくしゃ腹で、戸谷はずけずけと云った。

「ずいぶん、失敬な奴《やつ》です。あなたはぼくと一緒にナイトクラブに行ったのでしょう。あの男はそれを承知で、自分のテーブルに呼びつけるばかりか、ステージでダンスを踊るなんて、もっての外です。そりゃあ、知った人なら、テーブルに呼ぶくらいはいいですよ。それを、ぼくは咎《とが》めるんじゃないんです。でも、ダンサーじゃあるまいし、伴《つ》れの客の前で踊るとは、非常識にも程があります」

戸谷は、自分の言葉に自分で激昂《げっこう》した。言葉は勢い、彼女の行動の非難にもなっていた。槙村隆子はじっと聞いている。少し、俯向いて返事はしなかった。

「あれくらいだったら、よっぽどあなた方は親しいんですね。だって、そうでしょう。あなたも、ぼくとここに一緒に来ていながら、ほかの男に呼ばれて平気でダンスの対《あい》手《て》をする。ぼくの気持が分かっているくせに、どうしてそんな皮肉なことをするんです。しかもですよ、一度だけでなく、二度も踊ったじゃありませんか？」

「だって、断わりきれなかったんですもの」

槙村隆子は、ようやく云った。さすがに小さな声だった。

「どうして断われないんです？」

戸谷は、彼女の横顔を睨《ね》めつけた。

「断われない理由でもあるのですか？」

「いいえ、理由は何にもありません。ただ、知った方というだけです。ですから、一度だけで堪忍してくださいと云ったんですけれども、あの方、どうしても放してくれませんでしたの」

彼女は、やはり小さな声で述べた。

それは、戸谷も、テーブルから眺めて知っている。槙村隆子が踊り場からテーブルに帰りたがっているのを、相手の男は彼女の手を摑《つか》んで引きとめていた。そして、二度目の曲がはじまると、傍若無人に、頰をすりよせんばかりのダンスをはじめたのだ。

その男の行動は明らかに、戸谷に対するいやがらせであり、ある意味での敵意のあらわれであった。もっとも、先方も戸谷のことをよく知らないだろう。

「ああいうことをされたときのぼくの気持があなたには分かるでしょう。あの男は誰か説明して下さい。正直に云って、ぼくは、今、胸の中が煮え返りそうなんです。少なくとも、あなたは、ぼくに彼が誰かを説明する義務があると思う。ね、そうでしょう?」

戸谷は、彼女の方に身体を寄せて、横顔を覗《のぞ》いた。できることなら、黙り勝ちな彼女の顔をぐいとこちらに捻《ね》じ向けたいくらいだった。

「戸谷さん、気になりますの?」

彼女は、ゆっくりと云った。その声は、戸谷の興奮を少しあざ笑うようだった。

「気にするのはおかしいとおっしゃるんですか?」

戸谷は、運転手が背中で聞いているのに構わず、大きな声を出した。

「あなたは、ぼくをばかにしている。そんな質問は、少なくとも、現在のぼくを侮辱するものですよ」

「いいえ、そういう気持は、わたくしには毛頭ありませんわ。ただ、戸谷さんが、そんなにわたくしをお責めになるのが分からないんです。わたくしは、ただ、知っている方から誘われたので、お断わりできなくてお対手しただけですわ。ですから、それが済んだら、すぐ、あなたの席に戻《もど》ったじゃありませんか」

彼女は前より早口になった。

彼女はやっと戸谷の方に顔を向けた。その眼が流れる外灯で光っていた。

「それは分かります。ただ、ぼくが肚《はら》に据えかねるのは、あの、当てつけがましいことをした対手の男のやり方です。誰ですか、云ってください」

「ある銀行の支店長さんですわ」

彼女は、あっさりと答えた。

「銀行屋ですか？　名前は？」

「名前まで申し上げる必要はないと思うんです。悪く思わないでください。まだ、ご当人をご紹介してないんですもの。戸谷さんのことを訊かれたって、わたくし、そう云いますわ」

「そうですか？　分かりました」

戸谷は、深い息を吸いこんで訊いた。

「あの人は、あなたが好きなんじゃないですか？」

「そう、好きでないことはないでしょうね」

彼女はまた、ゆっくりした口調に戻った。

「何度か、あの人は前にあなたを誘ったことがあるでしょう？」

戸谷の激しい質問に彼女は黙っていた。

「きっと、そうだ。あの男はあなたを狙《ねら》っている。銀行屋なんて、その職業から云ったって、女好きだってことは分かりますよ。どうせ、女房《にょうぼう》に隠れて、あなたを玩具《おもちゃ》にしようとする浮気《うわき》な奴《やつ》ですよ」

「あら」と彼女は叫んだ。

「あの人は独身ですわ。奥さんはいらっしゃいませんのよ」

戸谷は、ちょっと意表を衝《つ》かれた。年配だし、あの男が独身とは意外だった。それに、そのことを戸谷に告げた彼女の云い方が、いかにも先方に味方しているように聞こえて不愉快だった。

「そんなことを看板にして、女を釣《つ》る奴だっていますよ」

　と戸谷は吐き出すように云った。

「きっと、あなたは、あの男から特別な融資をしてもらってるにちがいない」

「いやしい想像は、およしになったらいかがですか。わたくし、あの人にそんなことを頼みませんわ」

　戸谷は、今度は彼女の答え方にちょっと安心した。

　いつの間にか、怒りが少し鎮《しず》まって来た。槙村隆子の云い方は、戸谷に反撥《はんぱつ》しながら、巧みに彼の気持をなだめていた。

「槙村さん。ぼくがちょっと云いすぎだったかも知れません。その点は謝ります」

　戸谷は云った。

「ただ、こんなに興奮したぼくの気持だけは分かってくださるでしょう。ぼくは、あなたにプロポーズしているんです。まだ、ご返事は頂いていないが、少なくとも、現在の段階では、あなたがほかの男性に抱擁されて踊るのを眼の前に見るのは辛いのです」

「戸谷さん」

　槙村隆子は急に云った。

「お話があるんです」

強い口調だったし、表情がきびしく変わった。戸谷の方が、おやっと思ったくらいである。

「何ですか？」

微《かす》かな不安が起こった。彼女の口調で、戸谷は自分の虚を衝かれそうな気がした。

「あなたは卑怯《ひきよう》ですわ。あなたに比べると、銀行屋さんの方が、よっぽど男らしいわ」

「な、なんのことです？」

戸谷は、思わず吃《ども》った。

「だって、そうじゃありませんか。あなたは、わたくしにプロポーズしたとおっしゃったでしょう。けれど、よく調べてみたら、あなたはまだ奥さんと離婚していらっしゃいませんわ」

戸谷は心の中で狼狽《ろうばい》した。戸谷は下見沢を通じて彼女に、女房との離婚手続きを完了したと云っている。

「そりゃ、ずっと別居なさっていらっしゃることは知っています。けど、表面上はまだご夫婦じゃありませんか。それを、何かおっしゃったようですけれども、まだそのままじゃありませんか。自分はそんなことをしておいて、プロポーズもないものですわ」

「槙村さん」

戸谷は叫んだ。何か次の言葉を云おうとしたが、すぐには言葉が出なかった。そのうち、車は彼女の家が見えはじめる所に来ていた。

「失礼します。運転手さん、其処《そこ》で停《と》めて」

彼女は云った。

「駄目《だめ》だ。停めてはいけない」

戸谷は、大きな声で運転手に命じた。

「このまま真直ぐに行ってくれ」

「いけませんわ、何をおっしゃるんです」

彼女は屹《きっ》となって戸谷を見た。

「駄目です。ぼくたちの話はまだ終わっていません。話のつくまで、このまま乗り続けましょう。君、このままずっと行ってくれ。停めたら駄目だよ」

「いけません。戸谷さん」

彼女は叫んだ。

「いや、このまま、ぼくはあなたと別れるわけには行かないのです。ぼくの話も聞いてください。ぼくが安心するまでは、あなたを降ろせないのです。……君」

戸谷は、とまどっている運転手に強く命令した。

「料金は割増してやるからな、ずっとこの道を何処《どこ》までも真直ぐに行ってくれ」

戸谷は、そう云いながら、思いきり槙村隆子の手首を引きつけて動かないようにした。運転手は、深夜の通りを、命令通り一散に走りはじめた。

槙村隆子は、戸谷の手を振り放そうとしたが、戸谷はしっかり抑えつけた。もともと気位の高い女だから、取り乱して運転手に叫ぶことはなかった。抑えつけられた手を、諦《あきら》めたようにじっとさせていたが、身体はなるべく戸谷から避けて固くなっていた。

「卑怯ですわ、戸谷さん」

彼女は云った。

「まるで、不良がすることです」

「失礼はよく判っています。しかし、このままでは、どうしてもぼくは一人で帰れないのです。あなたと納得の行くような話が済まないうちは、自分の心が自分で処理がつかないんです」

戸谷は、熱をこめて云った。

彼女の身体が戸谷のすぐ横にあった。できるなら、彼女の背中を抱き、自分の方に引き寄せたかった。彼女の手を抑えつけているので、その行動はやさしかった。だが、戸谷に、それが簡単にできなかった。うっかりそんなことをすると思わぬ失敗をしそうである。まだ、それだけの自制はあった。

「あなたは、ぼくの離婚手続きができていないのをなじりましたね。誤解です。ぼくは、ほんとうにあなたを心から愛している。だから、あなたに誤解を与えたままでは別れたくなかったのです」

戸谷は云い続けた。

「おっしゃるように、離婚の手続きは、すっかり済んではいません。あと一週間くらいはかかるでしょう。しかし、これはもう手続きだけのことで、事実上、離婚が成立したと同じことです」

「戸谷さん」

自動車《くるま》は、いつの間にか甲州街道に出ていた。道が次第に寂しくなっていた。

彼女は、外を見てさすがに心細そうな声を出した。

「帰りましょう。帰りながら、お話を伺いますわ」

「いけません」

戸谷は強く断わった。

「それだと、すぐに、あなたの家に着いてしまう。ぼくは、ゆっくり話したいのです。そして、話さえ済めばすぐに戻りますよ。こうして乗り続けていても、決して変なことはしません。それは、ぼくを信用してください」

戸谷は彼女にかがみこんで云った。

「ところで、その離婚手続きのことですが、それは、万事、下見沢に任せてあるのです。ぼくとしては、もう何年も女房とは別居しているし、愛情も何もありません。女房の奴だってそうなんです。ですから、これは、事実上離婚していると同じことです。ただ、下見沢がぐずぐずしているだけです。あの男がのんびりしているからなんですが、こうなったら、ぼくの方から督促します。分かってくれますか?」

戸谷は、槙村隆子の横顔を窺《うかが》うようにした。

「ええ、分かりますわ」

彼女は、急に素直になった。その原因は戸谷によく判《わか》った。彼女は自動車の行方に不安がっているのだ。

「本当に解ってくれたんでしょうね。あなたは、早く家に帰りたくて、この場の誤魔化しで、云っているのではないでしょうね？」

戸谷は、じっと彼女の口もとを見つめた。さっきのうすら笑いはもう消えて、暗い中での彼女の表情はこわばっていた。

「いいえ、いい加減なことなんか、云っていませんわ」

「ほんとですね？」

「ええ」

戸谷は、一気に彼女の肩に手をかけようとしたが、まだそれを抑えていた。が、彼女の心細そうな肩は、戸谷の誘惑を強めた。

自動車は、猛烈なスピードで甲州街道を走って行く。人家の灯《ひ》が絶えて、田畑や、黒い雑木林の群がつづきはじめた。彼女は不安そうに肩を縮めた。それも、戸谷にとっては誘惑だった。

「では、ぼくの気持を分かってくださったわけですね？」

「ええ、解りましたわ」

彼女は低い声で云ってうなずいた。

「それだったら、あなたの返事を聞かせてください。ぼくは、もう、下見沢の返事が待ちきれなくなったのです。それは、今までは、礼儀として彼の口から聞くのを待っていたのですが、今夜のようなことがあると、もう我慢しきれません。あなたは、才能があって、美しいし、財産があって、しかも独身だ。いろんな男からの誘惑があるにきまっています。それをまざまざと、今夜、ぼくは眼の前で見せつけられたわけです」

「戸谷さん、そんなご心配は要りませんわ。わたくし、これで、案外しっかりしているんですの」

「それは信じます。しかし、今夜のことがあって、ぼくの気持が余裕を失って来たのです。槙村さん、どうか、ぼくと結婚するとおっしゃってください」

彼女は黙っていた。始終、顔を暗い窓の外へ向けて、不安を募らせていた。

「云えないのですか?」

戸谷の言葉が強くなった。

「戸谷さん」

彼女は戸谷を抑えるように、やっと云った。

「自動車を元の方へ廻《まわ》しましょう、ね、そうしましょう。帰りながら、ゆっくりお話ししましょう」

言葉が急にやさしくなった。

「駄目《だめ》です。あなたは、そんなことを云って、ぼくから逃げようとしている。さあ、いま、返事をしてください。ご返事を伺わないうちは、どこまでも、どこまでも、このまま車を走らせますよ」

運転手は、背中を壁のように立てて一心にハンドルを動かしていた。割増しをつけるという戸谷の言葉が運転手を彼の方に忠実にさせていた。ヘッドライトだけが田舎道を無限に掃いて進む。

槙村隆子の肩に絶望が現われた。それを見ると、戸谷はもう我慢しきれなくなった。彼は、急に彼女の肩に手を延ばすと、いきなり自分の方に引き寄せた。

「あっ」

彼女は小さく叫んだ。

「いけません、いけませんわ、戸谷さん」

戸谷の腕の中でもがく槙村隆子の匂いが彼の鼻を搏《う》った。これまで自制していたのがその行動に移ってしまうと、戸谷の心は狂暴になった。だが、その中でも彼は計算していた。

「槙村さん、結婚してください。結婚すると云ってください」

彼は肩を抱え込んだ腕に力を入れた。

彼女は戸谷のその腕から逃れようとしてもがいた。彼女の息は乱れ、暗い中でその唇が喘《あえ》いでいた。

「戸谷さん、奥さまは、どうなさるんです？」

彼女は追い詰められて強く反問した。

「奥さまの方から先に片づけてください。でなければ、戸谷さんの誠意を疑いますわ。わたくしに今お返事しろとおっしゃっても、女の気持として、それは無理ですわ」

「ですから、その手続きの方は……」

「いいえ、それは何度も伺いました。でも、問題は、その手続きが済んでいるかどうかなんです。戸谷さんがすっかり独身になってからでないと、わたくしの返事は……」

「じゃ、その時は、きっと結婚してくださるんですね。そういう決心なんですね。今のあなたの云い方は、そのような意味ですね？」

槇村隆子は黙った。戸谷の腕には、彼女の肩の細かな慄《ふる》えが伝わった。

「どうです？」

戸谷はいまや、槇村隆子を支配する立場になっていた。道はいよいよ暗くなり、人家の灯もまばらになった。それも黒い畑の向うに小さく見えるだけである。

女は外の闇《やみ》と、戸谷の強引さとを恐れている。恐れながら、その戦慄《せんりつ》をどこか愉《たの》しんでいるように彼には思えた。

「槙村さん、ぼくは、本当にあなたが好きなんです。好きだから、こんな乱暴なことをしたり、乱暴な云い方をしているのです。それは申訳ないと思いますが、ぼくの気持を分かってくださるなら、どうか、仮りにでもいいから結婚すると云ってください。女房の方は、下見沢に云って、明日にでも手続きを完了させます」

槙村隆子の抵抗が少し衰えたようだった。

「だんな」

突然、前で運転手がものを云った。

「一体、何処《どこ》まで行くんですか？」

深い森が黒々と前方に迫っていた。

戸谷は眼を挙げた。

「おう、何処だい、此処《ここ》は？」

「多磨《たま》墓地ですよ」

「何、多磨墓地？」

戸谷の眼には、通夜《つや》の席の棺の中に横たわっている横武たつ子の姿が、突然に映った。——

3

戸谷がタクシーで帰ったのは、午前一時ごろだった。

母屋《おもや》の方に入ってゆくとき、ふと、病棟《びょうとう》の建物を見た。今夜は、どこにも灯がついていない。八号室の窓は、中庭の高い銀杏《いちょう》の木のすぐ横に見えた。その辺一帯がひときわ黒い影になっている。

戸谷は足を止めた。殺害した横武たつ子とわざと対決しているような気持だった。その病棟の上に暗い夜空が一面に垂れ込んでいる。戸谷は、負けるものか、と思った。こうして立っていて平気なのだ。亡霊でも出て来るなら出て来るがいい、と思った。

彼女の死顔の記憶が戸谷の眼《め》に絡《から》みつく。銀杏の葉が少し揺れていた。動くものといえば、それだけだった。葉は、ここから見て、横武たつ子の死んだ八号室の窓を撫《な》でているようだった。

戸谷は、自分の恐怖心を試すように、わざと眼をまっすぐに窓に向けて立っていた。仄暗《ほのぐら》い葉が、黒い八号室の辺りをわざとのように上下に揺れている。

出るなら出て来い、と戸谷は心の中で叫んでいた。葉が動くのは風があるからだ。

なにを怖《おそ》れることがあろう、亡霊が形を出すなら出してみろ。——

どこかで戸が鳴っていた。風が強いのだ。

不意に、横の戸が開いた。戸谷がはっとして振り向くと、母屋の玄関に、ぼんやりと白い影が立っていた。

「お帰んなさい」

寺島トヨの乾いた声だった。

戸谷は、素直に、そちらの方に動けなかった。

「何をなさっているの？」

寺島トヨは、暗がりから戸谷を覗《のぞ》いた。

寺島トヨは、戸谷が何をしているのか知っているのだ。彼が何を見ているのか承知している。

「早くお入んなさいよ。風が寒いわ」

彼女は、背の高い身体《からだ》を玄関口に突っ立てたまま云った。

戸谷は、中に入った。そこで気がついたのだが、寺島トヨは寝間着のままだった。

これが白っぽい着物だった。この前までは、それでも羽織を上から着ていたが、今夜は伊達巻《だてまき》だけをしどけなく捲《ま》きつけている。

戸谷は、寺島トヨを見ないようにして彼女の前をすり抜けて玄関を入った。わざと声を出さないで、自分の寝室に入った。耳に、階下《した》からスリッパの音が上って来るのが聞こえる。ゆっくりした音だった。

戸谷は部屋に帰って煙草《たばこ》を喫《す》った。

寺島トヨの足音が、すぐ後ろに近づいて来た。

「お着替えになったら?」

と彼女が背後で云った。

その声は、もう婦長ではなかった。彼女は、戸谷の上衣《うわぎ》を後ろから剝《は》いだ。もう女《にょう》房《ぼう》気どりだった。戸谷は大声を出したいのを我慢した。

「ずいぶん遅いんですのね?」

低い嗤《わら》いがその声に籠《こ》もっていた。

脱がせた上衣を手に持って、タンスの洋服掛けに通している。そのしぐさの中で、彼女は彼の上衣を自分の鼻に押し当てていた。

「今夜は珍しくタクシーですのね。いま、外の音を聞いていましたわ」

トヨは戸谷の前を廻《まわ》って、ネクタイをほどきにかかった。この女は睡《ねむ》らないで戸谷を待っていたらしい。背の高い女だから、いやでも彼女の顔が真正面だった。一つだけついた電灯が彼女の皮膚の皺《しわ》を隈取《くまど》りのように描き出した。寺島トヨは、この移り香が誰《だれ》のものかを知っているのだ。だが、わざとそれを云わなかった。

やはりのろい動作でパジャマを持って来た。

「はい」

ベッドの蒲団《ふとん》の上に、バサリとそれを置いた。

戸谷はもう辛抱がならなかったが、

「あっちへ行ってくれ」

と、それでも声も抑えた。

「はいはい」

返事には嗤いが含まれていた。

戸谷は赫《かっ》となった。

「あっちに行け。此処《ここ》を出て行ってくれ」

ワイシャツを剝がれた自分の格好が、自分で醜かった。戸谷は、急いでパジャマを着た。すると、寺島トヨは、戸谷の脱いだズボンを奪い取り、また鼻を吸いつけて嗅《か》いだ。

「なにをするんだ」

戸谷は、彼女の手からズボンをひったくった。ポケットからはみ出していたハンカチが、その拍子に床に落ちた。戸谷が拾った。

「あとは、おれがする」

戸谷は、ズボンをベッドの隅《すみ》に叩《たた》きつけた。バンドの金具が鳴った。

寺島トヨは、冷笑した顔で、皺になったハンカチを拡《ひろ》げ、調べるような眼つきで丹念に見入っている。ハンカチは槙村隆子のものが紛れ込んでいた。

「誰から貰《もら》ってきたの？」

寺島トヨは、ハンカチの端を歯で嚙《か》み、指に力を入れて引き裂いた。

「怖ろしい人だわ」

彼女は、戸谷を睨《にら》んで云った。

「今夜がどんな晩かあなたには分かってるでしょう。それなのに、ほかの女と、もうつきあって来たのね。あなたの眼には、八号室が見えないのですか」

寺島トヨは俄《にわ》かに戸谷のそばに来ると、彼の腕を引っ張った。

「何をする」

戸谷は振りほどこうとしたが、彼女は両手を戸谷の胴体に捲き引きずった。

「よさないか。離せ」

振りほどこうとする戸谷よりも、彼女の力が強かった。

「さあ、こっちへ来てください。八号室をよく見せてあげます」

彼女は喚《わめ》いた。

ひきずられた戸谷は、手を柱に摑《つか》まらせ、やっと寺島トヨを突き放した。

「何をするんだ。バカな真似《まね》はよせ」

すると彼女はまた、むしゃぶりついてきた。

「今晩がどういう晩かわかっているでしょう。横武さんの通夜の晩ですよ。それなのに、よくも平気で、他《ほか》の女のところに出かけられたものね。あなたこそ、ほんとの悪人だわ」

彼女は顔の白粉《おしろい》を涙で洗った。

「大きな声を出すな。誰が聞いていないとも限らない」

この母屋は、看護婦たちの寝ているところとは離れているが、女中が階下で睡っている。

「いいえ、わたしは、どうせ死ぬ覚悟をしています。だがわたし一人では死にませんよ。それは覚えていて貰います。誰が一人で死ぬもんか。わたしが死ぬときは、あなたも一緒ですからね」

寺島トヨは、今夜ほかの女のところに行った戸谷の気持を解さなかった。この病院の中に今夜じっとしていることが戸谷には堪《たま》らなかったのだ。耐えられないから槙村隆子のところへ行ったのだ。その逃亡の気持がこの女には判っていない。

「静かにしろ」

戸谷は女の顔を引き寄せ口を塞《ふさ》いだ。

「バカなことを云うんじゃない。こっちに来い」

戸谷は寺島トヨを元へ戻《もど》そうとした。すると、彼女は床に尻《しり》を据《す》え、両脚を突っ張った。戸谷はそれを引きずった。

寺島トヨは、肩で呼吸し、戸谷も荒い呼吸《いき》を吐いた。二人は憎悪《ぞうお》の眼で見合った。そこには、共犯意識があったが、それは敵意にも通じていた。共犯なるが故《ゆえ》に敵でもあった。だが、この瞬間に、槙村隆子も藤島チセも、戸谷の頭から妙に遠のいていた。在るのは、反抗と欲望に狂っている眼の前の寺島トヨだけだった。つまり、そこに実在しているのは、戸谷と寺島トヨだけの共犯意識がつくる不思議な親近感だった。

「あなたは今まで何処《どこ》に行っていたんです？」

彼女は、立ち上がり、寝間着の前の乱れをちょっと直した。

「どこでもいい。明日《あした》説明してやるから、今夜はあっちへ行って寝ろ」

「ふん」

寺島トヨは顔を歪《ゆが》めて鼻を鳴らした。

「あなたが行ったところは、たいてい分かってるわよ。よくも、まあ、そんな気持になれるのね」

彼女は槙村隆子の名前をまだ口に出さなかった。出さないだけに、彼女が何を考えているか分からなかった。

「あなたは、しんからの女蕩《おんなたら》しね。悪党!」

悪人がその対手《あいて》を悪党と罵《ののし》るのは、妙な親和感があるものだ。

「ふん、君は何だ?」

戸谷は、云い返した。

「わたし? わたしはあなたに溺《おぼ》れてるだけの女よ。あなたのすることに付いて行ってるだけだわ」

寺島トヨは、戸谷をじっと見た。眼がぎらぎら光っていた。眼だけではなく、額にも、鼻の頭にも、薄い脂《あぶら》が光っていた。この女は、いつか自分の所業を戸谷にすり替えようとしている。戸谷に甘え、戸谷に溺れる表現で己れの悪業を誤魔化していた。

すべての女は多かれ少なかれ、このような操作を試みる。あらゆる自分の非行を男の責任に移し、自分だけがすり抜けているのだ。

二人の闘争に隙間《すきま》ができた。

「悪かったわ」

突然、寺島トヨは云った。

「ごめんなさいね、乱暴なことを云って。さあ、もう遅いからおやすみなさい」

今まで喚いていた女が余裕を取り戻すと、もう懐柔にかかっていた。彼女は、戸谷のために蒲団の裾《すそ》を叩《たた》き、端をめくった。

いまの争いで彼女の髪が乱れていた。衿《えり》が拡がり、彼女の鎖骨があらわに出ていた。

「どうせ、わたしはあなたとどこまでも一緒だわ。心配しないでよ。ね、わたしがあなたを裏切ることはないわ」

彼女は戸谷の胴にしがみついて来た。それから、彼の顔に自分の口をこすり当てた。女のくさい臭《にお》いが戸谷の前に拡がり、唾液《だえき》がべとべとと顔に付いた。

「さあ、仲直りしましょうよ」

女は、戸谷の頸《くび》を突然両手を廻して締めつけた。女の額の太い静脈が彼の眼に大きく映った。

「離してくれ」

戸谷は、彼女の手を振りほどいた。

「向こうに行って寝てくれ」

女が離れなかったので、戸谷は力をこめて胸を突いた。女はよろけた。

「いや」

縮んだ身体が伸び、また戸谷にとびかかって捲きついた。

「あっちに行け」

戸谷は、もがいて腕を外そうとした。

「いやです」

女はのしかかってきて、戸谷を押し倒そうとした。

「ばか。出て行け」

戸谷は女を横倒しにした。彼女の脚が着物から裸になって抜け、電灯の光に生白く映った。瘠《や》せた肉だ。女は引きずられながら戸谷の両腕にからみつき、身体を上に這《は》い上がらせた。戸谷の重心が傾いた。

「出ろと云ったら、出ろ」

振り放したが、すぐにトヨは戸谷の腰にぶら下がって来た。

「ひどいことをするのね」

彼女は、着物にかまっていられなかった。膝《ひざ》をムキ出し、両脚を立てて、戸谷にせり上がって来る。放そうとしてもねばりついて離れなかった。饐《す》えたような悪臭に似た甘い体臭が、戸谷を誘い込んだ。戸谷は倒れた。その下で、寺島トヨは洟《はな》をすすり上げながら呻《うめ》き声を上げていた。

戸谷は、どろどろの泥水《どろみず》を存分に掻《か》き廻《まわ》したいような、滅茶《めちゃ》滅茶な気持になった。彼は、寺島トヨのすぼんだ横顔をいきなり殴った。それが彼女の術策に落ちた後悔への仕返しだった。彼女は口を歪めて開け、動物のように歯をむき出していた。


翌日、戸谷は病院にずっと居た。

寺島トヨは、とり澄ましていた。戸谷のところに来るときは、慇懃《いんぎん》なお辞儀をし丁寧な言葉を使う。少しも作ったような、わざとらしい様子はなかった。その事務的な表情に少しの崩れもなかった。

ところが、戸谷は、時計が午後二時を過ぎるまで不安だった。廻ってくる書類を見るのも、事務長の報告を聞くのも、うわの空だった。

午後二時が横武たつ子の出棺の時刻だった。焼場に到着するのが二時半で、彼女の身体が焼かれるのが三時からであろう。三時が過ぎてしまえば、すべての危険から戸谷は脱出するのである。灰になってしまっては、警察がどう手を出しようもあるまい。その葬式は、おそらく盛大なものに違いなかった。義弟《おとうと》は、ことさらに儀式に金をかけて彼女の死を見送ることだろう。これほど安い資本《もとで》はなかった。義弟は、義姉《あね》の財産をそっくり横取りすることができる。むろん、医者に文句を云ってくるわけがない。

時計がいよいよ三時を過ぎたとき、戸谷はほっとした。危険は去ったのだ。だが、過ぎてしまうと、それが当然のような気がした。

手続きに遺漏《いろう》はない。正真正銘の医者が死亡診断書を書いたのだ。区役所の窓口は、義務的にそれを受付け、義務的に埋葬許可証を手渡したことだろう。火葬場の係員も、書類にざっと眼を通し、死人を竈《かまど》の中に押し込んだに違いなかった。

不運な偶然が起こる気づかいはどこにもない。義弟は、さっそく、今晩にでも精進落ちの料理を食べるかもしれない。その精進落ちの宴は彼の祝宴を兼ねているのだ。

電話が鳴った。戸谷はぼんやりと考えていたときなので、どきりとした。

「下見沢さんからです」

取次の女の声が云った。戸谷は安心した。

「戸谷君か」

受話器から下見沢のかすれた声が洩《も》れた。

「忙しいかね？」

「そうでもない。何だね？」

「忙しくなかったらちょっと、ぼくの方に来てほしいのだ」

下見沢は云った。

「用件は何だ？」

「おれが呼ぶのだ。用件を訊《き》くやつもないものだ。槙村さんから返事があったよ」

「返事があった？」

戸谷は、ちょっと愕《おどろ》いた。が、すぐに、それは不思議ではないような気がした。ただ、少々、早過ぎただけである。

昨夜《ゆうべ》のことがあったのに、今日のこの返事だ。昨夜、槙村隆子は戸谷を怖れていた。戸谷が何をするか分からないと恐怖していたようだ。だが、考えてみると、あれは効果的だった。女は恐れている対手に秘《ひそ》かに惹《ひ》かれてゆく。戸谷の強引が彼女を圧倒したと彼は信じている。しかし、どういう返事を下見沢にしたのか。戸谷は彼女の受諾を予想していたが、一方、拒絶の場合も心の中に入れていた。

「詳しいことは、君が来てから話すよ」

下見沢は電話で云った。

「よし」

戸谷は受話器をおいた。横武たつ子の殺害に心配が無くなった今は、槙村隆子にだけ全力を集中できる。

このとき、戸谷の頭には、寺島トヨの影が過《よぎ》った。もし槙村隆子と結婚する段になると、寺島トヨは最大の障害となる。だが、その障害も何とかなりそうだった。自信がついてきた。――

下見沢は、例の古ぼけた椅子《いす》にじだらくに坐《すわ》って、煙草を喫《す》っていた。ところが、どこかの婚礼の帰りなのか、珍しく彼はモーニングを着ている。ネクタイはとっていた。

古い家である。いかにも流行《はや》らない弁護士を看板にしたような汚ない座敷だった。

坐れ、と下見沢は対《むか》いの椅子を指した。この椅子も、腰を掛けるとどこかがゆるんでいるとみえて軋《きし》った。

「どこの婚礼かい？」

戸谷は、下見沢の色のさめたモーニングを見て云った。

「婚礼なものか」

下見沢は、面白《おもしろ》くもなさそうな顔で答えた。

「葬式の帰りさ」

「葬式？」

「横武さんが死んでね。……あ、そうだ」

下見沢は、ちらりと上眼使いに戸谷を見た。

「話に聞くと、君の病院で息を引きとったそうじゃないか」

「うん」

戸谷は、ポケットから煙草を出した。そうだ、横武たつ子は下見沢から最初、紹介されたのだったっけ。ここで落ち着かなければいけないと戸谷は思った。

「急に横武さんが病院に駆け込んで来てね、夕方だったが気分が悪いと云うので、診《み》たら心筋梗塞《こうそく》症だった。発作的だったが、手遅れで、あれではどうにも仕方がない。気の毒なことをした。五、六時間モタせるのがやっとだった」

戸谷は、なるべく平気に話した。

「そうだってね」

下見沢はうつむき、なんとなく膝《ひざ》に付いた埃《ほこり》を指の先で叩いている。そのしぐさが妙に戸谷の心を怯《おび》えさせた。この男、何を考えているのだろう。自然と、戸谷は対手を探るような眼つきになった。

「やっぱり奇縁だね。横武さんというと、彼女はぼくが君に紹介したのだが、その後、多少のつきあいはあったんだろう？」

下見沢はわき見をして訊いた。

「ああ、あのことはそれきりになったよ。ずっと以前の話だ。だから、急に飛び込んで来たときはびっくりした」

「そうだろうな」

下見沢は調子を合わせ、ぼんやりした顔で煙草を吹かした。

「ところで、槇村さんの話だがね、彼女は承知したよ」

下見沢は急に話を変えた。

「そうか」

戸谷は、二重にほっとした。横武たつ子の話題から離れたことと、槇村隆子の承諾の返事とで、思わず溜息《ためいき》が出た。

「だが、条件があるそうだ。君が奥さんと別れてから、ということだ。彼女は、戸谷さんから離婚の手続きを頼まれているだろう、とぼくに訊くので、君がそう話したと察したから、口裏を合わせておいたよ。どうだ、君は奥さんと本気に別れるのか？」

「別れる」

戸谷は答えた。

「そうか。金はあるだろうな。いや、君の奥さんに渡す金だよ。それは、おれが間に入ってもいい」

「どのくらい渡さなければならないだろう？」

「まず、一千万円くらいだな」

「一千万円は高い」

戸谷は叫んだ。

「それはとても出せない」

下見沢は、椅子を軋らせて膝を組み替えた。縞《しま》ズボンの膝の埃《ほこり》を入念に指先で叩いている。

「高いかな？」

「そりゃ高い。そんなにやる必要はない」

「そうか」

下見沢は、埃を叩いた手で煙草を持ち替えた。

「君は、奥さんと一緒になって、たしか六年目だったな？」

「そうだ」

「奥さんが三十一歳、男の子が四つだ。この子供が二十歳になるまで、君は養育費を出す義務がある。そうするとこれから十六年間だ。月割計算にすると五万円。どうだ、ちっとも高くはないだろう」

下見沢は説明した。

戸谷が不服な顔をしているので、下見沢はまた下を向いてつづけた。

「このなかには、奥さんにしても、子供さんにしても、病気の場合の医療費も含まれている。そんなことを考えると、適正な評価だと思うな」

「子供はぼくが引き取ってもいい、と云っているのだ。それを女房のやつ、どうしても手放さないのだ。子供を自分の手もとにおくというのは、向うの勝手な云い分だからね。それまでぼくが見なければならないのか？」

戸谷は云った。

「どっちでも同じだ。結果から見て、奥さんが引き取っているんだからね。別居中の今も、奥さんは子供を放さないでいるんだろう？」

「そうだ。あいつは、子供が必要だと云っている。バカなやつだ。独りのときは必要かもしれないが、将来、再婚の話が持ち上がってみろ。そのときは必ず邪魔になる。女の考えはいつも行き当りばったりだ」

「そりゃ仕方がない。君には子供への愛情があんまりないからね」

そう云われれば、その通りだった。戸谷はどういうものか、子供にはさほどの愛情が湧《わ》かなかった。そのせいか、子供もいつまでも彼になつかない。気の合わない妻が生んだ子だから、そうなったのかもしれないと思っている。

「とにかく、一千万円は高い」

戸谷は主張した。

「君の腕で、もっと安くできないものかね？」

「一体、そういう性質の金は」

と下見沢は講釈した。

「本人の収入と社会的地位とが多分に加算される。いわば、その手切金は、亭主《ていしゅ》の方から云っても、一種の名誉税でもあるわけだ。これが会社の下級サラリーマンだとか、小さな商売人だとかいうのだったら、話は別だがね。まあ、君くらいの立場だったら、これくらいは至当ではないかな。慰藉《いしゃ》料と財産分与と一緒だからね。ぼくはむしろ安いくらいだと思っているよ」

「慰藉料などというものは」

と戸谷は云った。

「裁判で決まっても、なかなか実行しないそうじゃないか。外国では、不払いのときは体刑にするという話だがね、日本ではまだそこまで行っていない。だから、たとえば、月払いにしても、なかなかきちんと払う者がいないのだ。いや、おれは払うよ。おれは払うが、そういう事情を考えて、もう少し安くしてもいいと思うね」

「君はまさか、それを月賦《げっぷ》にして払うというんじゃないだろうね」

下見沢はじろりと戸谷を見た。

「おれも男だ。そんなケチな真似はしない。払えれば一ぺんに払ってやるよ……ちょっと待ってくれ」

戸谷は気づいて云い直した。

「一千万円を一ぺんに払ってみろ、君のさっきの話とはちょっと違ってくるぞ。これを銀行に定期にして預けると、年間六十万円くらいの利子になる。月割にすれば五万円だ。女房の手もとに五万円なら、君の云う五万円と同額だし、元金はそっくり残る。こりゃ高い。どうだ、下見沢、半分ぐらいにできないものかね？」

下見沢は黙って煙草の火を消した。灰が膝に落ちたので、それも入念に払った。久しぶりにモーニングを着たこの男は、何かとそれが気にかかるようだった。戸谷もこの礼装が気に食わなかった。横武たつ子の葬式の帰りというのは、何となく圧迫を覚える。

「理屈だがね」

と下見沢は云った。

「まあ、君も男だ。さんざん勝手なことをしてきたのだから、君もあっさり、それくらい出したらどうだね。いつまでもごたごたしていると、君もいやだろうし、それに、君くらいの社会的な地位と収入があれば、仕方がないと諦《あきら》めるんだね。あとのイザコザがないだけでも、君は助かるよ。それに、君が奥さんに一千万円出したとなれば、第一、槙村さんの信頼も増すわけだろう。細かいことを云わずにそうした方が、両方得だと思うがな」

下見沢の云い方にも一理はあった。たしかに戸谷が一千万円の手切金を女房に与えたとなれば、槙村隆子のような女は、戸谷に魅力を持つであろう。戸谷が財産目録を彼女に披露《ひろう》するくらいに信用を得るにちがいなかった。

だが、戸谷には、一千万円の金を出す気持はさらさらなかった。第一、それだけの金が無い。どうせ、その金は藤島チセから取って来るつもりだったのだが、それにしても、チセから最終的に取れる分は一千万円そこそこであろう。それを全部別れる女房に与えるようなバカな真似はできなかった。結婚に当たって、槙村隆子への見せ金も必要なのだ。

戸谷は、これは直接に女房と交渉しようと思った。それは下見沢をちょっと裏切ることだが、下見沢が頼りないと思った今は、自分の利益のために仕方がなかった。

「いずれ、また相談する」

戸谷は起《た》ち上がった。

4

金が欲しい。——

戸谷は一千万円くらいの金がどうしても欲しかった。別れる女房《にょうぼう》に、三百万円か四百万円与えるとして、残りの六、七百万円を槙村隆子との結婚の用意にしたかった。用意というよりも、彼女にはそれくらいの金を見せないと本気にならないだろうと思った。彼女は下見沢を通じて戸谷との結婚を承知したというが、戸谷が無一文と判《わか》ると、いつでも撤回するに違いない。あの女のことだ。銀座で店を持っているくらいだから、もともと無計算ではない。

戸谷は、前に槙村隆子には他人名義で株券を持っていると云ってあるし、六百万円くらいの見せ金は必要だった。どうせ結婚は取引きみたいなものだ。初めての取引きに見せ金で信用させると同じように、槙村隆子との結婚にも、見せ金が入用だった。

一千万円が欲しい。

戸谷は早く女房とケリをつけてさばさばしたかった。

別れる女房に与える金の方は、どうにでもなる。いざとなれば、延ばすこともできるし、月々の病院の水揚げから小刻みに渡してやることもできる。

一千万円の金が引き出せるのは、藤島チセよりほかにない。チセのところに行こう。

彼女は、甲斐性《かいしよう》のないその夫を嫌悪《けんお》している。そして、戸谷との結婚を望み、そのために軽蔑《けいべつ》し憎悪している夫の死を望んでいる。

そうだ、これは彼女の云うとおりに従って、亭主を殺すに限る。そうなれば、金が自由に彼女から引き出せるわけだ。一千万円はおろか二千万円でも、三千万円でも、いや彼女の全財産の半分くらいでも、望みのないことではない。

しかし、そのあと必ず藤島チセは戸谷に結婚を逼《せま》って来るだろう。その時には断ればいいのだ。

だが、拒絶ができるか。それはできる。横武たつ子とは違うのだ。横武たつ子は最後には金を失った女だ。彼女はハダカだった。だから、捨て身に戸谷に結婚を迫って来た。財産を義弟に奪われた絶望で、戸谷だけを必死に我武者羅《がむしゃら》に求めたのだ。

しかし、藤島チセには金がある。財産を持っている。

なるほど、チセの執拗《しつよう》な欲望は、亭主を殺したあと、いよいよ熾烈《しれつ》になって戸谷にかかって来るに違いない。しかし、戸谷が拒絶すれば、彼女もそれ以上には彼を襲って来ないだろう。彼女は戸谷に夫殺しをさせる。その弱点が逆に彼女をそれ以上に戸谷に強要できない立場になる。

藤島チセは戸谷が強く出れば、必ず結婚を思い止《とど》まる。戸谷が断わっても、逆上などはしないだろう。彼女は横武たつ子とは違う。その財産に充分の未練がある。それを失ってまで戸谷にかかって来るような愚はしない。今までどおりつきあっていけばいいのだ。結婚だけは断わろう。彼女は、きっと承知する。いや、彼女が金を持っているだけに無分別なことはしないだろう。

こう考えると、チセから金を取る手段からも、チセとの結婚を拒絶する手段からも、かえってチセの夫を殺すのを手伝う必要があった。

では、その殺す手段をどう考えたらいいのか。

決行するからには、完全犯罪を狙《ねら》わなければならぬ。人を殺しても、自分が縊《くび》れるような愚かな手段は択《えら》ぶべきではない。横武たつ子の場合はうまくいった。あれならバレない。安全で、しかも厄介《やっかい》な手数を必要としなかった。アリバイを作る必要もなければ、死体の処理を考える苦労もなかった。

だが、成功したからといって次も横武たつ子殺しの二番煎《せん》じはできない。繰返しは他人に疑われる因《もと》だ。

それに今度はもう寺島トヨの協力は求められない。横武たつ子の場合は、トヨの嫉《しっ》妬《と》が手伝ってくれたのだ。しかし、次はそうはいかない。戸谷が頼んでも寺島トヨは断わるだろう。といって戸谷一人ではこれはできないことだ。たとえば、チセの夫をこの病院に入院させて同じ方法で殺《や》るにしても、医員や看護婦たちの眼がある。横武たつ子の場合は、寺島トヨという確《しっ》かり者《もの》の婦長が介在して、そのために外部の眼が誤魔化せたのだ。

戸谷は椅子に身体《からだ》をもたせ、眼をつむり腕を組んだ。

このとき、ノックが聞こえた。

入って来たのは看護婦だった。郵便物の束を置いて行った。

戸谷は自堕落にそれを眺《なが》めた。一枚一枚、取って行く。ロクなものは来ていなかった。百貨店の売り出し案内、銀行の宣伝パンフレット、薬品会社の目録、医学雑誌、医療器具のカタログ。戸谷はそんなものを指先で弾《はじ》くようにめくっていたが、真ん中辺りに隠れるように葉書が潜んでいるのを見て、おや、と思った。

表は戸谷信一様と毛筆で書いてある。裏は黒枠《くろわく》だった。

「この度、横武たつ子の葬送に際しましては遠路わざわざご会葬下され、なお御丁重なるご供物《くもつ》まで賜《たま》わり厚く御礼申し上げます。故人に賜わりましたる生前のご厚意を遺族一同深謝申し上げます。取りあえず寸楮《すんちょ》を以《も》って御礼申し上げます。　喪主　横武二郎」

戸谷は、しばらくその活字から眼を放さなかった。こうして眺めると、黒枠に入った「横武たつ子」の五つの活字がひどく落ち着いて荘重に見えた。

戸谷に狂った横武たつ子も、これでおさまった感じだった。ハガキ一枚だったが、この具体的な物が横武たつ子の死を実感として戸谷に与えた。彼女との愛欲の数々の思い出が、このスベスベした白い上質の紙の中に昇華されて沈む。

その葉書への感慨はそれだけではなかった。「喪主横武二郎」はうまいことをやったものだと思う。義姉が営々として貯《たくわ》えた金をタダでそっくり手に入れてしまったのだ。義弟は兄が死ぬと、彼女に難癖をつけて店を会社組織にし、合法的な手段で資産を強奪してしまった。その男こそ完全犯罪人だ。

戸谷はこの義弟に腹を立てるよりも羨望《せんぼう》が湧《わ》いた。会葬御礼のはがきを破った。

戸谷は頭を振り、煙草《たばこ》に火を点《つ》けた。

そうだ、完全犯罪の続きを考えよう。——藤島チセの夫をどのような手段で殺すかだ。最も安全に、最も的確にやる方法だ。

およそ、完全犯罪とは警察に犯罪を気づかれぬことだ。が、これは現実には先ず不可能であろう。それなら、警察の捜査権が発動せぬことが一番だ。

たとえば、病死だとか、自殺だとか、事故的な変死だとかは捜査権は発動されない。犯罪ではないからだ。だから、この三つのケースの中に、うまく殺人を当てはめることができたら完全といえよう。

人間が、どのように完全犯罪を企《たく》らんでも、捜査権が発動されると必ずといってよいほど破れる。たとえ、逮捕を脱《まぬか》れたとしても、日夜戦々兢《きょうきょう》々としていなければならぬ。それでは完全犯罪とはいえぬ。

ここまで考えたとき、不意に、事務長が入って来た。

「お手すきですか?」

短い口髭《くちひげ》をたくわえた粕谷《かすや》事務長が帳面を抱えていた。戸谷が手すきだということは見れば分かる。院長は椅子に腰を掛けたまま何もしていない。机の上には、一枚の書類も載っていなかった。

「うん」

戸谷は生返事《なま》をした。

事務長の粕谷はいつも戸谷が院長室で遊んでいることを知っている。だが、今の戸谷の頭がおそろしく忙しいのを事務長は知っていない。

「先月の帳尻《ちょうじり》ですが」

粕谷事務長は帳面を開いた。戸谷はそれで月が代わったのを知った。月末の会計締切りを事務長はいつも月初めに報告することになっている。

先月も欠損だった。粕谷は赤字の数字の上に指を当て、気のない声で説明を始めた。病院の経営が好転する風は少しもなかった。戸谷は、彼なりにこれを何とかしなければならないとは思っている。だが、いつもそれは思うだけに止まった。いざとなると面倒臭くなるのである。

だが、こんな欠損を続けて行くと、早晩、この病院も閉鎖の運命になりそうだった。

「判った」

戸谷は数字から眼を逸《そ》らせて云った。事務長は帳簿を閉じ、院長を一瞥《いちべつ》して部屋を出て行った。

戸谷は椅子から立ち上がり、窓際《まどぎわ》に歩いた。

いい天気だ。中庭を白衣の看護婦が二人伴《づ》れで歩いている。事務長が邪魔したので、思索が中断されたが、藤島チセの夫を殺す手段を工夫しなければならぬ。

何とか方法はないか。

戸谷は、考えながら風景を眺めていた。

人を殺す方法を思索するのは愉《たの》しかった。頭の中でその計画を捏《こ》ね回しているのがひどく愉しい。つまり、まだ実行までに距離があるから愉しむことができた。空想だけが勝手に拡《ひろ》がって行く。

が、戸谷は自分を戒めた。これは空想だけでは済まされないことだ。現実と結びつく計画なのだ。よく考えないと、とんだ失敗になる。

完全犯罪は、一つの些《さ》細《さい》な手落ちがあってもならなかった。針の穴のような欠点でも、取り返しのつかない敗北の端緒となる。この計算は厳密にしなければならなかった。飽くまでもこれは自分の生命に関係することだ。

戸谷はさし当り、いい知恵が出ないので、諦《あきら》めて、とにかく藤島チセのところに行こうと思った。行ってからの様子次第だと考えた。

戸谷は、その夕方、藤島《ふじしま》チセに電話を掛けた。最初に店の方に掛けたのだが、そこには居なかった。

自宅では女中が出て来た。戸谷と名乗らなくても声で通じた。

「どうしたの？」

藤島チセのもの憂《う》い声が代わって聞こえた。

「さっぱり、来ないじゃないの？」

「ここんところ、いろいろ事情があってね」

戸谷は電話に云った。

「あんたの事情なんか、大てい察しがつくわよ」

藤島チセは太い声であざ笑った。最近、彼女とちょっと逢《あ》っていない。以前には毎日のように彼女のところに電話を掛けるか出かけるかしたものである。

「これから、そっちに行ってもいいかい？」

戸谷は、おとなしい声を出した。

「別に来なくてもいいわよ」

藤島チセは明らかに不機嫌だった。

「何か君の方に都合があるのかい？」

戸谷は訊《き》いた。

「それは人間ですもの。いろいろと用事や都合があるわ」

「なるほど。用事なら仕方がないが、君に逢ってぜひ大事な話をしたいのだ」

「金のことなら駄目《だめ》よ」

藤島チセはぴしゃりと云った。

「いろいろと要ることばかりですからね」

「金のことではない」

戸谷は云った。

「とにかく、大事な話だ。電話では云えない。これから行きたいんだが構わないだろう？」

藤島チセはちょっと黙っていたが、

「いいわ、来るというなら仕方がないでしょう」

戸谷は鼻先で嗤《わら》って電話を切った。

早速、自動車《くるま》を運転して彼はチセの自宅に行った。

「お帰んなさい」

と女中が玄関に迎えた。戸谷は靴《くつ》を脱いだ。

「しばらくでございますね。先生」

女中は膝《ひざ》をつき、口もとに微笑をみせていた。

「お忙しいんでございますのね。奥でお待ちかねですわ」

藤島チセは、自分の部屋で帳面を開いて算盤《そろばん》をはじいていた。戸谷が入って来たのを知っても、顔を上げようとはしない。

「ほう」

戸谷は、わざと眼を瞠《みは》ったように、その前に坐った。

「景気がいいんだね」

返事は無かった。彼女はそのまま指を動かしていたが、やがて少し乱暴に算盤を横振りにして崩した。

「景気がいいもんですか」

藤島チセは帳面を片づけた。

「儲《もう》かっているだろう？」

「儲かりませんよ」

藤島チセは笑わなかった。戸谷にわざと不機嫌な顔をつくっていた。

「どうして、金っていうのは、こう足りないのかしら」

「君に金が足りないなら、金持は世の中に居ないよ」

「へん。あなたに出して上げた金を返して貰いたいくらいだわ」

「ご挨拶《あいさつ》だね。しかし、何故《なぜ》、そんなに金が要るのかい？」

「今度、もう一軒、支店を造ろうと思ってね」

「へえ、君の事業欲には呆《あき》れるね」

「そうでもないわ。うかうかしているとよそさまに負けてしまうもの」

「何処《どこ》に支店を出すというのかい？」

「今度、日本橋にいい店の売りものが出たの。いいえ、同じ商売じゃないわ。場所もいいし、そこを買い取って支店にしようと思ってるの。それには、どうしても四、五千万円くらいかかるわ。その金繰りに頭が痛いのよ」

頭が痛いといいながら、その顔は満更でもなさそうだ。この女は絶えず金儲けを考えている。今、四、五千万円の金が無いといっているが、そんな悲痛な顔ではなかった。戸谷の睨《にら》んだところでは、藤島チセは二億円くらいはたっぷりと持っていると思う。ただ事業をするのに自分の金を使わず、他人のものを回そうとしているのだ。

戸谷は、今まで一千万円くらいこの女から掠《かす》め取ろうと思っていたのだが、この話を聞いたとたん、自分の無欲を覚った。一千万円はおろか、三、四千万円くらいは何とか出させたい。

だが、戸谷はそんな顔つきは少しも見せなかった。大儀そうに坐って、煙草ばかりをふかしていた。

「あら、あんた疲れているようね」

藤島チセは肥《ふと》った猪首《いくび》を上げた。顎《あご》が二重にくれている。

「疲れた」

戸谷は調子を合わせた。

「あんた、いろんな悪いことをしているからだわ。わたしのとこに来なかった間、まただどこかの女の子に手を出していたのでしょう？」

チセは小さい眼で睨んだ。

「とんでもない」

戸谷は云った。

「これで君のことばかり考えているのだ」

「あんなことを云っている。そんなチャチなことを云っても駄目よ」

「そうじゃない」

と戸谷は真剣な表情で顔を振った。

「君のことを考えているというのは、そら、この間、君が云ったじゃないか。あれが頭から離れないんだよ」

「この間云ったことって何よ？」

藤島チセは怪訝《けげん》な眼をした。

「それ、もう忘れている。そんな調子だ。ぼくの方が正直に考えすぎている」

「何のことかしら？」

チセは眉《まゆ》の間に皺《しわ》を立てた。

「自分で云い出して忘れるものもないもんだ。ほら……」

戸谷は身体《からだ》ごとチセの方に寄せて、彼女の肥えた耳朶《みみたぶ》に口を持って行った。

「君が、旦那《だんな》に早く死んでもらいたいと云ったことさ」

藤島チセは、とたんに俯向《うつむ》いた。その横顔が急に硬張《こわば》って真剣だった。

三日経《た》った。その日の夕方、戸谷は、院長室に寺島トヨを呼んだ。

「君、今日はべつに用事はないかね？」

「何ですか？」

寺島トヨは、感情のない声で訊き返した。

この女は、いつもそうである。素直な返事よりも、反問が先廻《さきまわ》りする。

「用事がなければ、頼みたいことがある」

寺島トヨは、黙って戸谷の前に立っていた。早く用事を云え、と云わぬばかりの顔だった。

「今夜は初七日《しよなのか》だね？」

寺島トヨは、ぎくっとなって、眼を宙に向けた。言葉がなくそのままでいるのは、彼女も日数を計算しているようだった。

横武たつ子の死は誰《だれ》からも疑われることはなく済んだ。彼女が息を引き取ってから、すでに一週間たった。もう安泰なのである。

寺島トヨも同じ気持だろうと思った。もっとも、この女は、いつの場合でも感情を顔に出すことはない。横武たつ子を殺害したその翌《あく》る日から平気で白衣姿で働いていた。てきぱきとしていることも、ふだんと同じだった。戸谷は感嘆した。

寺島トヨのその姿は、無言のうちに戸谷を激励しているようにも見えた。しっかりなさい、と彼を叱《しか》っているようであった。五日目を過ぎたとき、戸谷は、これでヤマを越したと思った。そのときから、初めて彼に安心が拡《ひろ》がった。

ところで、戸谷が初七日のことを云い出したとき、寺島トヨは意外そうな顔をした。

彼女は、それほど気にかけていないようだった。

「もう、そうなりますか?」

寺島トヨは、眼を戸谷に戻《もど》して、呟《つぶや》いた。

「君、向うの家に行ってくれるかね。なにしろ、ここで息を引きとったんだからね、ちょっと、顔ぐらい出した方がいいと思うよ」

戸谷が云うと、寺島トヨはしばらく考えていたが、

「その必要はないでしょう」

と答えた。

「なぜだ?」

「病院と患者です。普通、そんなことはしません」

「そりゃそうだ」

戸谷は椅子《いす》から起《た》ち上がって、彼女の立っている傍《そば》を歩いた。

院長室には、よそからの声は聞こえない。入口のドアは閉っている。

「しかし、君」

戸谷は背の高い寺島トヨとならんで云った。

「あの患者はうちで死なせたことになっている。初七日に顔を出しても、世間におか

しくはない」

「でも、今まで例がないわ」

寺島トヨは首を動かさずに云った。

「そりゃ、例はないさ」

戸谷は、手を後ろに組んだ。

「だが、顔を出すぐらいはおかしくはない。世間も、あの患者が途中で気分が悪くなってうちに駆け込んで死んだと思っている。その効果を押えておいた方がいいのだ」

寺島トヨは黙っていた。眼も動かさないのである。

「行った方がいいかしら」

彼女は、自分の疑問を呟いているようだった。

「行った方がいい。そこまで病院が親切にすることはないかも知れないが、世間ではあれは特別な事情と思っているからね」

戸谷は、特別な事情、というところに力を入れた。寺島トヨは眼を伏せた。考えているのだ。迷っている、と云った方がいい。

「君は、あのことを考えてるんだね」

戸谷は声をひそめた。

「それなら、もう安心だ。なにしろ、あの義弟《おとうと》は、姉の死んだことを喜んでいるんだからね。前からウチに入院していた患者なら別だが、彼女の場合、気分が悪くなってふらふらと入り込んだ病人になっている。手当てが間に合わなかったことで、いわば、病院側がかえって災難だったと世間では思っている。だが、これをまた別の面から考えると、病院の方が遺族に気の毒がっているという印象も与えるだろう。こりゃ効果的だ」

戸谷は強調した。

「しかし、まさか、院長のぼくが出向くわけにいかないからね。といって、事務長なんかが行くのはおかしい。やはり一番いいのは、婦長の君だよ」

寺島トヨは、じっと考えている風だったが、

「何時ごろから行けばいいんですか？」

と、やはり艶《つや》のない声で訊いた。

「そうだね」

戸谷は喜びを隠して云った。

「あんまり早く行くのも変だし、君が勤務を済ませて来たという格好をした方がいい。それだったら、八時ぐらいはどうだね？　なに、すぐ済むことだ。お焼香して引き取

っても自然だ」

戸谷は、寺島トヨの高い肩に手を置いた。

「ねえ、君、そうしてくれ。その方がぼくも安心する」

「では、そうします」

寺島トヨは、やっと抑揚のない声で答えた。

戸谷は、その日の昼、郵便物の束を届けて来た看護婦に用事を云いつけておいた。

「君、字は上手かね？」

若い看護婦は、院長に急にそう云われて、真赤になって俯向いた。院長から、そんな言葉をかけられたのは初めてなのだ。

「いいえ」

と細い声で答えた。

「いや、上手でなくても構わないんだ。今日は勤務の方をあまりしなくてもいいからね。これを写しておいてくれ」

戸谷は手もとにあった医学雑誌をいい加減に開いた。

「ここんところを書き写しておいて欲しいんだ」

論文は「中国地方北部に於ける住民の骨格調査について」という題名だった。戸谷に少しも関係のない文章である。

郵便物を届けて来る看護婦は、まだ見習いだった。十七か八であろう。真赤な顔をして戸谷から雑誌を受け取った。こわごわと本をのぞいている。

「そのまま写せばいいんだ。少し急ぐからね。遅くなっても今日中に書き取ってくれ」

看護婦は、もじもじしていた。

「いや、文字は読めさえすればいいんだよ。上手下手のことは関係ないんだよ。分かったな?」

院長は優しく云い聞かせた。

これが、午前中のことで、寺島トヨの知らないことだった。——

七時になって窓の外が昏《く》れた。戸谷は院長室に居残り、面白《おもしろ》くもない雑誌を読んでいた。

ノックもしないで、寺島トヨがすっと入って来た。白衣を着物に着換え、縫紋の羽織を着ていた。顔に入念な化粧をしていた。

どう見ても年配の人妻だった。

「珍しいのね?」

戸谷が居残っていることを云っているのだ。

「うむ」

戸谷は、拡げた本から眼を離した。

「急いで眼を通さなければならないのがあってね。これから行くのかい？」

「仕方がありませんわ」

「ご苦労だな」

戸谷はねぎらった。

「すぐ帰ってくればいい。道順はわかっているね？」

「区分地図を見て見当をつけましたわ。あなたから教えて頂こうかと思ったけれど」

寺島トヨは、戸谷に皮肉な視線を走らせた。

「見当がついているなら、それでいいよ」

戸谷は気づかない顔で云った。

「早く帰っておいで。今日は何処《どこ》にも出ずに、待っているよ」

この言葉で、寺島トヨは一瞬に眼を大きく開いた。

「本当ですか？」

初めて感情が出た。

「本当だ。ちょうど君が帰って来る頃《ころ》にこれを読み終わるだろうな」

戸谷は雑誌を指で叩《たた》いた。

「何処かに食事に連れてってやってもいい」

「嘘《うそ》でしょう?」

「嘘なんか云わない」

図に乗って、余計なことを云ったかな、と思った。

「だったら、何処かで待ち合わせましょうか?」

やはり女だった。顔色まで違って来ている。

「おいおい、そんな格好でかい?」

戸谷は、彼女の縫紋を指さした。

「あら、そうだわ」

「そんな体裁で出歩かれやしない。人が何だと思うよ」

「では、すぐ帰って来ます」

寺島トヨは浮き立っていた。笑顔になると皺が目立つ。

「いいよ」

入って来たときとは、全く別な態度になって婦長は出て行った。

戸谷は腕時計を見た。七時十五分である。戸谷は計算した。

彼女が、横武家に到着するのは八時過ぎであろう。焼香して家族に挨拶する時間が三十分として、帰りが五十分。すると、彼女がここに帰って来るのは九時二十分ころだ。

初めての土地だから、電車の乗り換えなどで彼女はまごまごするだろう。その時間を入れると、もっと長くなる。

戸谷はまた独りになった。静かなものである。昼間、聞こえてこない遠くの国電の走る音が入ってくる。

戸谷は本を見たが眼は活字を吸収しなかった。

電話機がすぐ横にある、戸谷は待った。二十分経った。戸谷は椅子から立ち上がった。

窓際《まどぎわ》に行って外を眺めた。近い部分が黒く、遠い部分にネオンの明りが集まっていた。今ごろ、寺島トヨは電車に揺られているときだ。

机に向かった。落ち着かない。

昼間、藤島チセから電話があった。手筈《てはず》は決めてある。電話は、その約束の確認だった。

八時を過ぎた。戸谷が少し苛立《いらだ》って別の本に手を出そうとしたとき、ベルが鳴った。

病院中に響くように大きく聞こえた。

戸谷は受話器を取った。動悸《どうき》が高かった。

「院長先生ですか？」

藤島チセの高い声だった。

「こちら、藤島です。××町の藤島です」

「ああ、藤島の奥さんですね？」

戸谷は予定通りに答えた。

「そうです。先生、主人が大へんなんです。すぐに来ていただけませんでしょうか？」

「どうなさったんです？」

「急に仆《たお》れました」

「仆れた？　ど、どうなさったんです、前から何か？」

「いいえ、たった今まで元気でした。それが急に……」

戸谷は電話を切って、太い呼吸《いき》を吐いた。軽く身ぶるいした。

心を落ち着かせるために煙草《たばこ》を喫《す》った。だが、半分も喫わないうちに、それを捨てた。八時十分だった。すぐに室内電話を取って、内科を呼んだ。

「村井君は居るか?」

電話に出たのは女の声だったが、

「わたくしです」

と小さく応《こた》えた。

「君か。頼んだものはできたかい?」

戸谷は訊《き》いた。

「まだ半分です」

若い看護婦の声は泣き出しそうだった。

「それならいい。できただけ持っておいで」

戸谷は待った。ドアが開いた。

見習看護婦が顔を赧《あか》くして入って来た。手に雑誌と、書き写した紙とを持っている。

「まだこれだけしか書けませんけれど」

差し出したのを、戸谷は取って机の上に置いた。幼稚な字である。看護婦は火の出るような顔をして俯向いていた。

「ご苦労さん」

戸谷は、上衣《うわぎ》を引っかけながら云った。

「ところで、これから急患がある。ぼくに、付いて来てくれ」

「えっ」

見習看護婦はびっくりして顔を上げた。眼《め》をまるくしている。

「婦長も外出しているし、あいにくと古い看護婦もいない。しかし、心配は要らない。君がちょうどここに来たので、頼むんだ」

「でも、わたくしは……」

戸谷は、みなまで云わせなかった。

「いいんだ。そう面倒なことはない。ぼくが教えてやる」

見習看護婦は慄《ふる》えそうにしていた。

戸谷は、机の抽斗《ひきだし》を開けた。注射道具が銀色のケースに納まっている。誰《だれ》にも気づかれずに、用意はこっそりしておいた。黒鞄《くろかばん》を取って、その中に詰め込んだ。その動作を、まだ一人前でない看護婦が戦慄して見ていた。

「心配しなくてもいいんだ」

戸谷は、やさしく云ってやった。

「付いて来るだけでいい。分からないところは教えてやる」

戸谷は鞄を渡して部屋を出た。見習看護婦はおどおどして後に従った。

ガレージに出て、自動車《くるま》を出した。

「君、早く乗れよ」

看護婦を助手席に乗せて病院を出た。八時四十分だった。

寺島トヨが帰りの電車に乗っている頃だった。

寺島トヨの留守を計画し、それを狙《ねら》ってわざと不馴《ふな》れな見習看護婦をつれ出したのだ。

病院から藤島チセの家まで、車で急いで三十分はかかった。戸谷は、タクシーのように途中の車の間を縫った。

藤島チセの家につくと、今日は普通の門から入った。

いつもの女中が出たが、戸谷の顔を見てお辞儀をしただけで、すぐに引っ込んだ。入れ違いに藤島チセが大きな図体《ずうたい》を運んで来た。

二人は、素早い視線を交した。

「先生」

と藤島チセは幅の広い着物の前を折って云った。

「主人が急に仆れたんです。すぐに診《み》てやってください」

「どうなさったんです?」

戸谷は、大きな声を出した。女中たちが居る。靴を脱いだ。

「友達と麻雀《マージャン》をしていましてね、その途中で急に気分が悪くなったんです。ほかの部屋に入って、横になったとたん、調子がおかしくなったんです。揺り起こしても返事がありません」

見習看護婦が医者の黒鞄を不馴れな手つきで抱え、戸谷の後ろに曳《ひ》かれるように従った。廊下で行き会う女中が顔の色を変えていた。

「何処《どこ》です?」

前を歩く藤島チセの大きな背中に訊いた。

「二階です。麻雀をしていた部屋のすぐ隣です。六畳ですわ」

藤島チセの臀《しり》が揺らぎながら階段を登った。

見知らぬ男が廊下に出ていたが、医者の姿を見て、すぐに引っ込んだ。麻雀をやっていた仲間の一人に違いない。

「此処《ここ》です」

藤島チセは、先に障子を開けた。

チセの夫が蒲団《ふとん》の上にバカのように口を開いて睡《ねむ》っていた。貧弱な顔だ。枕頭《まくらもと》に、女中が一人と、友達の麻雀仲間らしいのが二人、遠慮そうに離れて坐っていたが、戸谷を見て、頭を下げた。男二人は蒼《あお》い顔をしていた。

戸谷は病人の横に坐った。チセが蒲団をめくった。戸谷は、ズボンの膝を動かして病人の方に進み、指で眼を押し開けた。

「懐中電灯」

見習看護婦はうろたえていた。鞄の中から懐中電灯をようやく探し出して渡したが、その途中で一度落とした。戸谷は、瞳孔《どうこう》に光を当てた。脈を取った。

「聴診器」

看護婦はまたあわてた。

戸谷は、病人の胸に聴診器を当てて、うつむいてその音を聴いていた。

そこに居る人間がみな息を詰めていた。戸谷は、聴診器を外して、顔を挙げ、ゴム管をぐるぐると捲《ま》いた。

「たいへん重態です。病院にお連れした方が一番いいんですが」

と藤島チセの顔に告げた。

「この状態では、動かすことができませんな。とにかく、ここで手当てしましょう」

戸谷は、看護婦を振り返った。

「アミノフィリン」

見習看護婦は三度狼狽《ろうばい》して、鞄の中を探した。

「ケースがあるだろう。それを早く！」

見習看護婦はいよいようろたえた。

患者は、注射を済ますと静かになった。いや、静かになったようにみえた。状態は以前のままなのである。

藤島チセの夫は、やはり口を開けて睡っていた。歯の間から汚ない舌が覗《のぞ》いている。無精髭《ぶしょうひげ》が薄く生え、咽喉《のど》首の辺りに皺《しわ》が寄っていた。皮膚が粗くて黄色い。醜い顔だ。

三人の友人たちは、襖際《ふすまぎわ》に寄って、病人の様子を眺《なが》めていた。

藤島チセは、横に坐《すわ》って、亭主《ていしゅ》の顔を覗くようにさし俯向《うつむ》いている。

病人は身動きもしない。誰の眼にも注射の効果があって、落ち着いたように映った。

襖際の男たちは、小さく囁《ささや》き合っていたが、瘦《や》せて背の高い男が、そっと戸谷のそばににじり寄ってきた。

「先生」

と彼は耳もとで云った。

「ちょっとお願いします」

眼顔で、別間に来てくれ、と誘った。戸谷はうなずいた。見習看護婦は、心配そうに病人の枕頭に坐っている。戸谷が三人の後ろに従ってその部屋を出るとき、藤島チセが顔を上げた。

振り返った戸谷と眼が合った。チセの顔は蒼ざめていた。

友達は、戸谷を別間に招じたが、卓上には麻雀の牌《パイ》が散ったままになっていた。

「先生、どうもお世話になります」

やはり背の高い痩せた男が、先に戸谷に両手を突いて丁寧な挨拶《あいさつ》をした。他の二人もそれに倣《なら》った。一人は肥え、一人は白髪頭で小さな身体だった。

「病人の状態は如何《いかが》でしょうか?」

肥った男が訊いた。彼は洋品店の主人だった。痩せた男はレストランを経営し、白髪頭は骨董屋《こっとうや》だった。

「そうですね」

戸谷は眼を伏せた。

この表情がひどく重大そうに見えたので洋品店の男は、二人の友達と顔を見合わせた。

「先生」

と彼は心配そうに訊いた。

「万一ということはないでしょうな？」

「そうですな」

戸谷はむずかしい顔になって、顎《あご》に指を当てた。

「先生、奥さんの前ではおっしゃりにくいでしょうが、われわれには、ほんとのところを教えていただけませんか？」

骨董屋がそばから口を出した。

嗤《わら》うべきことだ。本当のことは、病人の妻が一番よく知っている。

「たいへん大切なところです、と申し上げるほかありませんね」

戸谷が慎重に答えると、三人は互いに顔を見合わせた。

戸谷は今度は彼らに訊《き》いた。

「一体、どういう様子で仆《たお》れられたのですか？」

三人は返事をためらっていたが、やはり洋品店が代表したように、口を切った。

「実は、今夜、藤島さんに麻雀を誘われましてね、今日の夕方、われわれが電話で招集されたのです」

戸谷は、卓上に散乱している牌をちらりと見た。

「電話では、藤島さんはひどく元気でしてね。久し振りに女房《にょうぼう》のところでやろう、と張り切っていました。もともと、あの人は麻雀が好きだったんです。ところで、奥さんのところで久し振りにやろうと云う声がひどく嬉《うれ》しそうだったので、まあ、われわれも結構なことだと思ってやって来たのです」

洋品店の話し方は、藤島夫婦の仲を知っているような口吻《くちぶり》だった。別居というよりも、夫が妻から追い出されたような格好になっている。

その亭主が、妻の家《うち》で遊ぼうと誘ったので、三人は夫婦仲の和解を推測して、友達のために喜んだのであろう。

「藤島さんはひどくうれしがっていましたよ。そのせいか、今夜の藤島さんの麻雀はひどくツイていましてね、そりゃ物凄《ものすご》かった。とてもわれわれがかないませんでしたよ。ツイてツキまくった、という感じでしたね。藤島さんもひどく喜びましてね、大はしゃぎでしたよ」

レストランがあとを続けた。

「すると、ちょっと失敬する、と云って、藤島さんがふらふらと起《た》ち上がったんです。その時も、われわれは勝負の方に熱中していたので気づきませんでしたが、今から考えると、それは気分が悪かったためだと思いますね」

「わたしなんかは」

と骨董屋が云った。

「藤島さんが手洗いにでも立つのかと思って、早く戻《もど》ってくれ、君が居ない間でも、勝手に牌を捨てるからなと憎たれ口を利《き》いたくらいです」

「そんな調子で、藤島さんはこの部屋から出て行ったんですが、いくら待っても帰って来ません。われわれは牌を伏せて、煙草なんか喫《す》ってぼんやり待っていたんですが、そのうち、奥さんが急に大声を上げてわれわれを呼んだのです。そこで、あわてて行って見ると、もう藤島さんは座敷の真中に仆れて意識不明だったんです」

「まあ、何ですな。藤島さんが奥さんのところに帰って麻雀をやったのは、何といいますか、ムシの知らせかもしれませんね」

洋品店は気の毒そうな顔で戸谷に云った。

「われわれ仲間三人は、藤島さんとは仲のいい方でしてね。しかし、商売の都合で顔が合うことは少ないのですが、やはり今夜は藤島さんに何かの予感があったのでしょうね。いや、これは藤島さんに万一のことがあるという意味ではありません。こうして急病になられたとき、ちょうど、奥さんのところだった、ということが、ぼくらには何か安心なんですよ」

「そのとおりだな」

と骨董屋がうなずいた。

「奥さんに看病されたのは結構でした」

「先生」

とレストランが声をひそめた。

「一体、病名は何でしょうか？」

「そうですな、簡単にいうと」

と戸谷は答えた。

「心臓麻痺《まひ》です」

「心臓麻痺？」

三人は途端に暗い顔になった。

「大丈夫でしょうか？」

と懼《おそ》れるように訊いた。

「さあ、何ともいえませんね。症状が症状ですから。もう少し様子をみないと判《わか》りません」

三人の表情には大変なところに来合わせたという後悔が現われていた。

ひそひそと急に相談を始めた。

それは、病人の結果が判るまでこのまま居残ったものかどうかという話合いだった。

戸谷の耳にその声が低く入る。相談はまとまったらしい。洋品店が戸谷の方へ顔を向けた。

「先生、どうも心配です。一緒に遊んでいたわれわれも、このまま帰るわけにはいきません。明日の朝までここに居残っていようと思いますから、何か用事でもありましたら、云いつけて下さい」

その意味を、骨董屋がもっとはっきりさせた。

「先生、親戚《しんせき》の方へ電報を打たなくてもいいでしょうか？」

「そうですね」

戸谷は考えるふりをした。藤島チセの身内のことは戸谷が熟知している。親戚の一軒は大阪で、一軒は北海道だった。とても死に目に間に合う話ではない。

「お報《し》らせするところは、報らせた方がいいと思いますね」

これは死の宣告と同じであった。

三人とも、改めて色を失った顔になった。

「しかし、ぼくは医者ですからね」

と戸谷は云った。

「そういうことは、奥さんに相談されたらいいでしょう。とにかく、あちらが心配ですから、これで失礼します」

「どうも」

三人ともいっせいに医師に頭を下げた。

「あ、ちょっと。先生は、このままずっと残って頂けるでしょうか?」

骨董屋が戸谷の顔色を窺《うかが》うように訊いた。

「もちろん、残ります」

「ありがとうございます」

戸谷は膝を起こして部屋から出た。

彼は、病人の寝ているところにはすぐには戻らず、手洗いに行くようなふうをして、庭の見える廊下を歩いた。

そこに佇《たたず》んで煙草を喫った。庭は暗かった。

遠くで女中たちの声がする。

いま、藤島チセの夫は虫の息である。あと一時間も経《た》たぬうちに息を引きとるだろう。

――あわれな夫を自宅に誘ったのも藤島チセの知恵だった。夫はチセのところに戻りたがっている。気の強い妻を、無力な夫は恐れていた。だから無理には妻のところには帰れなかった。妻の誘いを喜んだのは、気の弱い亭主の人の好さからだった。チセは、友達を呼んで麻雀をしてはどうか、と夫に云ったはずである。むろん、夫は悦《よろこ》んで承知した。

しかし、この計画は戸谷の差しがねである。

この殺人には目撃者が必要であった。こっそり処分すると、あとで誰《だれ》が疑わぬとも限らぬ。麻雀仲間を呼んで、彼らの眼の前で死なせれば、誰も不審を起こすまい。立会人は多いほどよい。

戸谷は、或《あ》る薬を藤島チセに渡していた。チセは、久しぶりに帰った夫に強壮剤と云いくるめて、それをこっそり飲ませたのだ。後で必ず気分が悪くなって、昏倒《こんとう》する薬だった。

薬は麻雀の最中《さなか》に効いた。チセの夫は中座した。そして意識を失った。

そのあと、藤島チセが戸谷に電話を掛けたのは、予定の筋書き通りだった。戸谷は駆けつけた。

この場合、熟練の看護婦では支障が生じるのである。戸谷が用意した注射薬の正体を気づかれてはならない。無知な見習看護婦を連れて来たのは、そのためだった。

寺島トヨの存在も邪魔だった。理由をつけて彼女を外出させたのも、大事な計画の一つだった。

注射薬はかねて戸谷が薬局からこっそり取り出して準備しておいた。その液体を静脈に打つと、やがて心臓麻痺の発作を起こすことになっている。……

遠くでしきりと女中が騒いでいる。主人の急病で慌《あわ》てているのだ。

戸谷は喫った煙草が半分くらいになった。

これで藤島チセから金が自由に引き出せると思った。槙村隆子《まきむらたかこ》と結婚する資金ができるのだ。

戸谷は、現在の不安な生活状態から脱《ぬ》けたかった。赤字ばかりの病院も早く何とか清算したい。しかし、それには世間体や面子《メンツ》があった。たとえ、病院を縮小しても、世間に笑われないだけの生活に変えたかった。それには、槙村隆子が必要である。

いつまでも安定のないいまの生活を続けることが嫌《いや》になってきていた。槙村隆子と結婚すれば、世間にそう笑われることはない。つまり病院長という現在の位置と同価値の体面を維持しながら落ち着いた生活に入りたかった。

戸谷が槙村隆子と結婚しても、藤島チセは、戸谷の犯罪を訴えることはできない。彼女は夫殺しの共犯者だ。戸谷の罪状を暴露することは絶対不可能だ。藤島チセには財産がある。

彼女は、その財産と、安穏な生活と、己れの生命のためには永久に泣き寝入りよりほか仕方がないのだ。

戸谷は最後の煙草を庭に捨てた。赤い火が暗いところで小さく光っていた。

戸谷が元の座敷に戻りかけると、廊下の向うから男が二人忍び足で歩いて来ていた。

二人は医者を認めてお辞儀をした。一人はレストランの主人で、一人は骨董屋だった。

「先生」

と骨董屋は戸谷のそばに近づいて挨拶した。

「われわれ三人は、今夜残るつもりでしたが、ここの奥さんが、気の毒だから帰ってくれ、と云われるのです。で、われわれも、心配ですが、奥さんにそう云われると、たってとも云えず、一人だけ残して、われわれ二人は、これで失礼することにしました」

残ったのは洋品店主らしい。

「そうですか。それはどうも」

戸谷は軽く会釈《えしやく》した。

「万事、先生にお願いします。変わったことがあれば、また駆けつけて参りますから」

二人とも膝《ひざ》まで手を下げた。

三人を一緒に残さないのは、藤島チセの才覚だ。チセは、多勢で残るのを不安がったらしい。女は、やっぱり女だと思った。

戸谷は、廊下を曲がって患者の部屋に入った。

枕頭にうずくまっていたチセが戸谷に眼を上げたが、眦《まなじり》を吊《つ》り上げていた。顔色も蒼凄《あおすご》んでいる。

亭主はまだ元の姿勢のままだった。見習看護婦が、それでも健気《けなげ》に患者の手首を握っている。

戸谷は黙って看護婦と交替した。脈は乱れて微弱だった。

藤島チセが眼配《めくば》せしたので、戸谷は看護婦に云った。

「君、水を持って来てくれ。勝手に行ったら女中さんが汲《く》んでくれるだろう」

看護婦は畏《かしこま》って起ち上がった。

二人だけになると、藤島チセは戸谷の方ににじり寄った。

「友達が三人残ると云ってましたがね、やっと一人だけ残ってもらうことにしましたよ」

「その男は、どうしている?」

「別の部屋に寝かせてあります。容体が変わったら起こすと云って、無理に寝かせましたが」

「ふむ」

戸谷は顎を引いた。

藤島チセは戸谷の耳もとに口を寄せて、ほとんど声にならない低さで訊いた。

「大丈夫かしら?」

病人の顔に視線を走らせた。病気の癒《なお》ることではなかった。逆のことを確かめたのである。

戸谷は眼顔で、大丈夫だ、と答えた。

「あんまり静かなものだから、さっき看護婦さんが手洗いに起《た》ったとき、わたし、鼻の先に鏡を当ててみたわ。すると、まだちゃんと曇るのよ」

戸谷は、そんな動作をする藤島チセに心が寒くなった。肥《ふと》って動作ののろい女と思っていたが、その所作を想像して蒼白いものを見た気がした。

「ねえ」

と彼女は云った。

「この人、いつごろ参るのかしら?」

亭主の絶命のことだ。

「さあね」

戸谷はどきりとしたが、平静に答えた。

「あと一時間とは持たないだろうな」

病人は依然として口を開けてかすかな息を吐いている。鼻梁《びりよう》の肉が瘠《や》せていた。顔はすでに土色になっていた。

「……静かに参らせてやりたいわ」

彼女は、自分の肉の厚い指先で夫の頰《ほお》を撫《な》でている。女は落ち着いている。次に亭主の手を握って、

「もう冷たくなったわ」

と呟《つぶや》いた。

戸谷が行なった注射の痕《あと》が、病人の腕に小さな血の滲《し》みとなって出ている。注入した薬液は血管をめぐり、心臓に到達して障害を起こすはずだった。しかし、医者が注射したのだ。注射針の痕を見られても不思議はなかった。他人はカンフルを打ったくらいに思い、当然の処置と考えるだろう。

藤島チセは病人の手を放し、肩から手首にかけて静かにさすっていた。

「苦しまなくってよかったわ」

苦しむのを見るのが辛《つら》いのか、他人に見られては困るのか、彼女のその言葉からは判断ができなかった。

看護婦が正直にコップを捧《ささ》げて戻って来た。戸谷は、飲みたくもない水を飲んだ。

「君、睡《ねむ》いだろう」

と看護婦をいたわった。

「少し横になってもいいよ。あとはぼくが看《み》ているから」

馴《な》れない看護婦は、首を横に振った。

「いいえ、大丈夫です」

何もできない自分の未熟を、睡らないで坐っていることで償いたい気持が、若い看護婦の顔に出ていた。

睡らない方がいいのだ。その方が一人でも目撃者を多くすることになる。別間には、瀕死《ひんし》の男の友人が寝ている。間もなく、彼も起こすことになろう。病人は断末魔に近づいている。

亭主の顔色を凝視していたチセが、ふいに顔をあげると、戸谷に眼で合図した。それから、自分で起《た》って部屋を出て行った。

戸谷は看護婦に云った。

「気をつけて、みていてくれ」

つづいて自分も起った。

チセは、いつもの居間にいた。戸谷が入ると、彼女は立ったままで待っていた。眼が、ぎらぎらと光っていた。顔が赭《あか》らみ、皮膚にうすい汗が出ていた。

チセは、不意に戸谷に抱きついてきた。息をはずませ、戸谷の舌を、自分の口の中にひき出し、いきなり絞るように吸った。女は、亭主の臨終に異常な興奮をみせていた。

5

藤島チセの夫は死亡した。第二の殺人が完成した。

横武たつ子を第一の殺人とすると、藤島チセの夫はその二である。

二つとも殺人の方法は同じだが、その間には相違がある。

第一の場合の、横武たつ子の死亡時には戸谷以外、横にいるのは寺島トヨひとりだけだった。藤島チセの夫の場合は、無知な見習看護婦と、麻雀《マージャン》仲間の三人の第三者がいた。安全率から云《い》えば、むろん、第一より第二の方がいい。三人の友人たちは、藤島チセの夫の死を病死だと信じ、そのように吹聴《ふいちょう》してくれるであろう。医師は、看護婦も従えていたことだ。第三者には、看護婦が熟練者であるか見習であるか、区別がつかない。

目撃者が、見習看護婦を信用しているように、横武たつ子の場合は、婦長の寺島トヨが付き添っていたことで病院の者が安心している。誰が寺島トヨ自身を殺人の実行者だと思うだろうか。

殺人の施術者も、第一の場合と第二の場合とは違う。第二は、戸谷自身がその実行者であった。犠牲者の妻が、その教唆人《きょうさにん》であり、共同謀議者であった。

横武たつ子の場合は、戸谷とは、日ごろ、関連のない存在に装った。病院に、普通の病人が飛び込んで来たという格好にしておいた。ところが、藤島チセと戸谷の親密な間は、世間にこそあまり知られていないが、チセの雇い人はほとんどそれを知っている。藤島チセが戸谷のためにわざわざ出入口を自宅に造ったように、この両者の関係はあまりに他人に知られすぎている。

だが、横武たつ子の場合と違って、戸谷にはそれを逆用する計算があった。多くの場合、亭主殺しは、その愛人と結婚することを前提とする。だが、戸谷は、藤島チセと結婚する意志はないのだ。疑惑はここでも免《まぬか》れる。それに抜かりなく第三者も死床に呼んでおいた。彼らの眼の前で藤島チセの夫は仆《たお》れ、医師の手当を受けた。目撃者は、注射されたものがまさか毒薬とは気づかないであろう。藤島チセが戸谷を呼んだのも、かねて親しい間柄《あいだがら》であるから、極めて自然だ。これが他の医者を呼んだとなると、かえって作為が見え過ぎて妙に思われる。誰でも一番親しい医者を呼ぶのは当然のことであった。

夫を亡《な》くした藤島チセは、ほどなく戸谷に結婚を迫るであろう。しかし、以上の理由によって、戸谷は、その結婚を拒絶することができる。女を騙《だま》したわけではない。その亭主が死んだあと戸谷と結婚すれば世間に疑惑を招く、という立派な理由があるからだ。これ一つだけでも藤島チセとの結婚を防禦《ぼうぎょ》する手段となりうる。

藤島チセの夫の死亡診断書は、戸谷信一が書いた。家族は、これを区役所の窓口に届け、苦もなく埋葬許可証を貰《もら》った。

こうして、「合法的」な殺人が終了した。いささかの手落ちも狂いもなく、敷設された軌条の上を走るように円満に完了した。

例によって区役所から戸谷の所に問合せの電話はなかった。戸谷のつけた病名に、誰も不審を抱かない。

これだけが、第一と第二の共通の手段だった。

だが、戸谷には、その共通というところに秘《ひそ》かな危惧《きぐ》があった。同じ手段を繰り返したくないのだ。

なるほど、これは最も安全な方法ではある。だが、その安全性に安心して同一手段を重ねると、誰かに疑いを持たれそうである。

戸谷は、いつぞや警察署の鑑定を依頼されて知ったことだが、犯罪者には得意の手口というのが決まっているそうである。それは、その犯罪者の個性でもある。人間は、自分の最もやり易い手段を繰り返す。しかし、それが一つの特徴になってしまうと、逆に当人を指摘される資料となるのだ。

戸谷は、藤島チセの夫を殺したとき、僅《わず》かな悔恨が起こった。それは、罪への意識ではなく、同じことをやった己れの愚への後悔だった。彼は、いい案が浮かばないままに、止《や》むなくついにそれをやってしまったのだ。

横着をしてはいけない。安易になってはならないのだ。こういうことから破綻《はたん》が起こる。危ない話だ。僅かな横着をして己れが縊《くび》れるようなことがあってはならぬ。これは文字通り己れの首を賭《か》けている仕事なのだ。もっと真剣に、もっと厳しい心にならねばならぬ。

今のところ、二度目だからまだいい。これが三度、四度と同じ方法を繰り返してみろ。世間では必ず疑う。それは実行者の無知を暴露するようなものだ。

戸谷は、完全犯罪を狙《ねら》っている。そのため、緻密《ちみつ》な計算を立てる必要があった。現在のところ、区役所の手続きの盲点を発見して、それを遂行したが、盲点の利用も度《たび》重なると、盲点では無くなる。

そう思う戸谷の意識の奥には漠然《ばくぜん》とだが、あとの犯罪の企《たくら》みがあった。いま、最大の障害は、何と云っても寺島トヨである。

藤島チセは、彼の考えによると、まず当座は安全である。彼女の財産と繁栄とが彼女自身の破滅の安全弁となっている。それに、この方はまだ、三年なり五年なりの先を口約束すればいいのだ。

（いま、君とすぐ結婚してみろ。世間の者がどう思うか。君の亭主《ていしゅ》の最期《さいご》を診《み》たのはぼくだ。だから、当然、その下心で何かやったのではないかと思うよ。これは誰もがそう疑う。だから、当分、君とぼくとは知らぬ顔をして離れていた方がいい）

戸谷は、藤島チセに囁《ささや》く言葉まで用意していた。

藤島チセの夫の葬儀は盛大に行われた。

銀座に大きな洋品商を営む藤島家の格式に相応《ふさわ》しい葬儀であった。戸谷信一はそれに参列した。

横武たつ子の場合と違って、今度は、自分が顔を出さぬとおかしいのだ。出席しないと、かえって人に疑われそうである。堂々と参列するのだ。

葬儀は、高名な寺院で行われた。会葬者は多かった。これは、藤島チセの交際だった。

喪服の藤島チセは始終うつ向き加減で、ときどきハンカチを出して鼻に当てている。それが真に迫っているので、戸谷は感嘆した。

本堂は読経《どきよう》の声を流して咳《せき》一つない。どの顔も声を殺して神妙そうだった。戸谷はそっと辺りを見回した。

気にかかるような様子の男は居なかった。ふと考えたのは、もしや、この中に刑事でも紛れ込んでいるのではないかという心配である。

よく聞く話だが、警察は他殺事件捜査の場合、よく葬式に刑事を紛れ込ませて、参列者の顔色を見るということだった。その中から不審な表情やおかしな挙動の者を物色するという。

事実、これまで犯人自身が葬式の手伝いをしたという話は多い。もちろん、カムフラージュのためではあるが、愚かな偽装である。不自然に立ち回るから、かえって怪しまれるのだ。何故《なぜ》、控え目に、当たり前のことをしないのか。過剰な演技は破綻の因《もと》である。

まず、自然に振舞うことが第一だ。戸谷は、一般参列者の真ん中辺りにお義理のような顔をして控えていたが、この振舞いは、自分で満足だった。だがまだ一分の不安はあった。戸谷は、そっと辺りを見回したが、自分に眼をつけていそうな男はいなかった。誰もが、慎ましく首をうな垂れ、退屈で、おもしろくもない、それに、ちっとも悲しくない葬式の進行に我慢していた。

死ぬ奴《やつ》は死ねだ。あんな無気力な亭主は、生きていても、その妻から一向に大事が

られず、己れ自身も一生不幸なのだ。そんな男が、のうのうとこの世に生を貪《むさぼ》ってい
るよりも、活動力のある人間の犠牲となって、彼に金を与えた方が、どれだけ金の価
値が発揮されるか分からない。戸谷はその金で大いに自分の将来を発展させようと思
っている。

この参列者の中の誰一人として、故人の死を悼《かな》しんでいる者は居ない。故人は世の
中に何もしない男だった。自分自身の始末さえできなかった男だ。遺族席に並んでい
る連中の顔を見ても、悲しそうな表情は一人もいないのだ。そこには通り一遍の嗤《わら》う
べき秩序が彼らの習慣を支配しているだけだった。

自分の番になって戸谷は仏前に香をたいた。すぐ後ろに人がつづいて待っているの
で、永い手間が要らないのは助かった。

戸谷が靴《くつ》をはいていると、後ろで彼を引きとめる声が聞こえた。振り向くと、肥《ふと》っ
た身体《からだ》にモーニングを着けた男である。顔がばかに大きい。

先方では、戸谷に丁寧なお辞儀をした。それで、戸谷は、彼があの晩、麻雀をしに
来た洋品店の主人であることを知った。

「先日はどうも」

洋品店は、戸谷にぺこぺこお辞儀をした。

「今日はわざわざお忙しいところをご参列くださいまして、ありがとうございました」

洋品店は礼を述べた。遺族のような口の利《き》き方だが、これは故人の友達という立場から云ったのであろう。

「いや、どういたしまして」

今日は、戸谷もモーニングを着ている。背が高いのでよく似合った。

「先生にも手を尽して頂きましたが、とうとう、こういうことになりました。本当にあの節はご迷惑をかけました」

「どういたしまして」

戸谷は答えた。

「一向にお役に立ちませんでした」

「いいえ、とんでもない」

洋品店は、手を戸谷の顔の前で振った。

「何もかも寿命でございます。これで、まあ、故人も奥さんのところで亡くなり、お知合いの先生に看取《みと》って頂いたのですから、本望でございましょう。いや、どうもありがとうございました」

「あなたも大変ですね」

戸谷は、対手《あいて》にやさしかった。目撃者であり、証人だから、大事にしなければいけない。

「本当にご苦労さまです」

戸谷は、別れ際《ぎわ》に鄭重《ていちょう》に腰を屈《かが》めた。


戸谷は、本堂から境内の横手にそれた。

この寺に来るのも久し振りである。相当古い建築だし、由緒《ゆいしょ》がある寺だったから、何となく建物を見て廻《まわ》りたい気持になった。真直《まっす》ぐに門から車に乗る気持になれないのも、散歩する心になった理由でもあった。

ゆるやかな坂道を登った。木が茂っている。此処《ここ》に来たのは若い頃《ころ》だったが、この上には、確か有名な人の墓が並んでいるはずだった。そうだ、そう云えば、あの頃、この辺で或《あ》る女と密会したことがある。あの女はどうなったか。夜だったが、当時のことで真暗だった。

戸谷が女とここで逢曳《あいびき》したのは、十二、三年も昔になろう。その思い出がふいと出たのがおかしかった。

会葬者は、直接、門に向かって流れている。坂を登りかけて、本堂の屋根が眼の下の位置になった。松林の蔭《かげ》に遮《さえぎ》られてよく分からないが、人の群が本堂から吐き出されていた。屋根は古いだけに緑青《ろくしょう》が吹いている。軒や柱の朱も風雨に禿《は》げて沈んだ古色になっていた。

陽《ひ》はまだ沈まないでいる。辺りが何となく赤っぽいのは夕陽のせいだった。坂の下に小学校があるらしく、子供の騒ぎが聞こえて来る。戸谷は、坂を登った。

——寺島トヨは、何とかしなければいけない。

あれは、最も危険な女だ。何をするか知れたものではない。もし、戸谷が槙村隆子と結婚するようにでもなったら、彼女は死物狂いになるだろう。一文の財産も無く、身寄りの無い彼女は、恐れるものが無いから強い。

寺島トヨは、今度のことにしきりと探りを入れている。あの時、戸谷が口実を設けて彼女を外に出し、見習看護婦を連れて行ったことは、当然、彼女に疑問を起こさせたようだ。目下の寺島トヨは、夫を失ったあとの藤島チセと、戸谷とがどう変化するかに神経を集めている。

あの晩も、寺島トヨは、戸谷の云いつけで横武たつ子の初七日に行って帰ったが、戸谷は翌《あく》る朝まで帰って来なかった。彼女は、そのとき、質問に深入りをしなかった。

ただ、

「見習看護婦しか居なかったんですか？」

と戸谷に訊《き》いただけである。

戸谷が、なにしろ、すぐ来いという電話なので、居合わせた看護婦を取り敢《と》えず連れて行ったのだ、と弁明したが、彼女の表情は、それを信用していなかった。もとより猜疑《さいぎ》心の強い女だ。戸谷の工作を見抜いているようだが、彼女は狡猾《こうかつ》に、すぐにはそれを口に出さない……。

古い墓が並んでいる。墓石は青苔《せいたい》が付き、木の茂みと草の中に沈んでいる。

——寺島トヨの場合は、身寄りの者がいない。彼女を処分しても、身内から苦情が出るというケースはあり得ない。それに、彼女は病院の中に人気がない。

他人はいつも忙しい。自分に関《かかわ》りのない人間が、突然、生を断とうが、失踪《しっそう》しようが、注意を向ける者はあるまい。横武たつ子や、藤島チセの夫の場合とは違う。寺島トヨは完全に孤独だ。ここに戸谷の新しい狙いがあった。

今度は、この孤独という盲点を狙えないものか。さまざまな空想が頭に浮かぶが、まだ現実の計算ではなかった……。

ふと、後ろに靴音を聞いた。

散歩人か、と思って振り向くと、なんとそれがモーニングを着ている下見沢作雄《しもみざわさくお》だった。

戸谷が意外な顔をしているのに比べて下見沢は、そこに戸谷が立っているのをあたかも当然のように平気な様子だった。手を後ろに組んで、散歩でも楽しむようにゆっくり歩いて来る。昏《く》れ残った陽が本堂の屋根の一部に残るだけで、戸谷の立っている所は暗かった。

「やあ、君か」

戸谷の方から声を掛けた。この場合、不意に、彼から先に声を掛けなければならないような気持になった。

「君も此処に来ていたのか」

下見沢は、初めて気づいたような顔をして悠然《ゆうぜん》とそこに立ち止まった。

「何をしている？」

下見沢は訊いた。

「なに、ちょっと」

戸谷は、下見沢が何のために此処に来たのか分からなかった。彼は対手《あいて》の心を読むように、じっと彼の顔を見た。

「君こそ、何でこんな所にやって来たんだい?」

下見沢作雄はすぐには返事をしなかった。

彼は、戸谷の立っている前を二、三歩往復した。

「とうとう、藤島さんの主人も死んだね」

下見沢はぼそりと云った。やはり、例の色褪《いろあ》せたモーニングを着ていた。表情は曖《あい》昧《まい》だった。

「ああ、亡くなったね」

戸谷は、言葉だけはあっさり云って、下見沢の顔を見つめた。折から昏れかかる夕《ゆう》闇《やみ》が彼の表情をいよいよ暈《ぼ》かしていた。

「君が診たんだってね?」

下見沢は別のところに眼《め》をやっていた。

「ああ、奥さんに呼ばれたのでね」

「そう。急だったそうじゃないか?」

「間に合わなかった」

戸谷も短く答えた。下見沢がどのような意味でそんなことを云っているのか、戸谷には彼の心底がはっきり摑《つか》めなかった。普通の挨拶《あいさつ》でないことだけは判《わか》る。彼は戸谷を探っているのか、とぼけているのか。その辺のところが戸谷には、さだかでない。

戸谷は身体を固くして警戒した。

「さっき、寺で、君の姿を会葬者の中に見たものだからね」

下見沢は、突然、前の話を切った。

「それで帰りに君を探したのだが見当たらなかった。まさか、こんな所に居ようとは思わなかった」

「ぼくにわざわざ会いに来たのかい？」

戸谷は皮肉に訊いた。

「いや、そうじゃない。この寺に来るのも久しぶりだからね。少し裏山を歩いてみたくなって来たのだが、思いがけず君の姿がそこにあったというわけさ」

下見沢は辺りの景色を眺《なが》めて云った。

古い墓場にも木立ちにも、夕方の光が萎《しぼ》み、蔭に闇が這《は》い上がっていた。

「どんな用事だい？」

戸谷は眼を据《す》えて訊いた。

「君から頼まれたことさ」

下見沢は答えた。

「何だったかな?」

「忘れては困るね。槙村隆子さんのことだよ」

「なるほど、その後、何かあったのか?」

戸谷は下見沢の顔から眼を離さなかった。

「先方から電話が掛かってきてね。君との結婚は承諾したが、しかし、その前に、ぜひ条件を実行してもらいたいと云うんだ」

「条件?」

「君にも通じてある話だ。槙村隆子さんは君の資産のことを気にかけている。これは、何度も云ったね。君だって、相当なことを彼女に吹きこんでいるそうじゃないか?」

下見沢は、ちらりと戸谷の顔に皮肉な視線を走らせた。

「彼女が君に、そんなことを云っていたか?」

「なにしろ、ぼくは君たちの仲人《なこうど》だからね。彼女はさっそく君の資産表といったものを拝見したいというんだ。でなければ、安心できないらしいね。いや、これはぼくの感想だ。彼女の云い方によると、結婚の資格はお互いがヒフティー・ヒフティーでゆきたいと云うんだ。つまり、人格の点でも財力の点でも、アンバランスでは困るというんだな。その経済的な不均衡が、結局、将来、結婚関係にヒビを入れる因《もと》になると、こう云うんだ」

下見沢は、ゆっくりした調子で話した。

「ぼくが、彼女に戸谷君もこの結婚をひどく急いでいると云うとね、彼女は自分の方でもそれは結構だと云うんだ。だが、それなら、なるべく早い時期に、戸谷さんの資産というものを知らせてほしいと云うんだ。もちろん、これは口先で済むことではない。どうだね、君にすぐそういうものが出せるかね?」

戸谷は黙った。

藤島チセの金を引き出すことを考えていた。だが、これは早急というわけにはいかない。それだと、あまりにこっちの足もとを見すかされて、かえって、藤島チセは金を出ししぶるかもしれない。この方は、まだ時間がかかりそうだ。

「どうだね、当てはあるかい? 君も、ぼくならざっくばらんに云えるだろう?」

「もう、ひと月ばかり待ってくれたら」

と戸谷は云った。

「何とかできるよ」

藤島チセから金を引き出すのを、一カ月後と踏んだのだ。返事はその計算からだった。

「遅い」

下見沢は言下に云った。

「あんまり、ぐずぐずしていると、こっちの遣《や》り繰《く》りを彼女に見破られるよ。彼女も、あれで商売人だからね。金は効果的に操作した方がいい」

「じゃ、いつまでだ?」

「早い方がいい。いま、金はあるかい?」

戸谷は下見沢に隠しても無駄《むだ》だと思った。また、それを承知して下見沢は訊いているのだ。

「無い。現在のところはね」

「しようがないな」

下見沢は後ろに腕を組んで首を振った。

「じゃあ、こうしろ。君の病院の建物は確か抵当に入っていたな?」

「ああ、入っている」

「土地の方はどうだ。あれはまだだろう?」

戸谷はまた黙った。病院の土地だけは我慢して何とか確保している。それは親父《おやじ》の遺産で、戸谷は建物だけは抵当に入れたが、土地は手つかずにおいていた。現在八百坪ある。

「あれは、そのままだ」

戸谷はしばらくして答えた。

「そうか。じゃ、君。それを抵当に入れて借りたらどうだね。とにかく、君は二千万円くらいの銀行通帳を、彼女に見せる必要があるよ」

下見沢は云《い》った。

「むろん、その銀行残高のほか病院の土地と建物とは無瑕《むきず》だと云っておくのだ。これは、ぼくが保証するからバレる心配はない。彼女はぼくの云うことなら、わりと信用するからね」

彼は説得した。

「借金の方は病院の会計だから、何とでも云いようがあるが、資産となると、どうしても、銀行預金が必要となって来る。一時の見せ金だけでは駄目だ。それに株だ。そう云えば、君は彼女に、一流銘柄《めいがら》の株を持っているが税金の関係で他人名義にしている、と云ったそうだね」

「ああ」

そんなことまで槙村隆子は、下見沢に話したのかと思った。

「株券も彼女が見たいと云えば、ぼくの手で都合をつけるよ。他人名義になっていれば、これは、ちょっと借りてくるだけで済むからね。当人にそう了解させておけばいい。とにかく君は早急に銀行預金だけは持つ必要があるよ」

戸谷はまだ考えていた。藤島チセから一千万円引き出すには、まだ時日がかかる。ことに彼女は金を出すことにはケチな方だ。

今までの例でよく判っている。今度は事情が違ってきたとはいえ、それでも、戸谷の要求通り、即座に一千万円を呉《く》れるとは思わなかった。これは時間のかかる作業だ。暇がかかっても、どのみち、彼女から金を引き出すことは間違いない。

彼女は戸谷に負い目を持っている。夫の殺人を頼んだ弱味だ。彼女は戸谷に頭が上がらぬ。だからといって、戸谷自身にも弱点がある。彼はその殺人の実行者なのだ。だが、この共同犯の要求を、彼女は拒絶できない。彼女から金を取るのは既定の事実みたいなものである。

下見沢の云う通り、土地を抵当に入れて二千万円借りても、すぐに藤島チセからその金を出させて、償還することができる。土地の抵当は、戸谷の立替えのようなものだった。

「いいよ、そうしよう」

槙村隆子とは是非結婚したかった。ここまで来て、これが崩れると、もう、彼女は、手の届かない遠くに行きそうな気がする。槙村隆子は、そういう性質の女だ。

「君の云うとおりにしよう」

戸谷の返答を下見沢はうなずいて聞いた。

「決心がついたか、その方がいいよ」

下見沢は戸谷の鼻先に立った。

「君の土地は何坪あったんだっけ？」

「八百坪だ」

下見沢はまた彼の前を往復した。

「あの辺だと、地価、坪五万円ぐらいかな？」

「もっとだ、七万円はするはずだ」

戸谷は叫んだ。

「掛け声だけだよ」

下見沢は即座に断じた。

「そんな値段は標準にならぬ。それにだ、君の建物は抵当に入っているじゃないか。

土地だけでなく、ウワモノがすわって、しかも、それが抵当に入っているのだから、いよいよ条件が悪い。抵当でフルに借りられても、千五、六百万円ぐらいのところだな。どうだ。それで借りろよ」

戸谷はむっとして黙り、しばらく下見沢の横顔を睨《にら》んだ。辺りはすっかり暗くなりかかって来た。

暗い木立ちの奥に見える寺の灯《ひ》が、輝きを増した。

「どうだ、ぼくが世話をするよ。早いところ借りた方がいいよ」

下見沢は悠然《ゆうぜん》と云った。

「利息の方は、ぼくの顔で、うんと安くしてもらってあげる。おれが口を利《き》くのだ。高利貸しなどではない。どうだい、あとの金の補塡《ほてん》などはどうでもなるだろう」

「まあね」

千五、六百万円でも、結局、チセの方から金を出させて抵当を解除することになる。とにかく、槙村隆子のために金の必要を急ぐ。

「よろしい」

戸谷は決心したように云った。

「よろしく頼む」

「そうか」

下見沢は感情の動かない声で答えた。

「それでは、すぐに明日から奔走しよう」

「心当りがあるのか？」

「ある」

下見沢は、くたびれたモーニングの衿《えり》を合わせた。

「あるから、君に話したのだ」

「向うはどういう人だ？」

「ちゃんとした商店の主人だ。もっとも、商店は株式会社組織だから、名目は社長だがね。信用のおける人だよ」

下見沢は如何《いか》にも安心しろといった様子で、高飛車だった。

「じゃ、話はそれで済んだ。おれは先に帰るよ」

急に云った。

「ひとりでかい？」

「急ぐ用事があるから失敬する。これでも、君にその話を早く連絡しようと思って、血眼だったんだ」

下見沢は、勝手にそう云うと、別に、戸谷を誘いもせず、向うの方へ歩き出した。戸谷は佇《たたず》んだまま、彼の姿が夕闇《ゆうやみ》の石段の下に沈んで行くのを見送った。微《かす》かな不安が起きた。何か得体の知れない危惧《きぐ》だった。自分の掌《てのひら》から実体が遁《に》げて、空気だけが残ったときの、あの不安に似ていた。

戸谷は、病院に帰った。

母屋《おもや》に入って、モーニングを着替えた。女中に手伝わせた。

何となく落ち着かぬ。下見沢に会って決めた話が心の底で揺曳《ようえい》していた。

久しぶりだったが、居間に続いた別室に入って、例の陶器の陳列を眺めた。古い壺《つぼ》や器《うつわ》が灯に照らし出されていた。白磁は、ねっとりと沈んだ肌《はだ》を持ち、中国の古い染めつけ壺が稚拙な線で模様を描いていた。戸谷は、好きなものを眺めて心を静めようとした。

志野の茶碗《ちゃわん》が眼についた。藤島チセの所から持って来たものだ。今夜は一しお心を惹《ひ》かれてそれに見入った。

彼女の夫を彼が殺したのだ。もうバレる心配はなかった。葬式は盛大だったし、死因に誰《だれ》も疑いを持っていない。

陳列棚《ちんれつだな》には、古瀬戸《こせと》の壺があった。上の口のところが欠いてある。これは、昔の人間が骨壺に利用したものだった。古瀬戸の骨壺でも、こうして上の口を欠いたものもあれば、底に穴を通したものもある。戸谷は、つくづくと、それを眺めた。

藤島チセの夫も骨壺に納まってしまえば、他人がどう疑惑を持とうにも、手の出しようがないのだ。証拠はすべて消えている。

今度の殺人も無事に終わった。安心である。しかし、この手段はこれきりにしよう、と決心した。安全だが、同じことを繰り返すことに不安があった。それは戸谷自身の惧《おそ》れである。無知な者なら、味をしめて同じ安全を追うことだろう。だが、たいていの犯罪がバレるのは、手段の連続や、繰返しからである。藤島チセの夫を最後として、この手段は葬《ほうむ》るべきだった。

戸谷は、前途にまだ障害を予想している。その障害を取り除くには、何かが起こりそうな気がする。

戸谷は、茶碗を見つめながら微かに心が顫《ふる》えた。

それにしても、と戸谷は、ふと気づいた。

藤島チセは、何故《なぜ》、この茶碗のことを一言も云い出さないのであろう。彼女の留守に戸谷が来たことは、女中が知っている。だから、彼女の居間に置いてあった茶碗を戸谷が持ち去ったことも、女中から聞いているに違いなかった。それを黙っているのはおかしい。

忘れているのか。いや、そんなことはない。

藤島チセは、戸谷の影響で、古い皿《さら》などをぽつぽつ骨董屋《こっとうや》から買ったりしていた。以前《まえ》にはなかった趣味だ。女というものは、愛人ができると、いつの間にかその趣味に合わせ出すものか。それは、女の男への本能的な阿諛《あゆ》であろう。

実際、戸谷が藤島チセに逢《あ》いにゆくと、彼女は、自分の買った壺や皿を見せたものだ。

のみならず、同じ自慢を知人や友達にしているらしい。古い皿には一向に無知な女だが、いつの間にかそんなことをはじめた。

もともと、吝《けち》な女だから、大したものはない。それでも、中には、これはと思うようなものがあったりして、それを抜け目なく戸谷がいつの間にか攫《さら》ってきた。このケースの中にも、そういう品が幾つかある。

だが、それは、みんな藤島チセとの話合いのうえだった。事後承諾させたのもある。

だが、この茶碗に限っては、妙にあれから藤島チセは何も云わない。戸谷も口に出さぬ。

志野だが、前に思ったほど極上ではないが、まずまずというところだ。藤島チセは、夫を除くことに懸命となって、この茶碗のことをほんとに忘れたのであろうか。

女中が忍びやかにはいって来た。

「お電話でございます」

「誰からだ？」

「槙村さまからです」

戸谷は、戸棚の前を離れた。

部屋に戻《もど》って、はずされた受話器を取った。

「槙村ですわ。お呼びたてしまして」

槙村隆子の声がした。声の調子は、少し浮き浮きしていた。

「どういたしまして」

戸谷は応《こた》えた。

「今晩、お時間はございませんの？」

「何ですか？」

「急にお目にかかりたくなったんです。もし、ご迷惑でなかったら、こちらにいらしていただけません？　とても美味《おい》しいフランス料理の店があるんです。あら、わたくし、勝手なことを云いましたわ。お食事、もうお済みになりまして?」

「いや、まだです」

「よかった。だったら、ご一緒できますかしら?」

戸谷は、槙村隆子が、何故、今夜、そんな電話を掛けてきたかを考えた。偶然とは思われない。

夕方、下見沢に会って、話を決めたばかりだ。

多分、下見沢が彼女に電話をしたのかもしれない。でないと、この電話はあまりにタイムリーすぎる。

戸谷は、胸が軽く騒いだ。どうせ、今日は、こんな気持で家の中に居られるものではない。戸谷が、その返事をしようとしたとき、後ろに誰かが入ってきた。微かな風がそよと動いたように、その気配だけはあったが、足音はしなかった。

戸谷は振り向いた。思った通り、寺島トヨが立っていた。戸谷は、電話機への返事が思わず咽喉《のど》につかえた。

「あら、考えていらっしゃるのね」

電話機の声は遠慮がなかった。

「ご迷惑でしたら、結構ですわ」

戸谷は、思い切った。

「いいえ、そんなことはありません。参ります」

寺島トヨが戸谷のそばに来て、腕に触れるばかりのところに立った。わざと素知らぬ顔つきだった。

「では、今が八時ですから、八時四十分までにはいらっしゃいますね?」

「大丈夫だと思います」

「じゃ、お待ちしています」

「どうも」

戸谷は、受話器を置き、わざと寺島トヨを睨んだ。

彼女は、戸谷の眼を冷たく見返した。

「どなたからお電話?」

「槙村さんでしょう。今度はあの女を追いかけるんですか?」

6

そのフランス料理専門のレストランは、赤坂《あかさか》にあった。最近、設備を大きくして、急に有名になった。

槙村隆子《まきむらたかこ》を先に立てて戸谷が店の中に入ってゆくと、赤い服を着たボーイが四、五人、彼女の方へお辞儀をした。その顔つきで、彼女がこの店の定連であることが分かった。そのあとに、これは黒い服に蝶《ちょう》ネクタイをつけたマネージャーが、彼女の前にすり寄って来て笑顔で迎えた。

淡い照明の中に、白いテーブルが布置され、その卓上のキャンドルの周りに見える客の顔は、ほとんど外人ばかりだった。食事の間は、絶えずナマのピアノのゆるい曲が流れている。

支配人は、彼女をテーブルに導いた。

「何になさいます？」

眺《なが》めていた大きなメニューを顔から外して、彼女は向い側の戸谷に訊《き》いた。今夜の槙村隆子は、和服だった。真白い着物に、黒味がかった帯を締めている。着物の名前も、帯も、戸谷には分からなかったが、すごく高価なものであることは想像できた。洋装と違って和服の場合の槙村隆子はなまめいていた。

「あなたと同じもので結構です」

槙村隆子は、支配人に何かを頼んだ。マネージャーは気取った様子で小耳を傾けていたが、すぐ傍《かたわ》らのボーイに、それを伝えた。

「どうぞ、ごゆっくりあそばしてください」

支配人もボーイも頭を下げて去った。

戸谷は、辺りを見廻《みまわ》した。外国人がほとんどだし、耳馴《みみな》れない言葉が彼の周囲に囁《ささや》かれていた。片隅《かたすみ》の、ピアノの前に坐った黒服の男が、無表情にキーを叩《たた》いていた。

正面に大きな煖炉《だんろ》があったが、奇妙なことに、そこには薪《まき》が赤々と燃えていた。冷房を利かせた上で煖炉を燃やしている光景が、真夏だけに、いかにも洒落《しゃれ》ていた。

「此処《ここ》には、よくいらっしゃいますか？」

戸谷は訊いた。

「ええ、ときどき、お客さまが連れてきてくださるんです」

槙村隆子は一流のデザイナーだし、お客さまというのがどういう種類の人間か、やがて分かった。

いま、彼女と逢うのは、彼女が結婚の話を承諾してから初めてであった。戸谷は期待を持ったのだが、槙村隆子は、それほどの情感を示さなかった。洋装のときも気取っているが、着物の場合でも誇らしげな態度だった。周囲の婦人客が、たいてい赤や青の原色を着けた外人だっただけに、彼女の白ずくめの服装はひときわ目立った。実際、周囲のテーブルから、彼女の方をちらちらと眺める連中が多かった。

戸谷は、槇村隆子が結婚を承諾したことに話題を触れたかった。たとえ下見沢という仲介者があっても、ここに居るのは当人同士だ。彼は秘《ひそ》かに、彼女の方からその話が出るのを待っていた。

しかし、酒が運ばれ、料理になっても、彼女は一向にそれを口に出さなかった。馴れ馴れしいところもあるが、他人行儀に身を構えているところもあった。ただ、普通に食事をつき合っているというだけなのだ。彼女の話は、戸谷の期待する話の中心には一向に近寄らず、空《むな》しい雑談がつづいた。

戸谷は、辛抱しきれなかった。やはり槇村隆子は女だから、自からそのことに触れるのを遠慮しているものと解釈した。彼は話の間に機会を捉えた。

「槇村さん」

彼は言葉を改めた。

「この間は、どうもありがとうございました」

厳粛な顔で、眼もとも感激を見せたつもりだった。ところが、ナイフとフォークを操っていた槇村隆子は、戸谷の言葉にふと顔を上げたが、怪訝《けげん》そうな眼つきをした。

「何のことでしょうか?」

戸谷は、とたんに鼻白んだ。彼女には戸谷の云う意味が分かっている。それを承知で、わざととぼけている。それは彼女の羞恥《しゅうち》でも何でもなかった。表情で分かるのだ。羞恥で空とぼけているのなら、その顔色が承知しない。だが、彼女の眼《め》も、唇《くちびる》も、相変らず冷静に気取っていた。あるいは突っ放していた。けろりとしているのである。

「いや、いずれ……」

戸谷は、ともかくその場を誤魔化した。

だが、気持は狼狽《ろうばい》していた。槙村隆子の芯《しん》といったものを改めて見せつけられた思いがした。

彼女の表情は、

(あなたはまだ、わたくしに財産目録を見せないではありませんか。まだ話は決まっていませんよ)

と云いたげだった。

戸谷は、眼を反《そ》らした。視線の向うには、煖炉が赤々と燃えている。薪もどうやら白樺《しらかば》のようだった。

「ロマンチックですね」

戸谷は、仕方なしに煖炉のことを賞《ほ》めた。

「ああいうのを見ると、北欧の冬を思い出しますよ」

戸谷は北欧などには行ったことがない。

「そう」

槙村隆子は、今度は戸谷の話について来た。

「どういうことですの?」

「北欧は、真冬、どの家でも、若い男女が煖炉の前に裸になって暮らすんです」

「まあ」

「この話は失礼でしょうか?」

「いいえ、かまいませんのよ。面白《おもしろ》いわ」

戸谷が続きを話そうとしたとき、槙村隆子を呼ぶ者がいた。すぐ隣の席だった。

「失礼」

彼女は、戸谷に云って、静かに椅子《いす》を起《た》った。

隣の席は、五人の外人が食事をしていたが、そのうち二人はブロンドのアメリカ人だった。槙村隆子は、その婦人の一人と話しはじめた。その様子では、どうやらアメリカ婦人は彼女の得意先らしかった。彼女は流暢《りゅうちょう》な英語で話していた。

戸谷は独りになって、待った。

ピアノ弾きが、つまらなそうな顔でキーを叩いていた。戸谷は、多分、今の自分がピアノ弾きと同じ顔だろうと思った。

北欧の話は続きがあった。友達から聞いた話だが、スエーデンに行ったその男は、売春婦と一緒に、煖炉のある部屋に入った。そこで女はすぐ裸になり、友達にも服を脱ぐように勧《すす》めた。奇妙なことに、そこで日本人の男は誰でも羞恥を感じるそうである。そして、無理に脱がせられて裸になると、今度は、黄色い貧弱な体格がわれながら情《なさけ》なくなるそうである。

が、戸谷が槙村隆子に話そうとしたのは、そのことではない。それを彼なりに潤色して、効果的に云うつもりだった。途中で逃げられたのは残念である。

戸谷は、ふと、きれいな着物の下にある彼女の肉体を想像した。以前、無理に自動車《くるま》から降ろさず、多磨《たま》墓地まで連れて行ったときのことが思い出された。あの時は、彼女の身体《からだ》をドレスの上から触れて知ったのだが、その時の感触が思い出されて、彼の想像を助長した。彼女の身体は弾力があり、熟していた。

彼女はまだ隣で英語をあやつっている。日本語と違って耳馴れない言葉を聞くと、声がひどく肉感的だった。戸谷は、食事が済んだのちの冒険を思い立った。結婚をもっと手短かに進める方法だった。

「失礼」

槙村隆子は戸谷の席に戻ってきた。

「わたくしのお得意さまですわ」

彼女は落ちついて、またフォークを握った。しなやかな白い指が、戸谷の眼を惹《ひ》きつけた。

「そうだと想像していました。ずいぶん、英語もお上手ですね」

「いいえ、カタコトですわ」

とにかく、ここに居る槙村隆子は、戸谷が知っている横武《よこたけ》たつ子や、藤島《ふじしま》チセや、もちろん、寺島トヨなどの人種とは違っていた。雰囲気《ふんいき》も、外国映画の場面のように贅沢《ぜいたく》で高尚《こうしょう》なのである。彼女の細い彫りの深い顔は、仄《ほの》かな照明とキャンドルの赤い炎の色に浮き立っていた。

戸谷は、槙村隆子をぜひとも自分の手中に獲《え》たかった。

食事が終わり、デザートコースになって、戸谷はさりげなく訊いた。

「これからどういう予定があるんですか?」

槙村隆子は、メロンを匙《さじ》でつついていたが、

「そうね、べつに考えていませんけれど、よかったら、ナイトクラブへでも参りましようか?」

と戸谷にちらりと瞳《め》を流して云った。

「そうですね」

戸谷は、生返事をした。

「あら、戸谷さん、ご予定がありますの?」

「いいえ、そうじゃないんです。ただ、ナイトクラブでも結構ですが、少し変わった所に行ってみたいんです」

「変わった所って、どんな所ですの?」

「つまり、なんです。こういうバタ臭い食事のあとですから、少し畳の上に坐るような場所に行ってみたいんです」

戸谷は唾《つば》を呑《の》んだ。

「あら、そんな所ありまして?」

「はあ、ぼくの知った家《うち》です。気軽く飲ませてくれます」

「此処から遠いんですの?」

彼女はメロンをすくいながら訊いた。

「そう遠くありません。自動車《くるま》で四十分ぐらいです」

戸谷は云った。

「どこかしら？」

「向島《むこうじま》です」

戸谷は思い切って答えた。それ以上隠せなかった。

「向島？」

一瞬の逡巡《ためらい》が槙村隆子の顔に泛《うか》んだ。向島の意味を知ったらしい。戸谷は、気づかれないようにちらりとその表情を窺《うかが》った。

が、もう、槙村隆子の顔には、水のような冷静さが戻っていた。

「いいわ」

と云った。声も落ち着いていた。

戸谷の胸が自然に轟《とどろ》いた。

食事のコースが終わった。

「では、お供しましょうか？」

槙村隆子はうなずいた。ナプキンで静かに口の端を拭《ぬぐ》い、懐《ふとこ》ろからコンパクトを取り出して、斜めに俯向《うつむ》いて化粧を直した。

戸谷は、煙草《たばこ》を喫《す》ってそれを待ち、一緒に起《た》ち上がった。

戸谷がボーイを呼んで支払いをしようとすると、彼女は押し止《とど》めた。

「あら、今夜は結構ですわ」

「それはいけません」

「だって、わたくしがお誘いしたんですもの。そのつもりにさせてください」

赤い服のボーイが槙村隆子の横に立っている。

「そうですか。じゃ、ご馳走《ちそう》になります」

戸谷は、軽く頭を下げた。

薄暗い店の中を歩いて、戸口に向かった。例の支配人が、彼女を丁寧にドアまで送った。

「お自動車《くるま》は？」

戸谷は、自分のがそこに置いてある、と云った。

店を出て、自動車に歩きながら、彼女はふいと訊いた。

「そう時間はかからないでしょうね？」

次の場所のことである。

「そうですね、あまり手間を取らずに、すぐ帰りましょう」

戸谷は、さりげない顔で答えた。

戸谷は自動車を運転して言問《こととい》の橋を渡った。隅田《すみだ》川《がわ》には無数の小さな灯籠《とうろう》が灯《ひ》をつけて流れている。

「きれいだわ」

戸谷のうしろに坐《すわ》った槙村隆子が覗《のぞ》いて云った。

灯籠は、群《むれ》をなして暗い川面《かわも》を漂っている。

橋を渡り切って、向島公園の裏側に出た。この辺は、板塀《いたべい》をめぐらした家が多い。戸谷は、その一軒の門の中に自動車を入れた。

この家の性質を槙村隆子が気づかぬはずがない。戸谷は、彼女が何か抗議するかと思ったが、槙村隆子は自動車から黙って降りた。向島の座敷と聞いたときから、すでに彼女は察したにちがいなかった。

「面白い芸者が一人いるんです。それを呼んで、少し飲みましょう」

戸谷は、明りのついた、しゃれた格子戸《こうしど》の玄関に歩きながら云った。彼女は黙っていた。

濡《ぬ》れた庭石を伝ってゆくと、石灯籠の灯蔭《ほかげ》から女中が出て来て、お辞儀しながら戸谷を見透かすようにした。

「あら、お珍しい」

そこまで云いかけたが、後ろに見知らぬ女の姿があるのに気づいて、

「いらっしゃいませ」

と云い直してお辞儀をした。

「急に思い立ってね」

戸谷は云った。

「ようこそ。さあ、どうぞ」

女中は三十五、六の背の低い女で、ががら声だった。眉毛《まゆげ》が薄い。

玄関には肥《ふと》った女将《おかみ》が迎えた。

「いらっしゃいませ」

いつもなら、冗談の二つ三つを叩き合うのだが、今日は知らない女客がついているので、しとやかだった。

通されたのは、戸谷が気に入りの座敷である。すぐ後ろに、三囲《みめぐり》神社の黒い林があった。

朱塗りの卓の向うに、槙村隆子は坐った。白い着物が明るい電灯の光を吸って、こよなく美しい。挨拶《あいさつ》に出た女将が、女客に眼をみはったくらいだった。槙村隆子の羽根のように膨《ふく》れた髪毛は、光線の加減で額際《ひたいぎわ》に翳《かげ》りをつくった。

女将が挨拶すると、槙村隆子は微笑を見せて、僅《わず》かに上体を曲げた。この態度は、彼女の高尚な様子に似合った。女将は、戸谷が連れて来たこの女客の正体を眼で穿鑿《せんさく》している。

「力弥《りきや》を呼んでくれないか」

戸谷は、女将に云いつけた。

「はい、承知しました」

「空《あ》いてるだろうな?」

「大丈夫と思いますわ。いま、閑《ひま》なはずですから」

女将が立ってゆくと、戸谷は、槙村隆子に説明した。

「力弥というのは、この土地の芸者ですがね、ちょっと小唄《こうた》がいけるんです」

「そう」

槙村隆子は、口もとに微笑を浮かべた。だが、それは軽い嘲笑《ちょうしょう》だった。

庭は、三囲神社の裏手につづいていて、葦簾《よしず》の障子には、暗い木蔭が透いて見える。

扇風機が懶《ものう》く廻っていた。

戸谷は女中の運んできた銚子《ちょうし》を持ったが、槙村隆子はそれを押えて、先に戸谷に酌《しゃく》をしてくれた。

「すみませんね」

戸谷は礼を云った。

日本風の座敷の中に置くと、槙村隆子の着物はまた一段と映えた。髪の格好から着物の着つけまで、これは、また、デザイナーとは思われない。とんと赤坂か新橋辺りの一流の芸者と思ってもおかしくはなかった。野暮ったいところが少しもないのである。

戸谷は、此処で結婚の話を、もう一度それとなく出したかったが、先ほどのことで懲《こ》りているので、それを、わずかに抑えた。早まって、恥をかいてはならない。その代り、槙村隆子の和服姿を賞めた。

実際、また、それは賞讃《しょうさん》に値した。洋装でもよいし、和服も似合う。戸谷は、さし向いに彼女を据《す》えて、余計に心が唆《そそ》かされた。彼女の白い衿足《えりあし》に、なまめかしい艶《つや》がある。

力弥がやって来た。背の低い、肥った芸妓《げいぎ》だ。戸谷は、ずっと以前《まえ》に、二、三度呼んでやったことがある。

蓮《はす》っ葉《ぱ》な女だが、槙村隆子の姿に気圧《けお》されたのか、いやにおとなしかった。

「おい、何かやってくれ」

戸谷は、さっそく、小唄を注文した。

「何にしましょう？」

力弥は、座敷の隅に置いた三味線を手繰《たぐ》り寄せた。

調子を合わせる糸の音が、久しぶりに耳に新鮮だった。

「いいものでしょう？」

戸谷は、槙村隆子に云った。

「ええ。こういう座敷でお三味線を聞くというのも、格別ですわね」

彼女は実際に満足そうだった。

「君の得意なところからやってくれよ」

力弥は、やがて爪弾《つまび》きで唄《うた》い出した。

そっと槙村隆子の方を見ると、彼女は、膝《ひざ》の上に両手を載せて、じっと聞いている。

その姿がまた、ちゃんと舞台の俳優のように自然と形が決まっていた。

戸谷は、胸が弾んできた。

力弥も座敷に馴れてか、いつもの調子に戻って、へらへらと笑いながら、槙村隆子にご機嫌《きげん》を結んでいた。力弥は、しきりと女客の美しさを賞めた。

戸谷が途中で手洗いに立つと、廊下で女将と出遇った。

女将は含み笑いしながら戸谷の傍《そば》にすり寄った。

「先生、どなた？」

好奇心が女将の顔に溢《あふ》れていた。

「うん、ちょっとした知合いだよ」

「へえ」

女将は、手で戸谷の肩を叩いた。

「あちらにお支度しとくんでしょ？」

半分、呑込《のみこ》み顔だったが、戸谷は、

「ああ」

とアイマイな返事をした。だが、彼の気持は、女将のその言葉で決定的になった。

戸谷が座敷に戻《もど》ると、槙村隆子と力弥とは話をしていた。力弥は座持ちのいい芸者だから、結構、女客の機嫌も取り結ぶ。

力弥は、槙村隆子の容貌《ようぼう》や、髪の具合を、しきりと賞めあげていた。器量はよくない芸者だが、それだけに話の方は巧《うま》く、嫌味《いやみ》がなかった。

戸谷は、もとの場所に坐って、煙草を喫っていた。

力弥が女客の衣裳《いしょう》をしきりと賞讃しているのを聞きながら、胸の奥がひとりでうずいていた。さりげなく槙村隆子の方を見ると、いつもの癖で顔を俯向き加減にして、芸者のお世辞に微笑を見せている。

座敷に戻ったときの戸谷の気持は、手洗いにたつ前とは違っていた。正確に云えば、決心をつける前と、後の気持の違いだった。戸谷は、槙村隆子をこの待合に誘ったときには、まだ漠然《ばくぜん》とした期待しかなかった。彼女を連れ込んだものの、それにはまだ躊躇《ためらい》があり、冒険を含んだ雰囲気《ふんいき》の愉《たの》しみだけがあった。

しかし、ここの女将に、

(お支度をしておくんでしょ?)

と囁《ささや》かれたときから、彼の気持が変わった。決心をつけた後は、その準備で気持が占められていた。もはや期待ではなく、目的だった。ただ、失敗しないための思惑が、彼の胸の中に渦巻《うずま》いていた。失敗してはならないのだ。そのため、彼は専《もっぱ》ら対手《あいて》の観察に移った。

槙村隆子の眼のふちは薄赧《あか》くなっていた。酒のせいもあろうが、こんな座敷に連れ込まれた怖《おそ》れに興奮しているのだ。それでいて、表面、努めて冷静さを見せようとしていた。

力弥は馴《な》れた調子で、戸谷を話の中に入れた。話が面白《おもしろ》いので、槙村隆子もときどき笑う。

「どうです、ときには、こういう雰囲気もいいでしょう？」

戸谷は、彼女に磊落《らいらく》に云った。

「ええ、何かいつもと気分が変わりますわ」

と、彼女は微笑して云う。

「あら、奥さま、お初めてなんですか？」

力弥が傍から云った。

「ええ、初めてなんですの」

「そりゃどうも。わたくしのような女が現われたんで、びっくりなさったでしょ？」

「そりゃ誰だってびっくりするさ」

と戸谷が引き取った。

「近ごろは馴れたがね、初め、君が三味線を抱えて、口をパクパクさせながら吠《ほ》えているる顔を見たときの愕《おど》きは、まだ忘れないよ」

「口をパクパクさせて悪うござんしたね」

力弥は、頭を下げた。

「まるで鮒《ふな》だわね」

「向島は田圃《たんぼ》が多いんでね、こういうシロモノがまだ主《ぬし》として残ってるんですよ」

戸谷が槙村隆子に云うと、彼女は笑って、

「先生、よく此処《ここ》にいらっしゃいますの？」

と何気ないように訊いた。

「いや、よくでもないが、ときどきですよ。憂晴《うさばら》しに、友だちと飲みに来るのです。

そのたびに、この妓《こ》をからかっているんです」

戸谷は云ったあと、力弥と一瞬の間に視線を交した。

「ほんとに、先生はいつも女っ気なしで遊びに見えますから、わたしのような者でも枯木の賑《にぎ》わいに呼んでくださるんですよ」

力弥は、すかさず心得顔に云った。

戸谷は、この待合に藤島チセと何度か来たことがある。力弥がこの部屋に入ったとき、女客の顔が違っているのを見て、おやといった眼をしたのは、そのせいだった。あとは知らぬ顔で、戸谷が初めて連れてきた新しい女客の正体を観察している。

力弥もよくつとめたし、戸谷も勧めるので、槙村隆子はわりと盃《さかずき》を重ねた。しかし、決して許してはいない気持が、彼女の唇《くちびる》の辺りに現われている。

戸谷は、槙村隆子がなぜ急に今夜電話で誘いをかけたか、前から考えていた。下見沢を介して結婚話が進んでいるので、彼女の方から直接に戸谷の実体を探りにかかったのかとも思った。が、そうではあるまいと思い直した。もしかすると、槙村隆子は、戸谷が危険な人物だと知って誘い出したのではなかろうか。つまり、下見沢あたりからこれまでの女関係を聞かされて、それに興味を持ったのではなかろうか。いや、下見沢が話さなくても、彼女の方で知っているのかもしれない。そういう危険な男だから誘ってみたくなったに違いない。

そう考えて、槙村隆子をじっと見ていると、彼女の顔つきは次第に興奮を増しているようだった。精いっぱい気をゆるめまいと踏ん張っている表情は、明らかにこの刺激に抵抗している兆候だった。

つまり、槙村隆子は冒険を愉しんでいるのだ。男が何を仕掛けて来るか、それを待っているのだ。しかも、それをかわして脱出を狡《ずる》く考えている。それだけの自信が、この女にはあるのだ。危険一歩前のスリルを、女は愉しんでいる。槙村隆子の昂《たか》ぶりに赧らんだ顔は、そういう表情だった。

いつの間にか、力弥は消えてしまった。女中も此処には寄りつかない。

「芸者さん、どうしましたの？」

長い間、戻って来ないので、槙村隆子は、不審を起こした。

「ああ、あれですか。帰りましたよ」

戸谷は何でもないように答えた。

「あれで方々から、結構、貰《もら》いがかかるんですね。顔も芸もまずいが、客あしらいがいい妓《こ》ですから」

「面白い女《ひと》ですわ」

槙村隆子は、ふっと呼吸《いき》を吐いた。

「もう、こちらに帰って来ないんですの？」

「いや、向うの座敷が済み次第、こっちに来るようには云ってあります」

「そう」

槙村隆子は、眼を伏せた。長い睫毛《まつげ》が揃《そろ》っている。それは万事を察知した瞬間の表情だった。芸者の消え方から戸谷の計画を見破った顔だった。それで気持が昂ぶったのか、彼女は呼吸を深く吸い込んだ。

「隆子さん」

と戸谷はさりげなく訊いた。

「これから予定がありますか？」

彼女は、少し間をおいて、

「そうですね、べつにございませんわ」

と抑えた低い声で答えた。

「でも」

と言葉は続いた。

「わたくし、十一時までに帰らないといけないんです」

「そうですか。じゃ、もう少しいきましょうか」

戸谷は銚子《ちょうし》をかかえた。

「あら、もう駄目《だめ》ですわ」

彼女は、盃を伏せた。

「もうお酒の方は結構です。お話ししましょうよ」

彼女は微笑で押し返した。

「まあ、少しはいいでしょう？」

「いいえ、ほんとに駄目なんですの。ずいぶん酔いましたわ」

女は、揃えた指を頬《ほお》に当てた。

「こんなに熱くなっています」

「ずいぶんお飲みになると思ったが」

「いいえ、これで珍しいくらいですわ。日本酒をこんなに頂いたことはないんです。今夜は、変わった所にご案内して頂いたので、つい、いい気になっちゃったんです」

「そうですか。いや、こんな所でもお気に召したのなら、ぼくは嬉《うれ》しいですよ」

「戸谷さんこそどうぞ」

彼女は銚子を取ったが、その前に、ちらりと腕時計に眼を投げた。

「いやだな。時計を見ながらお酌《しゃく》してもらったんじゃ、落ち着きませんよ」

「失礼しました。でも、もう時間が遅うございますから」

「あと何分です？」

「十時半ですわ」

「じゃ、もう少しいいでしょう？」

「ええ」

「話をしましょう。とにかく、隆子さんとこんなに対《むか》い合って呑む機会は、滅多にありませんからね。ぼくはとてもありがたい気持でいますよ」

戸谷は、わざと結婚問題のことには触れなかった。それは、レストランでちらりとほのめかして、彼女にぴしゃりと叩《たた》かれたことに懲《こ》りたためでもあったが、もし、この問題に話が及ぶと、どうしても理に落ちてしまう。二人だけの話合いではなく、間に下見沢という仲介者がいる。それが話を固くさせる。いっそ、それには触れない方がいいのだ。触れないで、現在の彼女を特別な雰囲気に誘い込んだ方が効果的なのだ。

女中は相変らず現われない。先程、隣の部屋で忍ぶような音がしていたが、槙村隆子の耳に入ったかどうか。

戸谷は、何気ない様子で起《た》ち上がった。恰度《ちょうど》、女中でも呼ぶような格好で襖際《ふすまぎわ》の方に歩いたが、そのまま身体の向きを回すと、槙村隆子の背中が眼に真正面だった。戸谷は戻るとみせて、槙村隆子の後ろに近づいた。女は気づかない格好で坐っている。そのなだらかな肩を戸谷はいきなり抱いた。槙村隆子の肩が跳ね下がるように弾んだ。

戸谷は、女の後ろ肩から両手を前に辷《すべ》らせて締めつけた。恰度、膨《ふく》みのところだった。

「いけません。駄目です。放して！」

彼女は、咄嗟《とっさ》に、自分の胸を手で守り、そのまま逃れようとするのを、戸谷は力ずくで押えた。

「隆子さん」

戸谷は、後ろから耳朶《みみたぶ》に熱い呼吸を吐いた。

「ぼくは、あなたが好きです」

戸谷は、そう云いながら、彼女の手を胸から外そうとした。彼女は、肘《ひじ》を両脇《りょうわき》に力いっぱい着けて、上体を前に折った。戸谷は、彼女の上体をうしろから起こしにかかった。

「いけません。何をなさるんです?」

彼女は叫んだ。その声は荒い呼吸で切なく途切れていた。戸谷のすぐ眼の前に、彼女の白い項《うなじ》が伸びている。戸谷は、そのまま手に力を入れて身体をこじ起こすようにしながら、項の白い皮膚に自分の口を付け、歯を当てて思いきり啜《すす》った。

「あ」

彼女は、戸谷から遁《のが》れて匍《は》い出した。戸谷の唇が外れて髪の毛が口に入った。彼女の後ろ衿《えり》のすぐ上は腫《は》れたように赤い斑点《はんてん》となった。そこが、戸谷の唾《つば》でべとべとになって電灯に光った。

戸谷は、締めつけた手をゆるめなかった。畳の上に赤い爪《つめ》を突き立てるようにして槙村隆子が匍うのを、戸谷は無理に後ろから抱き起こした。その拍子に重心が傾いて予定通り戸谷は倒れた。女の身体が彼に抱かれたまま一緒に転んだ。

「いけません。人が来ますわ」

女は、声を忍ばせて叫んだ。

「誰《だれ》も来やしませんよ」

戸谷は、乱れた呼吸を彼女の頬に吐きかけた。

「隆子さん！」

「駄目です。いけません！」

「隆子さん！」

彼女は、倒れたときに、脇に付けた肘をはずしていた。戸谷の手は、その中に辷り込んだ。あっという間もない。彼の指は、着物の脇口から突入して、女の柔らかい弾みのある皮膚の丸味を握った。彼女の背中が反った。口を開け、せわしない呼吸と一緒に低い声を断続的に吐いた。戸谷は、手に力を入れた。女はまた苦痛に似た声を洩《も》らした。

戸谷は、片手で女の頸《くび》を捲《ま》き、上に起こすと、その上に自分の身体をずり上げた。柔《やわ》い唇に自分の口を押しつけた。女のにおいを口の中に吸い込んだ。

槙村隆子は、眉《まゆ》を顰《しか》めて首を激しく振った。戸谷は、手に力を入れて、彼女の振動を押え、舌で女の唇をこじ開けようとした。だが、彼女は、力をこめて顔を横にやった。戸谷の眼と鼻を彼女の髪が擦《こす》った。

戸谷は、ここで急に力を抜いた。

すると、彼女はあわてて起き上がり、逃げるように戸谷から離れたが、そのまま立つのでもなく、畳の上に手を突いて、顔を伏せ、激しい呼吸を吐いていた。真赧《まっか》な頬だった。衿がはだけ、帯が崩れかけていて、肩は激しく波打っていた。

戸谷は、しばらく、槙村隆子を放置して眺《なが》めた。髪の形が崩れて、俯向《うつむ》いた顔に乱れ落ちていた。女は、戸谷の方を見ないで、憤《おこ》ったように、そのまま身づくろいにかかった。

戸谷は、ふいに彼女の肩を押えた。瞬間、その肩がぶるんと顫《ふる》えた。

「隆子さん！」

戸谷は、声と共に抱き締めると、一方の手を彼女の懐《ふとこ》ろの中に入れた。今度は不意だったので防ぐ余裕がなく、彼女は、彼の手を上から押えた。が、戸谷の手は完全に、彼女の柔らかい弾みのある乳房を摑《つか》んでいた。

「放して」

槙村隆子は、うわずった声を上げた。

戸谷は、摑んだ生温いものを静かに揉《も》んだ。そのたびに、彼女は、歯の間から病人のような声を洩らした。抵抗が弱りかけてきた。彼女は、身体を折り曲げたままだったが、戸谷の廻《まわ》した腕の上に半身の重みをかけているようだった。

戸谷は、そのまま自分の身体を起こし、力いっぱいに彼女を締めつけたまま引きずった。彼女は、起ち上がれずに足が畳の上を泳いだ。戸谷は、そのまま襖際まで来ると、片手で襖を開けた。

次の間の、薄い雪洞《ぼんぼり》の形と、友禅模様の夜具とが、幕を切り落とした舞台のように眼に映った。戸谷が両手の力を彼女の腋《わき》の下にかけて運びかけたとき、彼女は急に声を出した。

「待って」

その声が、たしかに異なって聞こえたので、戸谷は思わず動作を停《と》めた。

「待って」

槇村隆子は、もう一度云った。待って。――戸谷は彼女の顔を上から覗《のぞ》いた。その顔に変化があった。口を開けたまま喘《あえ》いでいたが、彼女の顔には諦《あきら》めの表情が読み取れた。

「このままではいやですわ」

顫えた声だった。

「え？」

戸谷は訊《き》き返した。

「お風呂《ふろ》に……」

と彼女は小さな声で云った。

「お風呂に入ってからにして……」

細めた眼の隙間《すきま》から、瞳をじっと戸谷に当てた。

「本当ですね？」

戸谷は、唾をのみこんだ。女が風呂に入りたい気持が分かった。

それで戸谷は手を放したが、彼自身が、びっしょり汗をかいていた。

風呂の支度はできているはずだった。湯殿の方も勝手が分かっている。

「では、すぐに入りましょうか？」

戸谷は太い息をついて云った。

「お先に……」

と彼女は蒲団《ふとん》の裾《すそ》にうずくまったまま、低く云った。

「入ってらして。あとからすぐ参りますわ」

顔が羞恥《はじらい》で真赧になっていた。

「浴槽《よくそう》は広いんです。一緒に入りませんか？」

女は胸の辺りを袖《そで》で押えて首を振った。

「どうぞ、入っていらして」

戸谷に一抹《いちまつ》の不安がないでもなかった。だが、ここで下手に強引に出ると、失敗しそうだった。

「すぐ来ますね？」

女は黙ってうなずいた。

戸谷が急いで洋服を脱ぎ、乱れ函《ばこ》から浴衣《ゆかた》をとって着替えている間、槙村隆子は坐ったまま壁の隅《すみ》に匍《は》い寄り、後ろ向きになって帯を解きにかかっていた。細い襟足《えりあし》がうす暗い中にくっきりと見えた。そこまで確かめて、戸谷は安心した。やはり、対手《あいて》はおとなである。

「じゃ、先に行ってます」

戸谷は別の襖を開けた。

湯殿は、短い廊下を渡ってすぐだった。硝子《ガラス》戸を開けて、脱衣場で着物を脱ぎ、次のタイル張りの浴室に入った。

小判型になった湯船に入ると、湯加減も恰度よかった。戸谷は、首までつかって手足を伸ばした。わざと上がらずに、槙村隆子が来るのを待っていた。仕切りとなっている磨《すり》硝子戸の向うに電気があって、淡く透いている。戸谷は、それを見つめながら湯に浸っていた。

磨硝子に人の影が射《さ》した。来た、と戸谷は思った。着物をきた女の姿だったから、間違いはない。戸谷は、湯で顔をざぶりと洗った。

だが、その影は、すぐそこで着物を脱ぐ様子はなく、慌《あわただ》しく戸を細目に開けた。

「旦那《だんな》さま」

この家の女中の声だった。戸谷は、はっとなった。

「何だ?」

「お連れさまがお帰りになります。よろしゅうございますか?」

漠然《ばくぜん》と持っていた不安が当たった。戸谷は、眼の前が急に白くなるのを感じた。

「ばかっ、何を云う。止《と》めろッ」

戸谷は呶鳴《どな》った。

「はい、一応お伺いして、と云ってお止めしたんですけど、急ぐ用事を思い出したから、とおっしゃって、もう玄関にお出かけになっていらっしゃいます」

女中は口早に告げた。

「ばかっ、止めるんだ。止めろッ」

戸谷は思わず湯を刎《は》ねて起ち上がった。

戸谷が浴衣を着て、座敷に戻《もど》りかけると、女中がはらはらした顔で、そこに立っていた。

「お連れさまをお帰しして、ほんとに悪うございました」

息を呑《の》んだような眼で謝った。

戸谷は黙って、まえの場所に坐った。卓の上は、まだ片づいていないで、槙村隆子が食べたあとの料理などがそのまま残っている。

槙村隆子に恥を掻《か》かされた。——戸谷は、砂を噛《か》むような気持だった。男が女に遁《に》げられた場合、人に見せる態度に二つある。照れ隠しに虚勢を張るか、すごすご退散するか、である。虚勢を張る場合も、何でもないような顔つきをして平気を装うのと、女中などに当り散らして荒れるのとに分かれる。戸谷は、どちらもとりたくなかった。

「そこを片づけてくれ」

槙村隆子の残した皿《さら》を顎《あご》でしゃくった。逃げた女のものを見るのは目障りだった。

「酒を持って来てくれ」

女中は、戸谷を恐れていた。女客を逃がしたのは、自分の責任のように感じている。

「ほんとに申訳ございませんでした」

馴れた女中だったが、しきりと謝った。

「ちょっと先生にお伺いしてから、と云ってお止めしたんですが、どうしてもご承知なさらないで、振り切るようにしてお帰りになりました。あっという間で、どうしようもございませんでしたの」

「いいよ」

戸谷は、言葉少なに云った。

「ほんとに、すみませんでしたわ」

女中は、慰めようもないといった顔だった。女に逃げられた男の顔を、戸谷自身が意識していた。女中が戸谷の不機嫌《ふきげん》を直そうとして努めれば努めるほど、彼の心は白々《しらじら》と乾いて行った。さりとて、すぐ席を蹴《け》って帰ると、よけいに体裁が悪かった。改めて酒でも呑んで気持を紛らわしたかった。

女中は、女の皿をさげて、その辺を片づけ、新しい酒と摘み物を持って来た。時計を見ると、もう十二時半だった。いつもなら、これから呑み直す客にあまりいい顔をしない女中だが、女客を逃がしたことを自分の落度と感じてか、それとも、戸谷を気の毒がってか、サービスに努めた。

さすがに、悪いと思ったか、もう逃げた女のことには触れなかった。戸谷は、此処では、いい客だったし、心付けもはずむ方だった。三十過ぎのカマキリのように痩《や》せた女中は、精いっぱいに愛嬌《あいきょう》を見せている。

——惜しいことをした。先に風呂に入ったのは拙《まず》かった。と戸谷は盃を舐《な》めながら、槙村隆子を取り遁がしたことを思い返していた。

あのとき、彼女は、戸谷の前に、もうすぐ崩れるところだった。いや、すでに崩れかけていたのだ。彼女がこういう場所に黙って従《つ》いて来たのは、女の冒険心からであろう。彼女は、いざという時の脱出を考えていたのだ。それまでの危機感を愉《たの》しむつもりだったに違いない。その女の心理は、戸谷の経験で想像ができた。槙村隆子の気持も、それと変わりはない。

女は、最後まで自信を持っている。自分だけは過誤を冒さないと信じている。その過信が女に男への冒険をさせるのだ。あさはかな考えである。女は、その自負が己れの陥穽《かんせい》になっているのに気がつかない。女の精神の弱さ、肉体の脆《もろ》さを自覚しない。

戸谷は、さっき、槙村隆子に触れた感覚を反芻《はんすう》していた。

以前《まえ》に、夜の甲州街道を自動車《くるま》で走ったときに知った彼女の感触、それから、今夜、まさぐった彼女の皮膚への接触、——戸谷は、次第に槙村隆子の身体の版図に侵入して行っている自分を知った。

彼女が途中で逃げたのは、おそらく、戸谷が風呂に入っている留守、夢から醒《さ》めたように最後の勇気を振い起こしたものとみえる。彼女は、それを自分の理性と考えているかも知れない。だが、それは理性でも何でもなかった。戸谷が与えた不用意な隙が彼女を逃がしたのだ。

しかし、ここまで来ると、女への望みが半分成就《じょうじゅ》したようなものだった。今夜のことで、彼はそれだけ彼女の身体の上に数歩進めたことになる。つまり、その所業がそのまま彼女への既得権のようなものだった。

多分、槙村隆子は、明日にでも彼の非常識を非難するであろう。二度と逢《あ》わない、と云うかもしれない。

だが、戸谷には自信があった。彼女は、無意識のうちに、戸谷の現在までに占領した版図を宥《ゆる》している。それは、強国に侵略された弱国のはかない抵抗に似ていた。彼女は、抵抗しながら諦めるに違いない。いや、女は半分、男の膂力《りょりょく》の振われるのを望んでいる。彼女は、すでに、そうされたことによって、戸谷に愛情的な親近感をひそかに抱いているに違いない。

戸谷は、そう思うと、今夜のことが決して失敗でなかったと思い直した。これまで、多少、近寄りがたいと思っていた槙村隆子が、今夜のことで、他の女とあまり変わりなく見えてきた。あと一歩だ。もう少しと思った。

次の機会を待とう。焦《あせ》ることはない。勝利は見えていた。

そう考えると、戸谷の気持は、やっと晴れてきた。顔色は、自然と和《なご》み、酒まで美《う》味《ま》くなってきた。戸谷は満足した。そろそろ、この辺で腰を上げようとした時、廊下に慌しい足音がした。

つづいて、襖《ふすま》が無作法に開いた。

「先生」

あわてたように膝《ひざ》を突いていたのは、別の女中だった。

「今、あの、奥さまがお見えでございます」

戸谷は、一瞬、ぼんやりした。女中はうろたえていた。

だが、戸谷は、女中の言葉の意味が判《わか》ると、仰天した。ここで「奥さま」で通っているのは、藤島チセのことである。彼女とは何度かこの家に来ている。

戸谷が、あまりのことにたまげて、思わず腰を浮かしかけると、すぐ女中の後ろから荒い足音が起こって、藤島チセの大きな身体《からだ》が入口に見えた。

藤島チセは、もの凄《すご》い眼付きをしていた。女中が泡《あわ》を喰《く》って道を開けた。チセはものも云わないで座敷に入ると、戸谷の前に突っ立った。

戸谷と、藤島チセの視線が絡《から》んだ。彼女の眼は血走っていた。顔の筋肉が硬張《こわば》り、色が真蒼《まつさお》だった。戸谷も顔色を変えた。

「女を！」

と藤島チセは吃《ども》りながら叫んだ。

「女を出しなさい。何処《どこ》に隠したのよ？」

瘦せた女中が、びっくりして横に飛んだ。

「何を云うのだ？」

戸谷は、心を顫《ふる》わせて叱《しか》った。

「女なんか何処にも居やしないよ。馬鹿《ばか》なことは云わず、まあ、そこに坐りなさい」

藤島チセは、立ったまま、じろじろと辺りを見回した。幸いなことに、卓の上には戸谷一人分の料理しか出ていなかった。

「あんた。こんなところに来て、何やってるの？」

彼女も、その一人分の皿に気づいたのか、ようやく其処《そこ》に坐った。見ると、慌てて支度してきたものらしく、着物と帯がちぐはぐだった。いつもは、その取合せに心を使っている女だが、家を出るとき、手当り次第のものを着て来たらしい。肥《ふと》っているから、余計に着付けが乱れている。

「見るとおりだ。酒を飲んでいるだけだよ」

槙村隆子の料理を片付けさせたのは、幸いだった。戸谷はそれだけでも、小さな落着きが取り返せた。

「あんたは、ひとりでこんなところで飲む男じゃないわ。きっと女を伴《つ》れて来たんでしょ？」

彼女は眼を三角にし、口を尖《とが》らせた。

「ばかなことを云うな」

戸谷は云った。

「気持がむしゃくしゃしているときは、静かなところで飲みたくなるものだ、おれが女を伴れて来ているかどうか、この女中に聞いてみろ」

戸谷は顎《あご》を横にしゃくった。

女中はおどおどしていたが、戸谷の合図に、やっと身体を前に出した。

「ほんとでございますよ、奥さま。先生は、最初《はな》から一人でいらしてお酒を召し上がってらしたんです」

懸命に口を添えた。

藤島チセは、じろりと女中の顔を見た。

「ふん」

鼻の先で嗤《わら》った。

「あんた方は商売だから、客に口裏を合わせているんだろ？　みんな、あたしをばかにしているわ」

彼女は女中を睨《にら》みつけた。

「いいわよ。女を何処かに隠しているのなら、あたしが証拠を見つけてやるよ」

藤島チセは俄《にわ》かに立ち上がり、風を起こして部屋から廊下に走り去った。戸谷は唖《あ》然《ぜん》とした。

何をするのかと思ったが、やがて、それは見当がついた。藤島チセは下駄箱《げたばこ》を探しに行ったのである。遠くでガタガタと物音が聞こえていた。女中の声がそれに混じっている。

座敷に残っている女中は、戸谷と眼を合わせて怯《おび》えていた。

「どうして気がついたんでしょうね？」

と小声で戸谷にきいた。

戸谷にはその見当がついていた。寺島トヨだ。トヨが藤島チセに電話で通報したのである。

病院を出掛ける前だったが、槇村隆子との電話のすぐあとに寺島トヨが入って来た。今度は槇村隆子を追い回すんですか、と彼女は戸谷に憎々しそうに云った。あれだと思った。戸谷は、寺島トヨの髪を摑《つか》んで引きずり回したい衝動が起こった。また廊下に足音が鳴った。藤島チセが帰って来た。女の履物は見つからなかったのである。

チセは、また、戸谷を睨みつけて立っている。その後ろから他《ほか》の女中が恐《こ》わ恐《ご》わと随《つ》いて来たが、仲裁もできず、恐る恐る廊下から覗いている。

戸谷は手酌で酒を飲んでいた。これ以上、藤島チセが荒れるのを警戒しながら、平気な態度を装っていた。

「女を何処にやった?」

藤島チセは吠《ほ》えた。

「さあ、いくら隠しても、わたしにはちゃんと判っている。みんながわたしを寄ってたかって騙《だま》そうとしても、証拠は握っているよ。あんた、その女を早く此処に出しなさい!」

「まあ、落ち着け」

戸谷は下から云った。

「みっともない真似《まね》は止せ。こんなところにわざわざ恥をかきに来ることはないだろう」
「恥はどっちがかいているんですか?」

藤島チセは半分泣き声になっていた。

「よくもわたしと一緒に来るこの家《うち》に、いけしゃあしゃあと、ほかの女を連れ込まれたもんだね。どちらが恥さらしか考えてみなさい」

藤島チセは、寺島トヨからの通報を聞くとこの待合だと見当をつけて飛び込んで来たに違いない。寺島トヨはこの待合のことを知らない。おそらく、戸谷が女に逢いに行くと報《し》らせただけであろう。それを、此処だと見込みをつけたのは藤島チセの直感である。話の様子だと、その女が槙村隆子とは寺島トヨはチセに教えていないようである。夷《い》を以《もっ》て夷を制するトヨの悪知恵がこのへんでも働いている。

戸谷は後悔した。やはり、横着をきめこむのではなかった。不自由でもほかの待合を使うべきだった。

しかし、こうなると、槙村隆子が遁《に》げたことが唯一《ゆいいつ》の幸運になった。女が居ないのだからこれほど強いことはない。

「まだ、そんなことを云っているのか」

と戸谷は強い声になった。

「そんなに気にかかるのなら、勝手に家探《やさが》しするがいい」

「ええ、しますとも！」

藤島チセは仁王《におうだ》立ちになって呶鳴り返した。

彼女は部屋をぐるりと見回すと、やにわに控えの間を突っ走り、次の間の仕切りの襖をがらりと開けた。女中たちは息をのんで声も立てずに見戍《みまも》っていた。

藤島チセは、開けた襖際に立って、その中を見下ろしていた。

緋縮緬《ひぢりめん》の蒲団が敷かれてある。淡い雪洞《ぼんぼり》型のスタンドは、枕《まくら》を一つだけ照らしていた。枕頭《まくらもと》に水差しがあったが、コップは一つだけだった。いつの間にか、女中がもう一つの枕と、コップ一つを取り片づけたらしい。

藤島チセは、いきなり掛蒲団を剝《は》ぐった。白いシーツは、皺《しわ》一つなかった。チセは、今度は、そこにしゃがむと、低い鼻を犬のように鳴らして臭《にお》いを嗅《か》ぎはじめた。

微《かす》かな香水は、女の身体につけたものでなく、この家が客のために振り撒《ま》いたものだった。

女中たちが凝視しているのもかまわず、彼女は、執拗《しつよう》にその動作をつづけた。香水のほか、彼女が予期した臭いは無かったらしい。

チセの顔は、いくぶん、安心していた。起《た》ち上がると、戸谷の方にずかずかと戻り、卓の前に荒々しく坐った。次に肩で深い吐息をついた。

「水を持って来てちょうだい」

棒を呑んだような顔になっている女中に乱暴に命じた。女中は、座敷を走り出た。

「どうだ、納得がいっただろう?」

戸谷は、盃を舐《な》めて、いたわるように云った。

藤島チセは、憤《おこ》ったような顔で黙っている。しかし、その顔は、まだ半信半疑だった。

が、証拠が発見できないので、多少、それに安堵《あんど》したようだった。眼の光が以前より和《なご》んで見えた。

女中が水をコップに汲《く》んで来ると、彼女はそれを一気に飲んだ。雫《しずく》が彼女の口もとから二重に括《くく》れた肥えた顎に流れた。コップを女中の盆に戻すと、もう一度、大きな溜息《ためいき》をついた。

「どうだか、あんたの云うのは、あんまり当てにならないわ」

彼女は捨台詞《すてぜりふ》を吐いたが、前ほど悪い機嫌ではなかった。

「邪推するのもいい加減にしろ。ぼくだけではなく、君も一緒に恥を掻いてるんだぜ」

戸谷は云った。

「こんなふうに誰がさせたのですか？」

藤島チセは、細い眼に光を溜めて、戸谷をねめつけていた。だが、明らかに最初の興奮は鎮《しず》まりかけていた。

「くだらんことを云わずに、まあ、一ぱい飲みなさい」

戸谷は、自分の盃を出した。彼女は、それをひったくるように握った。戸谷は薄ら笑いを泛《うか》べながら銚子を取って注《つ》いでやった。

藤島チセは、一気に酒を呑み干した。そして、黙って、盃を差し出した。戸谷も、何も云わずに二度目を注いだ。

「どうだ、安心したかい」

彼は、藤島チセが酒を飲んで、もう一度溜息をついたのを見届けて云った。

「信用ができないわ」

彼女は、肩を落として云った。

「ふん、どこが信用できない？」

「ちゃんと、蒲団が敷いてあったわ」

「この家の慣例《しきたり》さ」

戸谷は、落ち着いて答えた。

「うっかり、女中が敷いたんだろうね。第一、何かあってみろ、蒲団があんなふうにきれいなはずがない」

「逃がしたのでしょう?」

「ばかなことを云うな。君は、あっという間にやって来たのだ。逃がすも逃がさないも、そんな間なんかないよ」

「では、先に帰らしたのでしょう?」

「おい、いい加減によさないか。君は、自分の眼で確かめ、鼻でも嗅いだじゃないか」

藤島チセは、卓の上に肘《ひじ》を立て、頰杖《ほおづえ》を突いた。

「なあ」

戸谷は、横から彼女を差し覗《のぞ》くようにして急にやさしい声になった。

「ぼくが他の女を連れてくるわけがないじゃないか。第一、もし、そういうことをするんだったら、君の知った家になんか来ないよ」

「あなたは図々しいからね、分かんないわ」

彼女は頬杖を突いたまますねたように云った。

「まあ、そういつまでも根に持つな。誤解が解けたら、あっさり機嫌を直すものだ。どうだ、今夜は、どうせ遅くなったことだし、ここでゆっくりとしよう。もう一つ盃を持って来させよう」

藤島チセは、黙っていた。戸谷は、部屋の隅《すみ》で困っている女中に、盃を持って来させた。

女中は、その機会《しお》に部屋から逃げて行った。

「ぼくがどうして此処《ここ》でひとりで飲んでるか、知ってるか？」

戸谷は、声の調子を変えて云った。

「そんなこと、分かるもんですか」

「いや、そう云わずに聞いてくれ。実は、病院の方がニッチもサッチもいかなくなったんだ。ここで一つテコを入れないと、どうにもならなくなった。なあ、それで、少し相談があるんだが」

これは、素早く立てた戸谷の計算だった。彼女は嫉妬《しっと》を燃やしてここに飛び込んできた。戸谷に対して完全に溺《おぼ》れた状態だった。

判断も、分別も、この商売上手の女からは完全に遁げていた。

この瞬間を、戸谷は金を引き出すのに利用しようとした。初めから理詰めでなく、こういう状態で切り出すのが最も効果的だ、とさとった。

藤島チセは、まだ頰杖を突いたまま考え込んでいた。戸谷の声が耳に入ったかどうか分からぬみたいだった。

「どうだろう、なんとか、都合つかないか？」

戸谷がしんみりと後の話をつづけようとした時だった。

突然、藤島チセが顔を戸谷の方に振り向けると、いきなり、彼に摑みかかって来た。

「何をする？」

不意だったので、戸谷はうしろに倒れかかった。

「ええ、口惜《くや》しいっ」

藤島チセは、戸谷の顔に爪《つめ》を立てて搔《か》きむしった。あいにくとマニキュアをしている爪だから尖《とが》っていた。防ぐ間もなく、戸谷は、顔に針で刺されるような痛さを感じた。

「おい、止《よ》さないか。止せっ」

戸谷が彼女の手を払い除《の》けると、

「ああ、くやしいっ、悪党！」

と喚《わめ》きながら、彼女は戸谷の膝の上に泣き崩れた。

戸谷は、波打つ彼女の背中を撫《な》でながら、ひとりでに声のない笑いがこみ上げてきた。

7

戸谷は、頭が重かった。

今朝帰ったのが、明けがた近くだったので、寝不足の故《せい》か、頭の芯《しん》がずきずきと痛む。

院長室に入って、机の前にぼんやり坐《すわ》ったが、煙草《たばこ》を喫《す》うだけで、何をする気力もなかった。頭の中に昨夜《ゆうべ》の回想だけが生きている。

粕谷《かすや》事務長が入って来た。ちょび髭《ひげ》を生やした背の高い男だ。以前《まえ》には、院長にぺこぺこと頭を下げたものだが、近ごろは横柄《おうへい》な態度で入って来る。病院の経営が悪くなると、事務員までばかにしているような気がした。

事務長の話は、聞かない先から分かっている。赤字の報告だった。

「鯨屋《くじらや》がどうしても半分入れてくれと云っているのですがね。どうしたものでしょう?」

鯨屋とは出入りの薬屋の一軒だった。どうしたものでしょうもないものだ。金のやり繰りがつかないことは、事務長が一番よく知っている。

「いつ払えと云うのだ？」

戸谷は不機嫌《ふきげん》に訊《き》いた。

「明後日《あさって》中にはぜひ何とか、と云っています」

粕谷事務長も負けずに仏頂面《ぶっちょうづら》で云った。

「いくら溜《た》まっている？」

「五カ月分です」

近ごろ、どこの病院の経営も苦しくなってきたことは、戸谷も話に聞いている。自分の所だけではないと知って、幾分、安心したのだが、他所《よそ》の病院は、薬代を三カ月ぐらい待たせているらしい。五カ月というと、ちょっとひどいかもしれない。薬屋が文句を云うのも当り前だと思った。

さし当たって金の入るメドがつかない。戸谷の頭には、藤島チセと下見沢とが泛《うか》んだ。藤島チセの金は昨夜の待合で約束はさせたものの、現金を手に入れるのはまだ暇がかかりそうである。下見沢は、この病院の土地を抵当にして金を借りろと云うが、それは槙村隆子への見せ金だから、その金から融通するわけにはいかない。

戸谷は、とにかく考えておく、と云って一応、事務長を退《さが》らせた。

窓の外は、蒼《あお》い空が展《ひろ》がっていた。戸谷の屈託とは何の関《かか》わりもない、いい天気だった。今日も暑い日だ。

世間では、この病院が赤字になったことを戸谷のせいにし、先代の親父《おやじ》の隆盛と比較して批判している。しかし、それは間違いなのだ。親父の代は、いい世の中だった。健康保険などというような、いやらしいものは無かった。

大体、医者の儲《もう》けは、薬と技術から弾《はじ》き出される。ところが、近ごろの健康保険の制度には、薬価は利益の中に入っていないのだ。

もっと不公平なことがある。それは、健康保険には技術料を全然見ていないことだ。この制度は、診療技術をあらゆる医者に対して等価値と見ている。つまり厚生省は医者の腕の上手下手を均一化し、すべて同じ評価にしか認めないのである。

こんなばかなことはない。技術が優秀なら、それだけの評価が与えられ、待遇されるのが当然だ。が、厚生省のみる日本の医者は、みんな同じ腕だと思っているらしい。天下の名医も、藪《やぶ》医者も、同じ突っ込みでしか評価計算されないのである。

昔は、薬に対しても、技術に対しても、医者の取り放題であった。いや、取り放題と云えば語弊があるが、それだけの自信が医者にあったのだ。なるほど、福祉制度として健康保険は結構なものだが、政府がそれを医者の一方的犠牲において強行するところに不合理がある。

一体、どの商売でも、儲けがあるから商売に励みが出るのだ。利潤を不当に制限して、どうして医者だけが従来通りの意欲を持たねばならないのだろうか。それも、健康保険が出来たころはまだよかった。が、今日、国民全般に健康保険なるものが普及してくるに従って、医者の利潤の率はだんだん引き下げられてきている。しかも、審査では、勝手に申告点数を削ってゆくのだ。

それも普通の開業医ならまだ辛抱できる。女房《にょうぼう》や娘を薬局や看護婦の手伝いに動員することができるからだ。しかし、この病院のようにベッド三十を持っている中病院では、法律上、医員、看護婦の数が規定されている。それに事務員や雑役婦を加えると、相当な人件費である。利潤は引き下げられるし、従業員は給料の賃上げを要求する。これでどうして病院経営が成立っていけるか。

そのベッド一つに例を取っても、現在は、甲表五百二十円で押えられている。ところが、親父の代は、入院料には制限がなかった。腕がいいという評判さえ立てば、患者は殺到し、入院料もボリ放題だった。そこにこそ技術の卓抜と、それにつながる需要の妙味があったのだ。

薬屋の払いに追われているのは当然のことだ。病院の総収入の三分の一は、薬屋の支払いになっている。その薬屋もまた、こんなに溜まるといい顔をしないばかりか、気の利《き》いた新薬は廻《まわ》してくれない。これでは、いい薬だと思っても患者に治療することができないのである。今、請求している鯨屋にしても、在来の平凡な薬品しか持ってこない。

上からはマージンを押えられ、下からは薬屋に責められる。これで正直な商売ができるはずがない。申告点数の水増しは止《や》むを得ないのだ。医者だけを虐《いじ》めて何の福祉制度か。ここに政治の貧困がある。もっと予算を医者の方に廻せば、医者はもっと治療に意欲を起こし、患者の員数稼《かせ》ぎをしなくとも済む。

それに、健康保険になってから、その申告の手数のかかることはどうだ。昔は、患者から金さえ取っていればよかった。今は、いちいち煩《わずら》わしい計算をしなければ金を貰《もら》えないことになっている。その計算のために専任の事務員まで置かなくてはならぬ。どこまでも莫迦《ばか》莫迦しい制度にできている。

とにかく、このままではこの病院も潰《つぶ》れそうだ。

戸谷は、職員の人件費を何とか削る方法はないかと、ぼんやり考えた。自分が今まで道楽で使った金は少しも惜しくはなかった。

看護婦が手紙の束を持って来た。

相変らずPRの郵便が多い。中でも、商売柄《がら》、薬品会社からの新薬紹介のパンフレットが多かった。薬屋が新薬を廻してくれない病院に、製薬会社から新薬の宣伝が来るのは奇妙だった。

戸谷は、その郵便物をめくっているうちに、久しぶりに見馴《みな》れた筆蹟《ひっせき》を見付けた。裏を返すと、やはり妻からである。

珍しいことだ。別居している女房から手紙が来るなどということは滅多になかった。別れて以来、よほどの用事がない限り、葉書一枚寄越《よこ》さない女である。戸谷は、ある予感を持ってその手紙の封を切った。

「その後、お変りございませんか。私もこの際早く身の振り方をつけなければ、いつまでも落ち着きません。ついては、こういうことを書くのは嫌《いや》でございますが、別れ話自体が事務的なものと心得て、あえて書きますけれど、一刻も早くお金を頂《ちょう》戴《だい》したいと思います。あなたもこのままずるずると未解決のままではご不快でございましょうし、私もその金を当てにして、実はこれからの新生活を計画しております。あなたのご意志を尊重して、今度だけは直接にこういう手紙を差し上げました。

金額、支払期日など、折返して明確にご返事頂ければ仕合せでございます。もし、このご返事がいつまでも延びますようなことがあれば、私としても然《しか》るべき弁護士を立てて、第三者の立場で話合いをして頂こうと思っております。

あなたの性格は私が一番よく知っておりますので、もしやご返事が延びはせぬかと心配しております。私としても、今は自分の将来を生かすかどうかの瀬戸際《せとぎわ》でございますから、早くご返事に接して安心したいのでございます。それで、この手紙を出しましてから一週間ほどお待ちいたします。それまでにご返事頂けない時は、前記の手続きを取らせて頂きとうございます。

慶子《けいこ》

戸谷信一《とやしんいち》さま

二伸、この件は、どうぞお手紙でお返事くださいませ。私のところに予告なしにお見えになっても、無駄《むだ》でございます。」

戸谷は、ざっと眼を通して、二度目をゆっくりと読んだ。そして、その二枚を机のはしにぽんと投げた。

椅子《いす》から起《た》ち上がり、煙草をつけて、窓際に寄った。

白い雲の下に、東京の家並がつづいている。平和な家並だ。少しも動かない街である。しかし、幾千、幾万と集まっているあの屋根の下には、それぞれ人間が家庭を営み、家庭を破壊している。

戸谷は、この手紙を書いている慶子の顔を想像した。冷たい女だった。気位ばかり高くて、少しも夫の面倒を見ぬ女である。心の固い妻だった。

その手紙を書いている横に、女房の新しい愛人が坐っているような気がしてならなかった。最後の二伸など読むと、ことにそんな気がするのだ。

戸谷は、ふふんと鼻で嗤《わら》った。べつに嫉妬《しっと》らしい感情は起こらなかった。あの女と早く別れてせいせいしたい。いや、早くケリを付けて槙村隆子と結婚したい。別れた女房に男がつこうがつくまいが知ったことではない。どうせ相手は若い男に違いないだろうから、戸谷の与えた別れ金を、男に騙《だま》されて捲《ま》き上げられる場合も考えられた。男に騙されてしょんぼりとなっている中年女が、いつの間にか見馴れた女房の顔になっていた。

まあ、そんなことはどっちでもいい。

早く女房に金をやろう。そして、きれいに片をつけなければならない。槙村隆子と結婚するには、きれいな戸籍になっていなければならなかった。

それにしても金が欲しい。

槙村隆子への見せ金も早急に必要だし、女房と別れるためにも金が欲しかった。病院の方も考えねばならぬ。

ああ、金が欲しい。

このとき、戸谷は槙村隆子に急いで連絡せねばならぬことを思いついた。

昨夜のことで彼女は怒っているだろうか。あるいはこのまま戸谷を拒絶するのではなかろうか。

いや、そんなことはない。なるほど、彼女は表向きでは戸谷の失礼を非難するだろう。それは、女の羞恥《しゆうち》と体裁からだ。しかし、本音は、あのことから戸谷に一歩引き寄せられたのではなかろうか。

少なくとも、下見沢を通じて「正式」な話を進めている時よりも、感情的には接近している。第一、ああいう家《うち》に、戸谷の誘いに何の躊躇《ためらい》もなく従《つ》いて来たこと自体が、彼女の感情を表わしているのではないか。もし、戸谷を頭から拒絶しているのだったら、あんな行動を起こすはずがない。

それに、あの時の彼女の様子も、半分はすでに戸谷を受け容《い》れていた。戸谷が彼女を置いて一人で風呂《ふろ》に入ったのは手落ちだったが、あのこと自体は失敗ではないと思っている。戸谷は、眼の前の受話器を取った。

「先生は留守でございます」

先方では、女の子の声が出た。戸谷の名前を確かめてから、そう返事した。

「お出かけですか？」

戸谷は、槙村隆子が居留守を使っている、と直感した。

「はい」

行先を云わない。

「いつ、お帰りですか？」

電話の声は躊躇《ためら》っていたが、

「多分、夜分遅くなると思います」

と答えた。

戸谷は、ちょっと考えていたが、

「それでは、お帰りになったら、ぼくから電話があったということを云ってくださ
い」

「承知しました。そのように申し伝えます」

戸谷は、電話を切った。

槙村隆子は、今日、戸谷から電話が掛かるのを予期して、女の子に留守だと云わせているのである。彼女は腹を立てているか、戸谷を眩《まぶ》しげに避けているか、どちらかだった。おそらく、この四、五日は、電話を彼女に掛けても無駄であろう。

しかし、戸谷は、落胆しなかった。居留守を使わせている槙村隆子の気持が、戸谷には手に取るように分かる気がした。

戸谷は、しばらく思案していたが、机の抽斗《ひきだし》から便箋《びんせん》を取り出した。煙草を二服ほど喫って、彼は書き出した。手紙を書く気になったのは、女房の手紙を読んだので伝染したのかもしれない。

「先夜は失礼をいたしました。

さぞご立腹のことと思いますが、すべてはぼくの軽率から出たことで、お宥《ゆる》しを願いたいと思います。せっかく、愉《たの》しい一ときを過ごしたいと思ってお逢《あ》いしたのですが、あのような結果になって汗顔の至りです。

しかし、ぼくの気持は少しも誤魔化しがありません。ぼくは心からあなたを愛しています。ただ、それを口に出すのが若い人と違って何となく照れ臭いのです。だが、文字の上では、それが思うように伝えられそうです。ぼくは本当にあなたを愛しているのです。

ぼくに過去が無かったとは申しません。いろいろな女との交渉はありました。しかし、それらは全部過ぎ去ったことで、現在は何もかも断ち切れております。そして、ちょっとキザな云い方になるかも分かりませんが、これまでのぼくの人生の中で、あなたが一番ぼくを救ってくれるひとだと思うのです。というのは、ぼくの人生で実際に心からの愛情が持てたのは、あなただけなのです。これ以上いろいろ書くと、気恥しくなりそうですから止《や》めますが、ぼくの気持は、どうかお察しください。

気持は、手紙の上では書けません。ぜひお逢いしたいのです。今度は前のような失礼なことは絶対にいたしませんから、どうかぼくと逢ってください。勝手ですが、その日時と場所とを申し上げます。土曜日の夕方六時から、銀座のコロンバンでお目にかかりたいと思います。ぜひお待ちしています。

なお、ぼくは仕事のことで五日ばかり病院を留守にしますので、お含みおきください。

戸谷信一

槙村隆子さま」

病院を留守にするというのは、彼女から拒絶の電話がかかって来るのを予防しておいたのである。一方的な通告だ。有無を云わせないやり方だった。

戸谷は、自信があった。彼女は、一週間後の土曜日の夕刻、必ずコロンバンに現われるであろう。それまで、彼女の気持は動揺があるかもしれない。多分、行くべきかどうかと迷い、思案するであろう。しかし、結局、彼女はやって来るに違いない。

この場合、電話などで余計な相談をしない方がいいのだ。女は男の命令に従う習性がある。

戸谷は、手紙を書き上げて、もう一度それを読み直すと、封筒に入れた。上書《うわがき》を書いて、机の抽斗に入れ、煙草を肺の奥まで吸い込んだ。

戸谷は、五時半にコロンバンに行った。槙村隆子との約束は六時だから、もとより彼女が来ている気づかいはなかった。

レジには、二十四、五の女の子が俯向《うつむ》いて算盤《そろばん》を弾いていた。戸谷がその前に立つと、女の子は顔を上げた。

「あの、お勘定はお帰りで結構でございます」

戸谷は微笑した。

「勘定ではない。ちょっと言づけがあるんだ」

「どなたかお呼出しでしょうか？」

レジの子は他の女の子を呼びそうにした。

「いや、そうではない。これから此処《ここ》に来る人だがね。その人に伝えて貰いたいことがある」

「かしこまりました。何とおっしゃる方でしょうか？」

女の子は鉛筆を握った。

「槇村さんというんだ。二十七、八の女のひとだがね」

「はい」

戸谷は、ポケットから封筒を出した。表に、槇村さま、と書いてある。

「六時にこの店に来る約束になっている。ぼくは戸谷という者だが、その女《ひと》が見えたら、これをお渡ししてほしい」

女の子は封筒を受け取って台の横に置いた。

「お渡しするだけでいいんですね？」

「結構だ。返事は要らない」

「かしこまりました」

「頼みますよ」

戸谷は、百円玉二枚を無理に置いて、店を出た。

それから、表に置いてある自動車《くるま》に乗って、銀座通りを新橋に抜け、赤坂の方角へ走った。

街の灯《ひ》が美しい色彩を輝かしはじめていた。日の昏《く》れが早くなった。

彼女宛《あて》の封筒の中には地図が書いてある。その横に、戸谷はこんな文句を書いたのだった。

「コロンバンでお待ち合わせするはずでしたが、よんどころない用事で、どうしてもお伺いできません。勝手にお願いしておきながら、こんな不本意な都合になったのをお許しください。しかし、どうしてもぼくはお逢いしたいのですから、ぼくの方の用事が終わるころが六時半で、その時刻に、恐縮ですが、右の地図の所でお待ちしております。ぼくはどうしてもお逢いしたいのですから、どうぞお怒りなく、そのままその場所にお越しくださるようお願いいたします。あなたがいらっしゃるまで、ぼくはいつまでもこの場所にお待ちしております。

戸谷　生」

場所は、赤坂から青山《あおやま》へ抜ける或《あ》る街角だった。その近くに、戸谷の知合いの待合がある。戸谷は、今度こそは槙村隆子をそこに誘い込み、最後のキメ手を実行するつもりだった。

前にコロンバンを指定したが、あとになって戸谷は、それを訂正する気持になった。若い者ではあるまいし、コーヒーや菓子を取って話をしてもはじまらない。第一、彼女は表面《うわべ》だけでも先夜のことに腹を立てているに違いないから、コロンバンから別な場所に行こうと云っても、素直に云うことをきくかどうか分からない。

戸谷は、そのことに気づいて、院長室でこの手紙と地図を書いたのだった。地図を書くのはなかなかむずかしい。地図だけで二枚書き、一枚を反古《ほご》にした。

彼女は必ずコロンバンに現われる。この前に出した手紙は、その一方的な命令だった。今度の手紙も、その命令の延長である。言葉は丁寧だが、ぜひ彼女がその場所に来なければならないように指令してある。ここにも戸谷の計算があった。

初めから、その地図の妙な場所を指定したのでは、彼女は来ないかも知れない。しかし、いったん、銀座のコロンバンまで来れば、それは彼女がすでに戸谷と逢う決心になっていることなのだ。だから、その店に来て、手紙を読み、腹を立てて帰ることは、まず考えられない。せっかく、コロンバンまで来たのだから、という気持もあって、必ず、手紙の場所に回って来る。否応《いやおう》なしにそうせずにはおられない心理を、戸谷の手紙の文句は狙《ねら》っていた。銀座と、地図の待合せ場所とは、自動車《くるま》で行けば七、八分ぐらいだ。

これは、あとで気がついたのだが、思わぬ効果だ、と思った。コロンバンで待っている彼女に電話を掛けて変更の話をするよりも、こういう伝達の方法で一方的に命令した方が、与える効果はずっと大きい。女は強い意志に服従する習性がある。

戸谷は、六時かっきり、問題の場所に立った。地図には丁寧懇切に図解しているから、彼女が迷うはずがない。

曇った日で、辺りは昏《く》れかかってきた。この通りは商店街が無く、街灯も疎《まばら》であった。電車道からちょっと引っ込んでいるが、その電車道自体が大きな建物が両側につづいて道は暗い。戸谷の立っている所も、一軒の料亭《りようてい》を除く以外、灯の暗い家並がつづいていた。戸谷は、自動車を道端に置き、その傍《そば》に立って煙草をふかしながら待った。

時計を見た。六時十分だった。もし、槙村隆子が正確に六時にコロンバンに現われたらもうそろそろここにタクシーで来る時分である。いや、もしかすると、彼女は、せっかく店内に入ったのだから悪いと思って、コーヒーの一ぱいぐらいは喫《の》んでいるかも知れない。そうすると、その時間が約十五分ぐらいだ。あと十分も待てば彼女は此処に現われるだろう。

戸谷は、若い者のように口笛を吹きたくなった。

その時、戸谷が期待している方角とは逆の方から、タクシーがヘッドライトを光らせながら走ってきた。気にも留めないでいると、タクシーは、戸谷の真横に音を立てて停《と》まった。戸谷は、槙村隆子が想《おも》いもかけぬ方角から来たと思った。

戸谷は、停まったタクシーの中の客を覗《のぞ》いた。一人の女が運転手に金を払っている。ルームライトは暗い。が、その暗い光の中に照らされた乗客の顔を見て、戸谷は仰天した。

棒立ちになっていると、寺島トヨがドアを弾くように開け、勢い込んで地面に降りた。

戸谷があまりのことに呆気《あつけ》にとられて息を詰めていると、寺島トヨは目標を狙った犬のように真直《まっす》ぐに彼のところに寄ってきた。

「先生」

凄《すご》い眼つきで叫んだ。

「こんな所で何をしているんです？」

真正面から戸谷を睨《にら》みつけた。

「何をしているって……べつにどうもしていない」

戸谷はしどろもどろだった。

弱みを見せまいとする一方、寺島トヨがどうしてこの場所を知って来たか、不思議だった。

「どうもしてないことはないでしょう。こんな所に何のためにぼんやり立っているんです?」

トヨは興奮で声が一どきにつづかなかった。

「用事があるんだよ。用事なら何処《どこ》に立っていても不思議はないよ」

「嘘《うそ》つき!」

彼女は大声を上げた。

「そんな見えすいた嘘ついてわたしを騙そうと思っても無駄だわ。あなたは槙村隆子と、此処で待合せをしてるんでしょう?」

「いや、そんなことはない」

と戸谷は云いかけたが、心の中はかなり狼狽《ろうばい》していた。寺島トヨの顔は狂人のように引きつって歪《ゆが》んでいる。それはいいが、こんなところに槙村隆子が来合わせたら、一体、どうなるだろう。その瞬間の出会いを考えると、戸谷は気が気ではなかった。

「あなたという人は、わたしがそれほど甘いと思っているのですか。あなたが此処《ここ》で槙村隆子と逢うことは、ちゃんとわたしに分かっていたんですからね。あなたは此処に来させるために、槙村隆子に手紙を書いたじゃありませんか？」

戸谷はあっと思った。そうだ、あれだ。地図を書くとき一枚無駄にし、それを丸めて屑籠《くずかご》に突っ込んだが、寺島トヨはそれを拾って見たのだ。なぜ、あの反古を破っておかなかったかと、戸谷は臍《ほぞ》を嚙《か》んだ。

「まあ、そう云うな。そりゃ、誤解だ」

戸谷は、地図だけで、槙村隆子の名前は書いていなかったことを思い出し、それが精いっぱいの弁解だった。

「まだ白々しいことを云って、わたしを騙すんですか。此処に間もなくあの女が来るでしょう。わたしは槙村隆子が来たら、その顔をひんめくってやるんです。洗いざらい、あなたの悪業を知らせて、あの女に思い知らしてやるんです」

寺島トヨは眼をぎらぎら光らせて道路の方を眺《なが》めた。

戸谷は、胸の動悸《どうき》が激しくうった。とにかく、この場を何とか逃げねばならない。寺島トヨを此処から連れ去ることだ。槙村隆子が来ない前に、それをしなければならぬ。この考えだけが戸谷の全身を支配した。

「そりゃ誤解だ。とにかく、こんな所では話ができない。さあ、自動車《くるま》に乗ろう」

戸谷は、彼女の身体《からだ》を押した。

「何をするんです！」

寺島トヨは、胸から戸谷の手を振り払った。その拍子に、彼女は身体をぶるぶると二、三度ふるわせた。

「あなたがいくらわたしを騙そうと思っても、その手には乗りませんよ。わたしは此処に一晩でも頑張《がんば》るんだ。さあ、あなたと一緒にあの女を待ちましょうよ」

「おい、みっともないから、そんなことを云うな」

戸谷は、できるだけ抑えた声を出した。

実際、もう暗い道路には疎《まばら》に人立ちがしていた。

「いいえ、かまいません。そんな誤魔化しを云っても駄目です。こうなると、恥も外聞もかまっちゃいられませんよ。わたしはあの女に逢うまで、此処に立っていますよ」

彼女は喚《わめ》きつづけた。

「いいよ、分かった。話は落ち着いてしよう。なあ、こんな往来に立っていて、そんなことを云いあっても仕方がない。ほら、人が見ているよ」

戸谷はなだめた。

暗い、離れたところから、見物人たちが眺めていた。

この時、電車通りからヘッドライトが曲がって、こちらに疾走してきた。戸谷の頭に血が上った。

が、それは、二人の横を素通りして過ぎた。自動車の中は三人連れの男だった。

寺島トヨが白い眼でそれを見送った。

戸谷は、自分でも赫《かっ》となったのと、次に来る自動車は必ず槇村隆子に違いないことを思い、急に力を出して、寺島トヨを自動車の中へ押しこめにかかった。

戸谷はいきなり寺島トヨの衿《えり》を摑《つか》んで頰《ほお》を殴った。

「う、う」

女の声に火がついた。

「殴ったのね。それほど槇村隆子が大事なのですか！」

「うるさい」

戸谷は、彼女の身体を突き捲《まく》るように自動車の方へ押した。女はよろけながら車体の方へ倒れかかった。

「ちきしょう」

寺島トヨは叫んだ。

「人殺し！」

この叫びが戸谷をはっとさせた。彼は寺島トヨの瘠《や》せた頸《くび》に手を捲くようにして、片手でドアを開け、自動車の中に引きずり込んだ。弥次馬《やじうま》がいたが、これは夫婦喧嘩《げんか》と思ってか、傍観しているだけである。「人殺し」と云ったのも、女の興奮が云わせた悪態だととっているようだった。

しかし、戸谷は気が気でなかった。逆上したこの女は何を云い出すか分からない。彼はドアを外から叩《たた》きつけるように閉めると、すぐに運転席に入った。一刻も早く、槙村隆子が到着する前にここを脱出せねばならなかった。彼はアクセルを踏み、電車通りとは反対の道へ、そのまま早い速力で走り出した。

座席では寺島トヨが、前のシートに両手の爪《つめ》を立てて掻《か》きむしっていた。

「何をするんだ」

「降ろして。自動車《くるま》を停めて！」

彼女は身悶《みもだ》えし、戸谷の背中から摑みかかりそうな勢いで喚いた。戸谷は運転をつづけた。なるべく人通りの少ない通りを走った。この方が障害物が無く、スピードが出る。彼は時速八十キロを出していた。

自動車は、ときどき、赤信号に引っかかった。が、戸谷の自動車の両側も、後ろも、他のタクシーやトラックが列を作ってひしめいているので、寺島トヨがドアを開けて出ようにも出られなかった。

「何処に連れて行くの？ 病院には帰らないわよ」

寺島トヨはそのたびに、戸谷の背中から叫んだ。

自動車が動き出すと、戸谷はまた七十キロ近いスピードを出した。いつの間にか、甲州街道を走っていた。

戸谷は黙ってハンドルを動かしながら、考えていた。

先ほど、寺島トヨが「人殺し」と叫んだが、むろん、あれは腹立ち紛れの悪罵《あくば》であろう。しかし、彼は、それを平静に受けとれなかった。横武たつ子を注射で殺害したのは、この寺島トヨだが、その実行を教唆《きょうさ》し、幇助《ほうじょ》したのは、彼である。戸谷は殺人の共犯者であり、悪質な医師法違反者であった。寺島トヨが不用意に叫んだ「人殺し」の一語は、もうそろそろ、寺島トヨの処置をつけなければならぬと考えていた彼に、急に最後の覚悟をつけさせる動機となった。

自動車は甲州街道を走りつづける。

戸谷がこうして寺島トヨを乗せて走っていることなどは、誰《だれ》も知らないのである。寺島トヨも、あの場所に駆けつけて来たことを誰にも話していない。彼女は病院を脱け出して勝手にやって来たのだ。すると、彼女の現在位置は誰も知っていないわけだ。彼女の周囲からあらゆる連絡が絶ち切れ、彼女を孤絶させていた。

こういう条件を、戸谷は以前から考えていた。人間が、誰からも知られない環境に孤立している空白状態である。図らずも、今がその状況を作っていた。彼女の行先は誰一人知らない。彼女の居場所も、行動も、知っている者は世界中に一人もいない。

街道が寂しくなったので、さすがに寺島トヨは不安を覚えたらしい。この不安は、彼女の興奮をいくぶん鎮《しず》めた。自動車《くるま》は相変らず疾駆しつづけていた。八十キロ以上出ていた。

「ねえ」

と彼女は声を出した。

「何処にわたしを連れて行くの?」

言葉は少しおとなしくなっていた。

この道の先は戸谷に分かっていた。この前の晩、槙村隆子を乗せて、地理を知っていた。

槙村隆子といえば、今ごろは指定の待合せ場所に来てぼんやり立っていることであろう。それとも、戸谷の姿が見えないので、腹を立ててたち去ったかも分からない。

コロンバンでも、あの街角でも、勝手に指定しておきながら戸谷が姿を見せないので、彼女は今度こそ本当に立腹しているだろう。

しかし、それよりも、まず、当面の処置に彼は知恵のすべてを傾けていた。

「ねえ、ほんとに何処まで連れて行くの？」

寺島トヨは云《い》いつづけた。

もうこの辺で何とかものを云ってやらなければ彼女はどんなことをするか分からない、と思ったので、戸谷は運転しながら静かに答えた。

「少し君の頭の熱さましにドライブしてるんだ」

寺島トヨは黙った。

少々、不安を覚えていたらしいが、戸谷のその一言で、彼女は安心したようだった。バックミラー越しに見ると、彼女は袂《たもと》をまさぐって煙草《たばこ》を取り出し、屈《かが》み込んで火を点《つ》けていた。自分を落ち着かせるためである。

戸谷は、わざと黙っていた。この辺まで来ると、自動車の数もずっと減って、時たま、ヘッドライトの光に会うくらいのものだった。夜の中に田圃《たんぼ》が沈み、人家が遠かった。黒い森が前方に見えてきた。

「何処に行くの？」

寺島トヨは、戸谷の背中のすぐ後方のシートに身体を凭《もた》せかけ、ゆったりとした声で訊いた。

ドライブと聞いて、彼女は勘違いし、いくぶん甘い気持になっているのだった。彼女の感情に、嵐《あらし》が去り、別の波が押し寄せていた。

「ねえ、何処に行くの？」

寺島トヨはもう一度訊いた。が、その声には或る期待が籠《こ》もっている。自動車は暗い道へと進んでゆくのである。本街道からはとうに岐《わか》れていた。そこを通る車は一台も無かった。黒い森がぐんぐん迫ってくる。

こういう場所へ行く戸谷の意志も、寺島トヨは自分だけの安心で想像しているようだった。

「いやだわ、こんな寂しいところに来たりして」

その云い方には、もう戸谷への媚《こび》がはっきり出ていた。

墓地と森とがつづいていた。

遠くに外灯はあったが、ほとんどが闇《やみ》だった。

狭い径《みち》を自動車が進むにつれ、屋根に枝の端が弾《はじ》いて鳴った。ライトは草の生えた小径を一筋に照らした。

森のかなり奥まで突っ込むと、戸谷は急に自動車を停めた。

ライトを消したので、たちまち闇が自動車を包んだ。

「どうするの、こんな所で停めて？」

寺島トヨは云ったが、それは恐怖の声ではなかった。

「降りようか」

戸谷は運転席から振り向いた。

光線は無いのだが、微《かす》かな淡い明りが彼女の顔をおぼろげに浮き出していた。その顔は眼《め》だけが白かった。

戸谷は、エンジンを止め、煙草を喫《す》った。

深い闇がこの自動車《くるま》を押し包んでいる。彼は耳を傾けた。小径のすぐ傍は僅《わず》かな畠《はたけ》になっているが、深い林の中である。

「こんな所に停まってどうするの？」

寺島トヨは、戸谷の横顔を窺《うかが》うように見て訊いた。

戸谷は黙っている。煙草の赤い火だけが暗いフロントガラスに小さく映った。

「気味が悪いわ」

人家は切れている。この小径を人が通る気遣いはなかった。草の中で虫が鳴いている。

寺島トヨは、怕《こわ》がってはいなかった。彼女は、戸谷のこれからの行動に期待していた。戸谷は、煙草を揉《も》み消し、窓から捨てた。それから、ドアを開けて外に出た。涼しい夜気が顔に流れた。

「どうするの？」

彼女が訊いた。声が微かに弾んでいた。

「後ろの座席に移ろう」

やっと戸谷は云い、うしろのドアを開けた。

戸谷は、もそもそと身体を動かし、寺島トヨの傍に乗り込んで来た。

「ねえ、どうするの、こんな所に自動車を停《と》めて？」

「どうもしない。しばらく此処でじっとしているのだ」

「変わった人ね」

寺島トヨは落ち着かない様子だった。戸谷が何かするのを待っている。

いつもの彼女ではなかった。戸谷と槙村隆子との逢引き場所に駆けつけたときの興奮は、この夜の林の中に戸谷と二人だけで居る現在につづき、しかも、興奮の度合と内容は変化していた。

真暗な自動車の中で、彼女は身体を絶えず微かに動かしていた。

「ねえ、いつまで此処に居るの?」

彼女はまた云った。

戸谷が黙っているので、彼女は暗がりの中で彼の手を握った。

「頭が冷えたかい?」

戸谷は、はじめて声を出した。

「うふ」

寺島トヨは、含み笑いをした。

「だって、あんたが悪いんですもの。誰だってかっとするわ。あんな所で女と待合せをしてると知ったら、誰だって平気でいられるもんですか」

寺島トヨは、戸谷の手をゆさぶった。

「でも、ドライブのおかげで、少し気が晴れたわ」

「よかったな」

「あんた、女を操るの上手ね。元はそんなじゃなかったわ」

そうだ、元はこうではなかった。

寺島トヨの一言は、戸谷に、初めて彼女との交渉を持ったころのことを想《おも》い起こさせた。

その時分、寺島トヨは、戸谷を、坊っちゃん、と呼んでいた。親父《おやじ》の二号なのである。

彼女との関係がはじまってからもしばらくは、彼女は坊っちゃんと呼んでいた。その呼び名に、彼は年上の女に倚《よ》りかかる甘酸《あまず》っぱさを味わったものだ。親父の二号を盗んだ、という愉《たの》しさもあった。

いま、握っている寺島トヨの指は、骨張って老いていた。以前は、瘦《や》せてはいたが彼女は面長《おもなが》の容貌《ようぼう》であり、今のように、頰骨が尖《とが》り、眉《まゆ》が薄く、皺《しわ》が増えている顔ではなかった。いまは眼の縁《ふち》も輪を描いたようにたるんでいる。

「わたし、心配しているのよ」

彼女は云った。

「あなたのしてることを見ると、はらはらするの。ほんとは、あなたは女蕩《おんなたら》しのように見えるけれど、人がいいんだわ。性悪《しょうわる》の女にばかり引っかかってるわ」

「そうかな?」

「そうよ。あんたは気がつかないけれど、世間知らずよ。今に大きな失敗が来ますよ」

寺島トヨは諭《さと》すように云った。

「あんたという人は、わたしがちゃんと見ていないと、身を亡ぼす人だわ」

彼女は、年上の女の声になった。

「そら、横武《よこたけ》さんの場合があるでしょう。あの始末だって、わたしが居なかったらどうなったか分かんないわよ」

自動車は木立の深い所に、闇に押し包まれている。そんな場所で、殺した女の名前を、この寺島トヨは平気で口に出すのだった。

「横武さんばかりじゃないわ。藤島《ふじしま》チセにも、あなたは懲《こ》りてるはずよ。わたしにはよく分かるわ」

「じゃ、別れるかな」

戸谷は呟《つぶや》いてみせた。

「へん、今、別れることはないでしょう。どうせここまで来たんだもの、あなたが狙《ねら》っている金が取れるまでは仕方がないでしょう。わたしがちゃんと見ててあげるわ」

寺島トヨは、藤島チセに対しては奇妙に嫉妬《しっと》を起こしていなかった。戸谷の心を知っているからである。男の愛情を失った女に、ほかの女の嫉妬が湧《わ》くはずがない。寺島トヨは、藤島チセを軽蔑《けいべつ》していた。

この間、向島の待合にチセを躍り込ませたのはトヨの操りだが、戸谷は、まだそれは黙っていた。

「ですけれど」

彼女の声の調子が少し変わった。

「槙村隆子にだけは手を出さないで頂戴《ちょうだい》。あの女は、あなたが考えているほど単純ではないわよ。あなたは気がつかないが、わたしは女だからよく分かる。あなたは騙されているんだわ。あの女に、あなたが今何をしようとしているか、わたしには、みんな分かっているの。あなたはわたしに隠れてやってるつもりでしょうが、そんなこと、子供みたいな細工だわ。お願いだから、あの女に迷わないでね。それ以外の、別の女ならいいの。わたし槙村隆子だけは我慢ができないわ。ね、お願い！」

寺島トヨは、戸谷の膝《ひざ》に自分の膝をこすりつけ、握った手をゆさぶった。

「わたしは、あなたのためなら、どんなことでもするわ。いいえ、実際して来たわ。分かるでしょ？」

横武たつ子を殺したことを彼女は云っているのだった。

「分かる」

戸谷は仕方なしにうなずいた。

「あなたのためなら、死んでもいいの。もう、その覚悟もできてるわ。これほどあなたのことを考えてるわたしを、あなたは何故《なぜ》いじめるのよ？　何故、槇村みたいな女と係り合いをつけようとしてるんです？」

「分かった」

戸谷は答えた。

「ほんとに分かったんですか？」

「分かった」

「そりゃわたしはあなたより年上だわ」

彼女は急にしんみりと云った。

「ですから、あなたが奥さんと別れても、わたしはあなたと一緒になろうとは思っていませんわ。ただ、槇村みたいな女にあなたが一生懸命になるのが、我慢できないの。浮気《うわき》なら、ほかの女と、いくらしてもいいわ。だけど、槇村に本気になって惚《ほ》れてるあなたが憎い」

「もういいよ。やめてくれ」

戸谷は暗がりの中で云った。

「悪かった。君の云う通りにする」

「嘘《うそ》でも、今はそう云ってもらったら、うれしいわ。あなたがそう云ったからといって、わたしはすぐに信じませんよ。けれど、今は慰めだけでもいいから、そう云ってほしかったわ。ありがとう。これから本当にその通りに、槙村から離れてね」

「そうする。君の云う通りにするよ」

戸谷は手を伸ばして彼女の肩を抱いた。

「いろいろ心配させてすまなかった」

「今晩という今晩は、ほんとにわたしも逆上したわ。自分で自分の頭がどうかなってたの。わたしって女は、そんな気持になれないものと思ってたわ。だけど、あなたの書き損じた地図を屑籠《くずかご》で拾って見たとき、前後が分からなくなったの。わたしは、誰にも云わずに夢中で病院を飛び出したわ。自分でも愕《おどろ》いてるの。そんなところがわたしにあったのかと。それだけ、あなたを愛しているんだわ。それがよく分かったわ」

この言葉のあとは、戸谷の胸の中に抱かれて仆《たお》されたシートの上でつづけられた。戸谷は、彼女の頭をシートの柔らかい発条《ばね》の上に載せ、自分の顔を彼女のそれに圧《お》しつけた。

女は吐息をついた。彼女の手は戸谷の背中に伸びて廻った。戸谷は、彼女の耳たぶに口を寄せてこれからのことを囁《ささや》いた。暗がりの中で女の首がうなずいた。

戸谷は、彼女の伸ばした脚の上に自分の膝をかけた。指は骨張っているが、腿《もも》はまだ弾力が残っていた。顔よりも、身体の若い女である。

トヨは、もう激しい呼吸になっていた。戸谷のこの動作をさきほどから待ち設けていたのだ。

戸谷の指が女の柔らかい咽喉《のど》を撫《な》でた。生温かい皮膚だ、動脈が指先に触れる。左右二つの動脈だ。顎《あご》を仰向かせているので、筋は隆起していた。戸谷の指は、その筋の上を軽く往復した。顔の見えない暗がりの中の操作である。

女はくすぐったがって、男の次の動作を待っている。背中を自分で下から浮き上がらせていたし、呼吸《いき》が切迫していた。

戸谷は、血管をやさしく圧した。小鳥の胸毛を思い出すようなふくよかな咽喉だった。柔らかい弾みのある皮膚に、二つの細い山脈が走っている。女は、まだ愛撫《あいぶ》だと思って気がつかない。戸谷は、指先で血管を軽く揉《も》んでいたが、突如として力を入れた。

「あっ」

女が苦しそうな声を上げた。はじめて戸谷が何をしようとしているかを覚《さと》って、彼女は、下から猛然と腰を起こしにかかった。戸谷は膝に力を入れて、彼女の脚を押え込んでいた。もう容赦はなかった。彼は親指を彼女の頸動脈《けいどうみゃく》の上に当て、他の指は両耳の後ろに当てて、首をシートにしっかり固定させた。それから、自分の重心の全部を指先に集めた。

女は呻《うめ》いた。が、声が出なかった。下から女の全身が捲《まく》れあがろうとしている。戸谷は完全に馬乗りになり、突き上げてくる女の身体を防いだ。

彼は指先の力を緩めなかった。血管は、そこだけが陥没して、指がはまり込んだ。彼女は両手を自分の咽喉にかけ、戸谷の指を放そうともがいた。彼女の爪は、自分の咽喉をメチャメチャに掻き毟《むし》った。

ぐ、ぐぐ、という異様な声が彼女の口から洩《も》れた。暗いから表情が分からない。しかし、眼の白さは見えた。

二分経《た》った。――

彼女の脚の抵抗が弱まってきたようだ。戸谷の額から汗が女の顔に滴り落ちた。彼女の後頭部は、座席の革クッションの中にめり込んでいた。

戸谷は、数をかぞえた。一、二、三、四……。十まで行くと、一に戻《もど》ってまた数えはじめた。

三分経った。

抵抗は微弱になった。女の首が、ぐらぐらしてきた。が、戸谷はまだ指の力を抜かなかった。

戸谷は心の中で、よいしょ、よいしょ、と掛声をかけて圧しつづけていた。

女の手脚が激しく震顫《しんせん》した。その最期《さいご》の痙攣《けいれん》が過ぎると、彼女の身体は魚のように柔らかくなった。

戸谷は、はじめて指を離した。その拍子に、女の首がバネにはじかれて、ピョコンとシートの上にとび出た。

自分の指に感覚がなかった。伸びたままの親指がもとに曲がらない。

彼は、寺島トヨの柔軟な手首を握った。脈搏《みゃくはく》は触れなかった。

戸谷は、耳を澄ました。

虫の音が地の底から湧いている。

戸谷は、ドアを蹴《け》った。クッションの上に寝ている女の身体を曳《ひ》きずった。ステップに脚をかけ、それを脚から引っ張った。すると、胴体につづいて、顔が出てきたのには、びっくりした。当然のことだが、闇の中のこの顔の白さは、気持が悪かった。

戸谷は、女のきている着物の袂《たもと》をひき裂いて、顔に当て、腰紐《こしひも》を解いて括《くく》って包んだ。こうすると、女の顔を見ないで済む。

背の高い女だから重かった。袂に包まれた首は、鉛の塊のように戸谷の腕の外に垂れた。

戸谷は死体を両手で抱いて、草の上を歩いた。虫の音がやんだ。その代り、靴《くつ》の下で木の葉が鳴った。

月は無かったが、微かな光が洩れていた。黒い林の塊《マッス》と空間との区別は見えた。

戸谷は小径を進み、小径から逸《そ》れた。

夏草が腰まで伸びている林の奥に入ると、笹竹《ささだけ》の繁《しげ》みが歩くのを邪魔した。無数の樹《き》が黒い棒になって立っている。

死体は重かった。腕が痺《しび》れてくる。戸谷は、歩いている横が崖《がけ》になっていることを知り、抱いている死体を抛《ほう》った。白い物が藪《やぶ》の斜面を石のように転がった。大きな物体を落としたのだから音も大きかった。

崖はそれほど高くはなかった。無数の灌木《かんぼく》の茂みがいくつもの黒い斑《まだら》で見えたが、白いものは、その中に半分隠れて停まった。二つの茂みの間は、恰度《ちょうど》、アーチのように開いていて、死体はその間に突っ込んで停止していた。どうやら下半身だけがハミ出したらしい。開いて突き出た脚の先の白い足袋《たび》が見える。戸谷は、しばらくそれを見ていたが、また笹を鳴らして元の方に引き返した。林の奥だが迷わなかった。

自動車《くるま》に戻った。自分でも落ち着いていた。

運転席に坐って、スイッチを入れた。久しぶりに生きた音を聞いた。彼は、狭い径をゆっくりと後退した。窓から身体を乗り出して、車の安全を確かめた。自分が落ち着いているのがうれしかった。

ハンドルを切って、元の広い道に出た。自動車は一台も通らない。木立が少なくなってゆく。遠くの方に車の光が走っていた。

済んだ、と思った。それだけの感想しかなかった。

今まで寺島トヨが坐っていた座席が空《あ》いている。其処《そこ》だけが穴が開いたように空虚だった。はじめて恐怖が湧いた。

甲州街道に出た。他の自動車が走っている。が、さすがに台数は少なかった。その代り、物凄《ものすご》いスピードを出している。横道から街道に出た戸谷の車に気をつける運転手は一人もいない。

戸谷は、新宿方面に向かった。黒い森や畠が流れてくる。曲り道にかかると、ヘッドライトがガードラインの夜光塗料の赤い球をぴかぴか光らせた。人間の眼玉を思い出す。

戸谷は、職業柄《がら》、死体を無数に見ているし、医学生の頃《ころ》、解剖の経験もあった。死体は物体だということにも馴《な》れている。しかし、それは死者と無縁なところに自分が居るからだ。今は違う。寺島トヨの死に自分の意志が直結している。やはり平静ではいられなかった。アーチ型の灌木の茂みの下に突き出た二つの白い足袋が眼に残っている。

戸谷は、スピードを上げた。九十キロに近かった。

これで一つの仕事が終わった。厄介《やっかい》なものは片づいた。しかし、別の新しい厄介が起こってくる。

あの死体は、明日にでも発見されるだろう。彼女の身もとが判《わか》るまで二、三日はかかるかもしれない。いや、警察がくるまで待たないつもりだ。新聞記事を読んだと云って、出頭するのだ。彼女が戸谷の傍《そば》に駆けつけたことは病院の誰も知らない。戸谷と一緒だったことも誰も知らない。

次は戸谷自身のアリバイである。寺島トヨはあらゆる環境から断ち切れて孤絶の状況になったとき、その殺害の条件が成立した。しかし今度は、戸谷自身が孤絶の条件から脱《ぬ》け出さねばならないのだ。その時間、彼が他人と連絡の線を持っていたことを証明せねばならない。何ということだ。生き残った者は環境からの孤絶を許されない。戸谷は、寺島トヨの場合も、横武たつ子や藤島チセの夫と同じような方法を考えぬではなかった。しかし、同じ方法の繰返しが戸谷の心を怯《ひる》ませた。何かそこから破綻《はたん》が来そうな気がする。

それと、医者としての良心が、職業的なその方法の繰返しを躊躇《ちゆうちよ》させた。最後に残った職業的良心である。寺島トヨの殺害にそれを避けたのは、その僅かな良心からの気おくれであった。

戸谷は、走りつづけた。自動車《くるま》が少し多くなった。スピードを落とした。時計を見た。十一時十分である。病院に帰り着くのは、十一時四十分となるはずだ。時間は正確に憶《おぼ》えておこう。

事故を起こさぬようにしなければならない。ここで事故を起こすと、自分が甲州街道を走っていたことが分かる。戸谷はひやりとした。スピードをもっと落とさねばならぬ。気をつけて運転せねば不測の事故が起こらぬともかぎらない。

いくつかの交番の前を過ぎた。巡査が入口の前に椅子《いす》を出して、腰掛けながらこちらを見ていた。夏の夜だから、涼みがてらに眺めているのだ。

どの巡査も知らぬ顔をしていた。こんな所でスピード違反をして記録に残されてはいけない。戸谷は慎重になった。他のタクシーがのろい彼の車を後ろから何台も追い越した。

戸谷は、甲州街道が広くなった所から左に折れて高井戸《たかいど》に出た。なるべく帰るのに遠廻りをしよう。直線コースは避けねばならない。青梅《おうめ》街道に出た。

この街道は、地下鉄の工事で車が通るのに面倒である。前の車の運転手が工事人夫と口争いをしていた。いけない、いけない、どんな些細《ささい》なことでも他人の印象に残るようなことがあってはならぬ。車には看板のように車輛《しゃりょう》番号が付いている。これに注目されて他日の破綻の因《もと》になってはならぬ。

戸谷は、また横道に逸《そ》れた。ハンドルを握っていると、死んだ寺島トヨの執念が彼の運転を間違えるように遠くで操作しているみたいな錯覚が起きた。

戸谷は初心者のように、安全に安全にと運転をつづけた。

（下巻につづく）

わるいやつら(上)

新潮文庫　ま-1-8

昭和四十一年三月三十日 発行
平成十七年八月五日 六十三刷改版
平成十八年十二月二十五日 六十七刷

著者　松《まつ》本《もと》清《せい》張《ちょう》

発行者　佐藤隆信

発行所　株式会社 新潮社

郵便番号 一六二―八七一一
東京都新宿区矢来町七一
電話 編集部(〇三)三二六六―五四四〇
　　 読者係(〇三)三二六六―五一一一
http://www.shinchosha.co.jp

価格はカバーに表示してあります。

乱丁・落丁本は、ご面倒ですが小社読者係宛ご送付ください。送料小社負担にてお取替えいたします。

印刷・二光印刷株式会社　製本・株式会社大進堂

ISBN4-10-110908-7 C0193